Feridun Zaimoglu
Bewältigung

Feridun Zaimoglu

BEWÄLTIGUNG

Roman

Kiepenheuer & Witsch

I

Er will begreifen. Der Autor sitzt in einer Ecke des Hotelfoyers, bleich und müde, er hat das Mineralwasser verschüttet, er reibt die nassen Ärmel heimlich unter dem Tisch an seiner Hose. Er will nicht auffallen, er hält still. Er beschaut die Festspielbesucher. Männer im Smoking. Frauen in Cocktailkleidern und Hosenanzügen. Eine Dame trägt eine Seidenstola, die aussieht wie ein Brautschal. Die Unterarmtaschen schwenken sachte und streifen leicht die Roben. Eine schöne Gesellschaft, diese Menschen sind ihm fremd. Ein Mann setzt sich auf einen Kaffeehausstuhl aus Bugholz, er atmet durch den Mund, es ist ihm feierlich zumute. Der Autor macht es ihm nach, er riecht beim Einatmen durch den offenen Mund seine eigene Schleimhaut. Die Erregtheit bekommt ihm nicht. Wird der Mann, der im gegenüberliegenden Winkel sitzt, später im Festsaal vor Ergriffenheit immer wieder nass aufseufzen? Das Festspielhaus ist keine Unterhaltungsstätte, Bayreuth ist nicht irgendeine deutsche Stadt. Er ermahnt sich: Man muss nach einer Vollständigkeit der wichtigsten Sachen streben. Was denkt er da? Er muss ruhig sein wie ein guter Bürger, der sein Gewissen nicht mit Scheußlichkeiten belastet. Draußen ein flackernder Schein zwischen den Wolken, und als die pneumatischen Türen sich öffnen, weht ein leichter Wind herein. Die Männer im Smoking, die Frauen in Abendgarderobe, sie streben zu den Limousinen, die sie zum Festspielhügel verbringen werden. Welches Stück wird gegeben? Tannhäuser? Lohengrin? Parsifal? Er weiß es nicht. Er will begreifen. Er fängt an, es fängt hier an, er hat sich den Kopf kaputt gelesen, das reicht noch lange nicht, er muss in Bayreuth beginnen. Also steht er auf, die plötzliche Stille ist nicht auszuhalten. Er nimmt sich vor, auf leise Laute zu achten. Der oberste Mantelknopf ist halb im Loch, er knöpft sich zu, er geht los. Der Faltplan der Innenstadt steckt in der Tasche, er möchte nicht gleich als Tourist erkannt werden. Er denkt an die festlich gekleideten Damen: Das sind Frauen, die in eine höhere Ordnung aufgestiegen sind. Es war an keinem Stoffzipfel eines Kleides Schmutz zu sehen. Keine unter ihnen, die man für eine Ungeeignete hielte. Man hört sie nicht atmen, sie leben leise. Bei der Frau mit der Seidenstola verteilte sich am Spann, unter der Nylonstrumpfhose, aufgebackenes Fußpuder. Das ist eine schöne Nachlässigkeit. All diese Einzelheiten wird er weiterhin bemerken müssen. Er knüllt den Stadtplan in der Tasche. Kalt bleiben. Er geht die Einkaufsstraße hinauf, die eher einem großen, langen Marktplatz ähnelt. Am Springbrunnen bespritzen kreischende Kinder einander mit Wasser, die Mütter stehen lauernd abseits. Ein Mädchen jagt eine Raubmöwe am Boden, bis sie auffliegt. Wo kommt die Möwe her? Der Autor prägt sich alles ein, ein Luftzug streift ihn an der Schläfe, er duckt sich weg. Fast wäre eine tieffliegende Taube gegen seinen Kopf geprallt. Was wollen diese Tiere?

Er verlässt die Einkaufsstraße. Nach kurzer Zeit erreicht er das Haus Wahnfried. Eine Villa aus Sandsteinquadern, das Haus des Komponisten Richard Wagner. Stille. Keine Kinder, keine Mütter, keine Männer mit Knotenstock, die mit der Spitze ihres Wanderstabs zwischen den Steinen stochern. Er liest die Inschrift auf der Vorderfassade: »Hier wo mein Wähnen Frieden fand – Wahnfried – sei dieses Haus von mir benannt.« In den Tagebüchern von Cosima, der Frau von Richard Wagner, hat der Autor gelesen, dass ihr Mann von dem hessischen Städtchen Wanfried in der Seele berührt worden sei. Deshalb habe er das Haus Wahnfried genannt, nur der Sinnige könne es verstehen. Dem Autor ist das Hochragende in diesen Worten widerwärtig. Die Kleinstadt liegt bei Eschwege, bis Eisenach sind es knapp dreißig Kilometer, er wird nicht hinfahren. Als er das erste Mal auf das Wort stieß, dachte er an ein Irrenhaus. Er hat sich vorgenommen, zunächst das hohe Haus zu betreten, doch er gibt dem Drang nach und läuft um das Gebäude herum zu Wagners Grabstelle. Der Autor, der ein Buch über Hitler schreiben will, steht an der Grabplatte und empfindet nichts. Hier also ruht der große Deutsche, dessen Größe von anderen großen Deutschen bezeugt wurde. Hier also steht er und starrt auf ein Gebinde aus welken Trauerblumen mit zerfranster Schleife. Kurz wähnt er sich an einem Grabmal eines unbekannten Soldaten. Er schaut sich vergeblich nach Feuerschalen um. Was fühlte Hitler, als er hier stand? Er erzählte oft von seinem Herzbeben unter dem Eindruck der Musik des Meisters: Mit zwölf Jahren hat er in Linz als erste Oper Wagners Lohengrin gehört, drei Jahre später folgte die Oper Rienzi, am 5. Mai 1906 – er wusste es auf den Tag genau – sah er in der Wiener Staatsoper Tristan und Isolde, Operndirektor war damals Gustav Mahler. Ein Jude.

Der Autor schlägt sein Notizbuch auf und liest, unruhig an der Grabplatte auf- und abgehend, seine Notizen; Hitler war am 17. September 1923 zu einem kurzen Arbeitsbesuch in Bayreuth gewesen, nach ein paar Stunden war er allerdings abgereist. Zwei Wochen später fand er sich zum »Deutschen Tag«, den die Nationalsozialisten und stramme Deutschnationale feierlich begingen, wieder in der Stadt ein. Er logierte im Hotel Anker. Winifred Wagner, die Frau von Richard Wagners einzigem Sohn und Erben Siegfried Wagner, lud ihn in die Villa Wahnfried ein. Natürlich nahm Hitler die Einladung an ... Der Autor klappt das Notizbuch zu.

Was nützen ihm diese Angaben? Eine Einzelheit fällt ihm ein: Der Mann ließ gelegentlich die Nilpferdpeitsche schnalzen, die ihm eine vermögende Dame geschenkt hatte. Oft klopfte er sich damit auch gegen die Wade. Der Autor notiert: ›H. bezeichnet Wagner als den größten Deutschen, der je gelebt habe. Auch Wagner wirkte die Massenverzückung...‹ Der Autor notiert: ›Siegfried Wagner führt H. zum Grab seines Vaters. H. beugt den Kopf. Für den Sohn soll es so aussehen, als halte er stumme Zwiesprache mit dem Meister. H. bekommt vor Rührung eine nasse Nase. Es raschelt hinter den Büschen, ein kleines Tier, ein Vogel, eine Ratte. Ein Windstoß lässt H. die Rockschöße aufflattern. Was soll er tun? Ein Gebet aufsagen? Nein. Der Österreicher ist ein abtrünniger Katholik. Kein Gebet, nicht einmal das Vaterunser. H. schreckt zusammen, als Siegfried spricht.‹ Der Autor geht im Geiste das weitere Gespräch durch. Was sagt also Siegfried? Er sagt: »Hast du das Gewisper gehört?« Er duzt den Österreicher, der Österreicher aber siezt ihn. »Nein«, sagt H., »da ist nichts.« Wie weiter?

Richard Wagners Gemahlin, die Witwe Cosima, lässt sich nicht nur vom Hausgesinde als hohe Dame anreden. Es geht das Gerücht, dass sie das Blätterrauschen für die Stimme ihres Mannes hält. Öffnete man das Grab, fände man nur Haar und Knochen. Wohin ist wohl seine Seele entschwunden? Mit dieser Frage könnte der als exzentrisch geltende Siegfried H. überrumpeln. Wünscht er es wirklich, die Gebeine seines Vaters zu sehen? Hitler, der sich zeit seines Lebens den Anschein von Mannbarkeit gab, war ein bemerkenswert schlechter Darsteller. Und doch hat man ihm eine hohe Glaubwürdigkeit attestiert. Was sieht der Opernkomponist Siegfried in dem Operettendesperado Adolf? Einen Draufschläger? Eine soldatische Natur? Einen sonderbaren Artisten aus dem Ausland? Und was sieht der Österreicher in dem Sohn des deutschen Genies? Der Wagnererbe trägt einen Gürtel, den er sich auf den langen dicken Pullover oberhalb der Nabellinie geschnallt hat. Es ist überliefert, dass Siegfried Hitler bei der ersten Begegnung Folgendes zugerufen haben soll: »Du bist ein Mordskerl! Für dich lass ich mich vierteilen!« Ein böses Gerücht? Tatsächlich handelt es sich bei der Wagnersippe um einen Clan von überspannten, recht verhaltensauffälligen Personen. Der Österreicher, der auf seinem Deutschsein bestand, hat sich wohl über diese Menschen gewundert. Der Autor überlegt – in welchen Worten könnte H. sich insgeheim über sie auslassen? Er klappt hastig das Notizbuch auf und schreibt: ›Sind Richard Wagners Erbverwalter deutsche Menschen? Cosima, eine französische Vierteljüdin. Winifred, englisch, eingedeutscht, sie hat dem Erben Siegfried Stammhalter geboren. Siegfried hat sich tunlichst von der Front ferngehalten, ein Fantast, im Fleisch und in den Knochen weich, mit einer zweifelhaften geschlechtlichen Neigung…‹ Lesen sich diese Sätze nicht wie Dienstvermerke in der Personalakte? Es schaudert dem Autor vor all diesen Possenreißern, die von Erfüllung und Erlösung schwätzten. Die eine große Sorgfalt darauf verwandten, dass man Ordnung halte. Ein Brötchen, eine Wurst oder eine Klappstulle, mit daumendickem Schmalz bestrichen, mehr will doch der einfache Deutsche nicht – er muss auflachen, jetzt ist er unter die Volkskundler gegangen, jetzt will er auch noch das geheimste Innere des Volkes ergründen. Die hohe Dame Cosima, Siegfried, Winifred – sie stehen alle unter dem Bann des Mannes Hitler. Sie reden schlecht über die Juden. Sind sie denn dumm? Sind sie denn aus der Welt gefallen? Das ist ihre Welt: Sie sprechen vom Hochgesang, sie sprechen vom Weihelied, und sie reden über den Missklang der »jüdischen Neutöner«. Der Führer, der die Kanaillen zu nationaler Gesinnung bekehren möchte, wird bei seinem ersten Besuch in der Villa erkennen: Er muss sich diese Abkömmlinge des deutschen Geistesriesen Wagner nicht erst geneigt machen.

Der Autor weicht zur Seite, weil versprengte Touristen am Grab Aufstellung nehmen. Er enthält sich einer Abscheubekundung. Warum ist er angewidert? Weil ein Mann aus der Gruppe die gestreckten Finger an die Schläfe anlegt. Ein Zivilist erweist den militärischen Gruß. Die anderen Zivilisten lachen nicht, sie versteinern auf der Stelle. Eine Frau starrt ihn böse an. Soll er eine vaterländische Hymne anstimmen? Er würde am liebsten seinen grundlosen Kummer zerlachen. Er wendet sich ab, er geht zurück, er betritt das Haus. Es kommt keine große Weihe über ihn. In den Regalschränken wird die Originalbibliothek Richard Wagners konserviert. Der Autor hat gelesen, dass Cosima nach dem Tod ihres Gemahls die Nutzung der meisten Möbel untersagt habe. Der Sessel, auf dem Wagner der Große jeden Abend Platz nahm, habe der heilige Stuhl geheißen. Fast ist er versucht, die Wände abzuklopfen, weil er fürchtet, dass sich ein Sicherheitsbeamter hinter einer Tapetentür versteckt. Es riecht nach alter Welt. Das ist Unsinn, er bildet es sich nur ein. Er sieht vor seinen Augen schwarze Flecken, die sich wie in einer Schneekugel bewegen, sie driften beim Schweben und sinken. Der Autor leidet an der Glaskörpertrübung. Er kann die Flecken nicht wegblinzeln. Also dreht er den Büchern in den Schränken den Rücken zu und verlässt das Haus.

Wie weiter? Was muss geschehen, auf dem Papier, in seiner Geschichte über Hitler? Was tut der Österreicher nach seinem Besuch am Grab? Er nimmt die Einladung zum Abendessen an. Das Dienstmädchen bittet zu Tisch, es nehmen Platz die hohe Dame, Siegfried, Winnifred und der Mann Hitler. Cosimas goldene Busennadel blinkt im dämmrigen Licht. Der Österreicher hat vor seinem Auftritt in der Villa sein Nasenbärtchen ordentlich gebürstet. Es kommt zur ersten leichten Verstimmung, als H. seinen Rotwein süßt und geräuschvoll trinkt. H. bemerkt es, seine Wangen brennen vor Scham. Was könnte ihn verstimmen? Was wird serviert? Gebackene Schwarzwurzeln auf Spinat, es zieht ihm an den Zähnen beim Essen. Der hochgerutschte Hanswurst zu Gast beim deutschen Bürgertum. Es wird sich zwanglos unterhalten. Worüber? Die Menschen am Tisch kauen sorgfältig, und sie reden über die Not und darüber, dass sie der Gnade bedürftig seien. Man liebt in diesem Haus das Palaver, man führt in diesem

Erbauungskreis das große Wort. Und natürlich kommen alle Tischgenossen zischend auf das zu sprechen, was sie beben lässt, was sie eint: die Juden. Cosima tupft mit der perlweinfarbenen Serviette die kleinen niedlichen Spuckebläschen von den Mundwinkeln und ruft so laut, dass das Dienstmädchen vor Schreck zusammenzuckt: »Fluch ihnen, Halunken sind es, die ihr Brötchen in Blut tunken!« … Ja, so wird es gehen, der Autor schreibt es schnell im Stehen hin. Und was macht Hitler? Er macht das, worauf er sich am besten versteht: Er macht Hitlerei. Was könnte er, der schmatzende Schwätzer im deutschesten aller deutschen Horte, sagen? Der Autor schreibt: »Es wird der Tag kommen, dass wir die Sache gerade ziehen.« Genug davon, genug. Das sind verdorbene Worte. Der Autor hat das Gefühl, als habe ihm ein fremder Mann zwischen die Seiten seines Notizhefts gespuckt.

Es muss verschwinden, was sichtbar ist. Die Gegenwart muss verschwimmen. Der Autor muss zurückfinden zu den letzten Tagen im September des Jahres 1923. Hitler in Bayreuth. Was sah er? Wie in allen deutschen Städten dieser Zeit sah er die versehrten Soldaten des Großen Krieges. Er sah die Kriegszitterer: die verschütteten Soldaten, die man ausgegraben hatte. Sie glichen Greisen mit Gemütsleiden. Sie waren vaterländisch gesinnten Bürgern ein Gräuel, die sie nicht auf den Gehsteigen dulden wollten. Sie erinnerten die Patrioten an den verlorenen Krieg. Die Kriegsversehrten bewegten sich auf Rollbrettern, auf sogenannten Krüppelschlitten, durch die Straßen, sie verkauften lackierte Hemdsknöpfe. Der Bürger verwahrte sich gegen das Gebettel an der Haustür. Derselbe Bürger schrie aus vollem Hals Hitlers Knüppelgarden ein Heil zu.

Das muss der Autor sehen. Er entfernt sich über den Park hinter der Villa, er verläuft sich, weil er den falschen Weg um das Schloss herum einschlägt. In einer Osteria in einer belebten Seitenstraße findet er einen freien Außenplatz. Auf beiden Tafeln des Aufstellers hat man mit bunter Kreide jeweils eine XXL-Pizza gezeichnet. Er bestellt eine Pizza, er erschrickt, als sie serviert wird: Sie ist so groß wie ein Vierzehn-Zoll-Rad, sie hängt über den Tellerrand, die Serviette saugt sich mit Fett voll. Er isst nicht alles auf: Er hat mitbekommen, wie zwei junge Burschen am Nebentisch eine Wette abgeschlossen haben; der Junge mit dem hellen Oberlippenflaum hat fünf Euro daraufgesetzt, dass er bis auf den Rand alles verschlingt. Der Autor starrt auf den zerlaufenen und geronnenen Käse der Pizzazunge, er denkt an Richard Wagner, und er erinnert sich an eine Stelle aus seinem Aufsatz über das Judentum in der Musik; er kann es auswendig aufsagen: »Ob der Verfall unserer Cultur durch eine gewaltsame Auswerfung des zersetzenden Elementes aufgehalten werden könne, vermag ich nicht zu beurtheilen, weil hierzu Kräfte gehören müssten, deren Vorhandensein mir unbekannt ist.« Sah sich Hitler am Grab seines heiß geliebten Meisters als die Verkörperung eben dieser Kräfte? Der Mann war gottlos, und doch könnte er an der Grabplatte leise ein Bittgebet sprechen, er könnte seine tote Mutter um eine Fürsprache im Himmel anflehen. Das wäre äußerst … sonderbar. Das zeugte von einem abnormen Verhalten. Und doch wäre es nicht abwegig, es sähe dem Österreicher ähnlich, seine Mutter selig an einem weihevollen Ort anzurufen. Der Autor bestellt einen Kaffee, er schreibt auf, wie Hitler in seinem Kopf zu seiner Mutter spricht:

»Mutter. Bitte den Himmel darum, dass er mich schützt.

Dass er mich kampftüchtig erhält.

Dass ich nicht von spärlichen Vorräten leben muss.

Dass ich dem Unheil entwetze wie das Kind dem Mitternachtsspuk.

Dass ich nicht weich werde.

Dass ich weiterhin mit vortrefflichem Erfolg die Arbeit tu.

Dass sich die Getreuen nicht von mir abwenden.

Dass kein Weib meine Hochgefühle missachtet.

Dass mich kein Jude mit seinem giftigen Blick lähmt.

Dass ein Licht leuchte über meinem Haupt.

Dass mir nicht Männer von geringer Brauchbarkeit zulaufen.

Dass ich nicht umkomme durch ein Loch in der Luftröhre.

Dass mein Banner ausgerollt wird, dass es flattert im Wind über dem Reichstag.

Dass ich nicht bei dem Geruch von frisch gemolkener Milch an dich denken muss, Mutter.

Dass das Brausen in meinen Ohren vergeht.

Dass ich nicht aus der Welt falle.

Dass ich nicht mondsüchtig und verloren über die Felder stolpere.

Dass ich wie ein Tatmensch deutsch und innig empfinde.

Dass mir die Nebel nicht meine Träume streifen.

Dass das brave und blinde Volk mich emporträgt, höher und höher hinauf zum höchsten Amt.

Dass die Fliegen geschwächt über den Boden kriechen, damit ich das kleine Geviech unter dem Gewicht meines starken rechten Fußes zermalmen kann.

Dass ich die großen Fleischfliegen zerreiben kann zwischen den flachen Händen, als würde ich Brotkügelchen drehen.

Dass ich im Geiste deine Knochen zähle, Mutter, und dass ich auf die rechte Zahl komme.

Dass sich mein Siegeswille festige.

Dass es bald als Lächerlichkeit gelte, von dem Glauben an mich abzuweichen.

Dass Deutschland reiche, so weit die deutsche Zunge klingt.

Dass mir im Traum nicht erscheint mein Herr Vater, der Salz auf den Handteller streut, es sollen ihm die Handteller nicht glänzen …«

Der Autor hält inne, das ist ihm alles eine Peinlichkeit, er denkt: ›Ich kann doch nicht diesen Kerl ein Bittgebet sprechen lassen!‹ Wieso nicht? Der Mann war ein Mensch. Ein hochstaplerisch veranlagtes Menschenschwein, aber er war ein Mensch. Der kam nicht als dunkle Gewitterwolke über die Deutschen. Soll man jetzt für den Kerl Mitgefühl empfinden? Er will in seinem Buch kein Schreckbild zeichnen, keine Erscheinung zum Fürchten. Wieso nicht? Man soll sich nicht ergötzen können, man soll ihn aushalten müssen in all seiner Fadheit. Echt muss der Kerl geraten, dass der Bürger nicht nur Knopfaugen bekommt. Der Hass soll sich verdoppeln. Große Worte. Der Autor kippt den Kaffeebecher und schlürft den Bodensatz. Er bezahlt die Rechnung, die Kellnerin rauscht davon – hat er sie mit drei Euro Trinkgeld verprellt? Er überlässt seinen Platz einem Mann mit Sonnenbrille, der eine zweite Sonnenbrille ins Haar geschoben hat. Der Autor kehrt zurück zum Hofgarten. Wenn der Wind in die Blätter fährt, wenn die Wipfel sich sachte wiegen, sprechen die Bäume. Es schabt ihm leicht an den Herzrippen. Er wird sich von der Schwäche erholen. Er schaut hoch: ein silberner Schein am Himmel. Er bewegt sich in den Schatten der Bäume. Er liest eine Hausinschrift: Gott belagere uns mit Engeln. Zwei Männer haben sich breitbeinig hingestellt, um im hohen Strahl zu pinkeln. Er kennt eine Feministin, die leise heranschleicht, um Stehpinkler in den Schwitzkasten zu nehmen. Es ist erstaunlich: Der Autor hat an diesem Tag bislang keinen einzigen Bettler getroffen – ist das ein Zufall? Gibt es in dieser Stadt keine harten Säufer, die den Passanten den Pappbecher vorhalten?

Was hat er vergessen? Soll er sich noch einmal umsehen in der Villa? Es gibt keinen Grund dafür. Bevor der Österreicher der Wagnersippe seinen ersten Besuch abstattete, hat er sich zu dem siechen Engländer Houston Stewart Chamberlain begeben. Nicht zu verwechseln mit dem englischen Außenminister Chamberlain, der 1938 mit Hitler das Münchner Abkommen verhandelte. Es ist der spätere Schwiegersohn Wagners und Verfasser rassistischer Schriften.

Der Autor hat auf dem Flohmarkt Chamberlains *Die Grundlagen des neunzehnten Jahrhunderts* in zwei Bänden erstanden. Mist in höchster Potenz. Man kann den Mann nur von Herzen verachten. Er verstand sich als sogenannter Idealist arischer Auffassung. In seinem Werk stimmt er ein hohles Getön an, bis zum Übelwerden kämpfte sich der Autor durch den Überfluss an wahrer Bosheit, und er verstand, dass hier ein Mann Wissen ausbreitet, das er aus halb verstandenen Büchern erlesen hat. Chamberlain schlägt vor, dass die germanische Rasse durch gezielte Rückzüchtung zu ihrer wahren Größe zurückfinden werde. Hitler war begeistert.

Wie hat sich die Begegnung von Hitler und Chamberlain zugetragen? Der Autor ist sicher, dass beide Männer ein Maskengesicht aufgesetzt haben. Der Österreicher verbot sich vor dem Engländer einen wilden Hassausbruch. Es herrschte keine weihevolle Stimmung. Es kamen zwei Menschen zusammen, die eine Menschzertrümmerung erträumten. Sie waren zu jedem Massenmord bereit. Der Mann war bettlägerig, er litt an einer ominösen Nervenkrankheit, er verrottete bei lebendigem Leibe. Der Autor versucht, es sich vorzustellen: Chamberlain lag unter einer Decke mit Plüschtroddeln, reglos, hilflos und aber tückisch. Hat er ein Hurra auf den Münchner Mussolini ausgebracht? Nein. Er liegt darnieder wie eine Leiche mit einem atmenden Gesicht. Ein halbtoter alter Mann, den die brausenden Vögel in den Bäumen schrecken. Was will er? Hochgefühl und Gemetzel. Was will Hitler? Dass sich Mann wie Frau dem Zwang der Zucht füge, dass sich der Volkszorn blutig entlade. Das nennen sie beide vaterländische Gesinnung! Oft schreien sie auf, dass man den Erzfeind nicht aus falschen Humanitätsgefühlen schonen dürfe. Der Autor hat es vor Augen: Hitler, die lange Strähne auf der Stirn festgepappt, das Bärtchen frisch gestutzt, sitzt an der Bettkante, er versucht, die erste Verlegenheit zu überbrücken, indem er nickt, nein falsch, er hackt mit dem Kinn in die Luft, der Mann im Bett würde gerne mithacken, doch er ist fast zu Bewegungslosigkeit verdammt, er verlegt sich auf das, was er am besten kann, nämlich das Lügen, also wispert er: »Sehen Sie in mir, lieber Herr Hitler, einen ergebenen Freund.« Guter Anfang.

H. ist vermutlich erzürnt, er denkt: »Der Engländer glaubt, ich hole bei ihm Gewissensrat. Ich lasse ihn in dem Glauben.« In diesem Krankenzimmer sind zwei Männer mit harten Männerherzen im Glauben an das Männertum vereint. Deutschlands treueste Söhne: Das ist eine üble Gemeinschaft. Die ohrenschabenden Laute von draußen lassen Chamberlain unruhig rucken, als wolle er den juckenden Rücken an der Matratze scheuern. Wovon träumt er? Von großen Apparaten. Von meuchelnden Maschinen. Da spricht er: »Da draußen sind nicht wenige Männer, die große Rosinen in der Hose haben. Sie sind anders.« Hitler würde wohl am liebsten aufspringen und sich an der Kehle des untoten Menschen im Bett festbeißen. Das ist kein Kraft ausströmendes Wesen. Das ist ein siecher Greis, dessen unwürdiges Gewimmer zur Gewalt reizt. Das ist ein bloßer Ehrendeutscher, und also prüft H., ob es stimmt, was die Leute behaupten: dass er in seiner Überanpassung, in seiner radikalen Angleichung noch den assimiliertesten Juden übertreffe. »England«, ruft er, »ist der Vampir des Festlands, denn die Landgier der Briten ist maßlos!« Chamberlain keucht vor Freude auf. Er krächzt, dass er den Kaiser höchstpersönlich gedrängt habe, gegen das niedergeartete Menschenmischmasch in England vorzugehen; der Kaiser vernachlässigte jedoch die weltanschauliche Seite, er wolle in diesem Falle von einer Selbstbesiegung sprechen. Er sei kein Wissenschaftler, er sei ein Weltenschauer.

Ist Chamberlain ein Verräter? Er ist ein Überläufer, das trifft es am besten. Er muss in seiner Hinwendung zum Deutschtum bis zum Äußersten gehen, er muss seine fanatische Zähigkeit herausstellen, er muss zur großen Waffentat aufrufen, kurz gesagt, er muss maßlos übertreiben.

Darin ähnelt er dem Österreicher, der aussieht wie ein Karusselbremser aus dem Balkan und aber sein Deutschtum zur Daseinsnotwendigkeit macht. Der wegen seiner unheldisch eingesunkenen Hühnerbrust die Uniformjacke auspolstern lässt. Der Autor könnte es als Seifenschaum abtun, das hohle Gerede, den ranzigen Maskulinismus, die gepressten Kiefern. Doch die vielen Bosheiten der eingedeutschten deutschesten Deutschen führen zur größten Katastrophe. Er schaudert, weil er unter dem Eindruck der beiden Schwadroneure auch angefangen hat, in Superlativen zu denken.

Hitler sitzt nicht gern am Krankenbett, es steht ihm vielleicht der linde Ekel ins Gesicht geschrieben. Doch er neigt pflichtschuldigst den Kopf vor dem Mann, den er vor anderen deshalb als einen großen Geschichtsdenker rühmt, weil dieser ihn als den Erlöser des Reichs oft gelobt hat. H. glaubt, dass er eine praktisch veranlagte Künstlerseele sei. Er macht den Anstandsbesuch um seines eigenen Vorankommens wegen. Der Autor arbeitet im Geiste weiter an der bizarren Szene. Chamberlain könnte Hitler an den Aufruf aus dem Großen Krieg erinnern: »Sammelt ausgekämmtes Frauenhaar. Unsere Industrie braucht es für Treibriemen!« Er könnte sich, weil ihm die Stimme versagt, mit dem nasenbärtigen Erlöser über Zettel verständigen.

Ja, so kann es weitergehen. Der Engländer lässt die Zettel flattern, er ist maßlos in seinem Wortrausch. Er schreibt auf einen Zettel: ›Ich gehe vor die Hunde!!!‹ Er schreibt auf einen anderen Zettel: ›Legen Sie mir doch eine Handgranate unter die Decke und verlassen schnell das Zimmer. Die Granate würde mich zerfetzen. Ich wäre ein leuchtendes Vorbild. Ich wäre Matsch, den man mit den Überresten des Bettes in die Grube schmisse. Ich fühle mich doch schon halb begraben!!!‹ Chamberlain krächzt, Chamberlain schreibt, Chamberlain setzt bald ein halbes Dutzend Ausrufezeichen hinter jeden Satz. Ja, so wird es gehen. Er schreibt: ›Wilde Leidenschaften!!!! Eisenhärte!!!!!!‹ Er schreibt: ›Die einzig echte Bekleidung des Mannes ist der Soldatenrock!!!!!!!!‹ Genug. Bald liegen auf dem Teil der Decke, der Brust und Bauch bedeckt, fliegende Zettel voller Mahnungen. Genug. Der Greis schläft schlagartig ein, der Füllfederhalter fällt ihm aus der Hand, von dem dumpfen Aufschlag auf dem Boden wacht er nicht auf. Der Österreicher steht auf, schleicht sich in den Flur, ihm entfährt ein Schrecklaut: Chamberlains Frau Eva Wagner sitzt kerzengerade auf dem Stuhl neben der Tür. Ihre Mütterlichkeit stößt ihn ab. Dass sie ihm ihre Ehrerbietung mit einem Hofknicks nicht offen zeigt, verdrießt ihn. Sie könnten sich leise tuschelnd unterhalten – worüber? Sie spricht ihn auf sein Junggesellensein an. Er sagt, dass er für die Ehe noch nicht abgeschliffen sei. Sie weist ihn darauf hin, dass er ein unstetes Leben führe. Er sagt, dass er in allen Angelegenheiten mit Ausnahme der Ehe bewandert sei. Sie vermutet, dass er sich von keiner Frau überwältigen lassen wolle. Hitler schreit: »Die Lebensfrau ist mir noch nicht untergekommen. Ich kenne nur Germania, die hohe Braut!« Dann schweigen sie, sie schweigen und horchen. Doch Chamberlain schläft. Der Mann ist durch eine geheimnisvolle Krankheit invalidisiert, er wird nicht wieder gesunden. Der erlauchte Gast verpatzt beim Abschied den Handkuss, seine Zungenspitze rutscht zwischen die trockenen Lippen, er schmeckt ihren Handknöchel, der Geschmack nach bitterer Salbe lässt ihn auf dem Weg zum Hotel immer wieder schlucken.

Die Menschen halten den Autor für einen Mann vom Ordnungsamt, weil er immer wieder stehen bleibt, gefaltete Zettel oder den Notizblock hervorholt und eilig Worte und Dialogfetzen hinkritzelt. Es ist spät geworden. Der Autor will nicht länger in der fremden Stadt herumirren. Er muss nicht auf die Stadtkarte schauen, er findet den Weg zurück. Er schiebt seine Zimmerkarte in den Schlitz neben dem Hoteleingang. Trotz mehrmaliger Versuche gehen die Türen nicht auf. Der Rezeptionist, der den Nachtdienst versieht, kommt ihm zu Hilfe. Er nimmt den Fahrstuhl in den dritten Stock. Ein nackter Mann kommt ihm im Flur entgegen. Was ist das? Der Autor flieht über die Fluchttreppe, die Sohlen knallen auf die Gitterroststufen.

Er geht durch menschenleere Gassen, zwischendurch verfällt er in den Laufschritt, weil es ihn in der Nachtkälte fröstelt. Weil er sich im tiefsten Inneren bedroht fühlt. Er empfindet plötzlich Seelennot. Es könnte mit ihm ein schlechtes Ende nehmen, wenn er eine Kneipe aufsucht. Das letzte Mal ist ein Kerl, mit dem er kein Wort gewechselt hatte, auf ihn losgegangen. Bestimmt würde wieder so etwas passieren. Er will nicht bei einem wilden Tumult untergehen. Er möchte bloß noch eine Stunde absitzen, bis er sicher sein kann, dass der nachtaktive Nackte weg ist. Im Wirtshaus am Ende der Einkaufsstraße dröhnt keine laute Musik, das ist ihm sehr recht. Die Wirtin trägt einen tiefen, spitz zulaufenden Ausschnitt, Glitter funkelt auf ihrer Haut. Kaum tritt er an den Tresen, sagt sie: »Das Glück ist kugelrund, es trifft wohl manchen Pudelhund.« Sie meint es gut mit ihm. Er bestellt Limonade und Erdnüsse, sie stellt ihm Glas und Schale hin, er wartet vergeblich auf eine bissige Bemerkung. Ein Stammkunde verrät ihm, dass sie es je nach Laune dem einen oder anderen Stammkunden erlaube, ihr auf die Stelle zwischen Drosselgrube und Busenfalte einen Kuss aufzudrücken. Es weht dem Autor kalt um die Waden. Sie stammt aus dem ehemaligen Zonenrandgebiet, genauer aus dem Harz, mehr möchte sie nicht verraten. Die Schale ist schon leer gegessen. Er glaubte, dass ihn nichts heilen könne von der Missstimmung, nun geht es ihm aber deutlich besser. Fast alle Männer am Tresen und an den Tischen sind mit gutem Gemüt gesegnet. Woher will er das wissen? Sie sehen nicht aus, als hätten sie ein entartetes Triebleben. Kann er das so einfach in diesem Halbdunkel erkennen? Jeder erzählt seine Heldengeschichte, da draußen, die Männer hier drinnen lärmen aus bloßer Munterkeit wegen der vielen Schnäpse im Blut. Er denkt: ›Ich möchte weiterkommen mit dieser Geschichte.‹ Er hofft: Es wird sich schon alles beruhigen. Es wird nicht alles unter seinen Händen zerfallen. Ein anderer Stammkunde stellt sich als Zugezogener aus dem Norden vor. Er trägt einen Hut, dessen Krempe er vorne und hinten umgebogen hat, um wie ein Wildschütz auszusehen. Gelegentlich nimmt er ihn ab und wischt sich mit einem zerknüllten Taschentuch über die Stirnglatze. Der Autor starrt auf die Fusselknötchen am zerschlissenen Hutrand. Der Mann mit Hut erzählt: »Früher war das meiste sauschlecht. Mein Vater wär in den Jahren zwischen den Kriegen fast verreckt. Der Magen hing ihm durch bis zu den Zehen, er hatte Hunger und Hunger und Hunger. Da ging er in die Bouillonbude. Er hat es mir genau beschrieben. Der hintere Saal war eine Wärmestube, die Männer schliefen auf langen Wirtshausbänken an der Wand, Taue waren in Brusthöhe gespannt, dass sie nicht vornüberfielen. Man saß, wenn man nicht schlafen wollte, auf kippligen Schemeln, zahlte die Pfennige, löffelte die wässrige Fleischbrühe. Mein Vater hat mir gesagt: Ich fütterte mich, ich steckte die Faserstücke in meinen Mund, ich warf die Stücke in den aufgerissenen Mund. Mein Vater hat mir gesagt: Ich hab gedacht, mit den Fasern im Mund: Der Tag ist noch nicht vorbei, und es ist nicht dumpf in mir, und es ist noch Sehnsucht in mir nach Bequemlichkeit.« Der Autor gibt dem Wildschütz recht. Noch eine Limonade, noch eine Schale Erdnüsse, die Wirtin glitzert und serviert, der Autor bleibt sitzen und macht alberne Handbewegungen, er macht zustimmende Gesten, während der Wildschütz und andere Männer Geschichten mit einem kläglichen Ende, mit einem schlechten Ausgang erzählen, das macht nichts, das Wirtshaus ist voller Stammgäste, die die Frau Wirtin wie eine Ballkönigin anstaunen, alles riecht so schön und gut und deutsch wie Butterbrot, er versteht, dass man eine dicke Suppe essen möchte, dass man sich dick und rund fressen will, manchmal reichen Milch und ein Gebäckstück, und bei kaltem Wetter tut man Cognac in den Tee, der Autor wird sich das noch einmal überlegen, ob er das Buch machen wird, die exzessive Grübelei macht geisteskrank, das bisschen Schläue wird ihm nicht helfen. Ich will in Ruhe kommen, denkt er, und dann greift der Autor doch zum Notizheft und schreibt Worte, die er dem Elenden, dem Blutsäufer, dem Österreicher in den Mund legen wird, das nimmt er sich vor, er schreibt: ›Ein bisschen Glück steht mir doch zu. Ich werd noch groß. Die anderen sollen kleine Menschenstücke bleiben.‹ Und er macht sich

Gedanken über den Elenden, was ist ihm denn widerfahren, dass er zum Menschenschwein geriet, ist ihm das Bürgerliche den Buckel runtergerutscht, war es ihm immer ein Wunsch, alles in Fetzen zu reißen, das ist eine heillose Geschichte, und doch möchte der Autor das Buch machen, das Buch über Hitler im Aufstieg, die Münchner Jahre bis zum Putsch und der Niederschrift von *Mein Kampf*. Plötzlich ist er von der Sorge gepeinigt, dass der Stammkunde aus der Bierwut heraus ihm das Heft entreißt, und da schreibt der Autor: ›Unbedingt eine Szene mit Sitzschläfern in der Bouillonbude einbauen!!!‹, jetzt fängt er auch an, Ausrufezeichen zu setzen, der Wildschütz ist wegen seiner Schreiberei misstrauisch geworden und rückt von ihm ab, und wenn der Autor so weitermacht, gibt's von der Wirtin bestimmt bald eine Backenklatsche, er schaut hinaus und sieht: Es ist Nacht, und Käfer und Motten umschwirren die Lichter. Noch eine Limonade, noch mehr Erdnüsse. Zwei Wandergesellen in Trichterhosen hocken friedlich auf der Bank und trinken und trinken. War der Österreicher der Führer des miserablen Pöbels? Ja. War er heftig, höhnisch, hasserfüllt? Ja. Hatte er die fanatische Willensstärke, böse zu sein? Ja. Er hat ein ganzes Volk in den Kot einer üblen Tiefe gezwungen. Der sentimentale Kerl konnte vor innerer Erregung schluchzen. Der Autor ist vor lauter Grübelei in Schweiß geraten. Da erinnert er sich an den Nackten im Flur, der Mann trug an den Zehen fadenscheinige Strümpfe, das hat er gesehen, bevor er die Flucht ergriff. Er ist müde, er bezahlt, die Wirtin wünscht einen guten Heimweg, er stolpert durch die Nacht, und weil er sich wieder verirrt, schimpft er sich halblaut blöd und beschränkt, es schmerzen ihm von krummem Sitzen

Kreuz und Rücken. Der Nachtportier ist verblüfft über ihn, den ungeschickten Hotelgast, der schon wieder um Einlass bittet, diesmal fuchtelnd und klopfend. Der Autor macht vorsichtig ein paar Schritte, stürmt in den Aufzug, im dritten Stock späht er in den Flur, rennt zu seinem Zimmer, hält die Karte vor den Türsensor, erst nach dem vierten Mal leuchtet das grüne Lämpchen auf, er drückt hastig die Klinke herunter, tritt ins Zimmer, drückt die Tür zu, klemmt einen Stuhl zwischen die Klinke und den Boden. Jetzt fühlt er sich vor einem Überfall sicher. Im hohen Zimmerwinkel steht, auf einem dicken Zweig festgemacht, eine ausgestopfte Eichkatze, deren Buschschwanz man aufgebürstet hat. Der Mund ist zu einem menschlichen Lächeln verzogen. Ihn schaudert. Der Autor hat Angst, dass es an der Tür rüttelt. Er hat Angst davor, dass die Eichkatze zum Leben erwacht und sich in ihn verbeißt, wenn er schläft und wehrlos ist. Er greift zum Filetdeckchen auf der Kommode, er legt es über das grinsende Tier, er überlegt, ob er das verhüllte Tier mit seinem Gürtel knebeln soll. Er entscheidet sich dagegen. Nach der Dusche kriecht er ins Bett, ihn friert jämmerlich. Immer dann, wenn ihm die Augen zufallen, empfindet er ein Entsetzen. Regt sich die Eichkatze? Er macht Licht. Verkappt sich das Tier? Will es Gewalt über den Autor bekommen? Es ist tot, es ist gefüllt mit Stauberde, mit verwestem Holz. Er schläft ein, er träumt sich mit schweren Achseln leer.

Am nächsten Morgen fühlt er sich, als hätte er auf der Drahtpritsche gelegen. Ist das ein Jammertag oder ein Jubeltag – das wird er noch herausfinden. Im Frühstückssaal sitzen die Festtagsbesucher an vier zusammengeschobenen Tischen, sie bestellen Rührei mit Speck, der Autor nagt lustlos an seinem Pumpernickel, die tropfende Tomatenscheibe fällt ihm von der Gabelspitze, es gelingt ihm nicht, sie aufzuspießen. Hitler. Er beschloss, die Welt bis zu seinem feigen Ende anzuknurren. Bitte nicht. Nicht gleich am frühen Morgen Gedanken über den Mann. Der Autor verlässt den Saal, er eilt zur Rezeption und erzählt von dem gestrigen bizarren Vorfall. Die junge Frau, auf deren Namensschild ein polnischer Name steht, stutzt und schaut zur Seite, der Concierge übernimmt: Er wolle sich im Namen der Hotelleitung vielmals entschuldigen, bei dem besagten unbekleideten Mann handle es sich um einen treuen Kunden, dessen Ehrbarkeit nicht zu beanstanden sei; leider würde der besagte Herr nicht immer, aber recht häufig, schlafwandeln, eine zu Tode erschrockene Dame habe sogar auf den Mann mit ihrer Handtasche eingeschlagen, wolle der Herr bitte zur Wiedergutmachung ein Glas Sekt auf Kosten des Hauses annehmen. Der Autor lehnt dankend ab. Er fragt, ob er nach dem Auschecken seinen Koffer unterstellen dürfe. Und seiner Bitte wird entsprochen. Er bricht zu einem letzten Erkundungsgang auf. Nackter Mann in Strümpfen. Bouillonbude. Eichkatze.

Hitler in Bayreuth. Wer fehlt? Winifred. Für den knallverrückten Österreicher war die Villa Wahnfried eine Hochburg deutscher Volkheit. Er nannte Winifred ein Prachtweib. Es knisterten ihr die Sinne, wenn sie ihn ansah, sie nannte ihn liebevoll Wolf. Sie könnte ihrem Wölfchen die Tür geöffnet haben, sie könnte ihrem Wölfchen bedeutet haben, die braune Cabriohaube abzunehmen. Der Führer kommt sich im Hause des Meisters Richard Wagner mückenklein und blöde vor. Nach einigen Stunden in der Stube führt sie ihn ins Freie, sie braust im langen Rock voran, der Hut mit großer Krempe verschattet Stirn und Augen, die Schleppe schleift durch den Dreck. Im Vorgarten der Villa werden Kartoffeln und Gemüse angebaut. Es ist kalt, es bilden sich Tröpfchen an den Stoppelenden des Nasenbarts, der Österreicher drückt den Ärmel heimlich gegen die Oberlippe. Winifred sagt: »Wir wollen Feuer legen, um das Waldgespenst zu vertreiben.« Sie läuft ins Gehölz, H. folgt ihr in die Nebelnässe. Der Boden ist vom Tauwasser aufgeweicht. Der hechelnde Österreicher sieht den Durchhau, Stöckchen und Bruchholz liegen am Boden, dann stoßen die beiden auf einen Knüppeldamm, der Weg durch den schwarzen Morast ist mit derben Klötzen belegt, Winifred rät laut zu Bedacht und Behutsamkeit, H. rückt den Hut ins Genick, die Cabriohaube steckt in der Tasche des Trenchcoats. H. springt vom letzten groben Holzstück, sie hält ihn am Ellenbogen fest. Er muss zurücktreten, um Berg und Wald zu bestaunen. In die Natur begibt er sich nicht gerne. Sie sagt, dass Siegfried, also Fidi, schon ein Quirlequitsch sei, und weil ihm das Wort nicht geläufig ist, sagt sie: Zappelhans. Sie möchte ihr Herz ausschütten … Der Autor sitzt auf einer niedrigen Natursteinmauer, die Feuchte durchnässt den Hosenboden, das ist ihm egal, er muss jetzt über die Worte nachdenken, die er Winifred Wagner in den Mund legen wird, es muss sich nach einer Lebensbeichte anhören. Er schreibt ins Heft: »Fidi ist schon ein liebenswerter Mann«, ruft sie, »erlebnistief, wenn es um seine Musik geht. Ich will mit einem Mann gleichen Sinnes sein! Sie, Wölfchen Führer, haben ja viele Frauenbekanntschaften, Sie haben ja Abwechslung, ich habe sie nicht. Ich habe die Kinder, ich habe die hohe Frau, die sich jede Nacht im Bett eine Flasche Bier genehmigt. Muss man das wissen? Ja. Denn sonst ist sie steif und hart. Sie, lieber Herr Hitler, haben Herzenstakt.« Wie weiter? H. geht mit ihr einen schönen Waldweg entlang, der Matsch ist zu knöchellangen Kämmen verhärtet, er geht voraus, er spürt ihre Atemwolke an seinem Rücken niederschlagen, sie spricht ihm in den Rücken. Eine äsende Hirschkuh in der Ferne. Der Boden ist weich, H. trägt seine neuen, frisch gewichsten Halbstiefel, er muss achtgeben, dass er nicht einsinkt. Er denkt: ›Blöd wird man, wenn man den Blick schweifen lässt. In der Ferne ist nichts.‹ Winnifred sagt, dass sie ihn eigentlich zu einer verrufenen Lichtung in Waldesmitte führen wollte, doch das dauere zu lange, sie müsse außerdem auf der Hut sein vor den Bayreutherinnen, die ihr eine wesentliche Neigung zu Narrheiten unterstellten, weil sie nicht dem deutschen Stamm angehöre. Da wirft er sich zu ihren Füßen und ruft: »Sie sind mein Ideal!«, er umklammert fest und männlich ihre Beine, seine Hose saugt sich augenblicklich an den Knien und an den Schienbeinen mit Schlammwasser voll, sie scheint seine Anschmiegung als Galanterie zu verstehen, er atmet den Geruch ihres Rocks ein, sie legt ihm zwei Finger auf den Nasenbart. Ganz Gesicht und Gliedmaßen, das ist der Österreicher trotz der Kälte. Sie lehnt an einem Baumstamm, und als sie sich bewegt, rieselt zerbröselte Rinde auf ihre Fersen. Ein Kind mit großen Gelenken, das ist sie. Er schaut hoch, sie lächelt, und er sieht ihre speichelnassen Eckzähne. Er bleibt mit nassen Knien in der Umschlingung. Er benimmt sich ihr zu Füßen gebührlich. Käme ihr Mann Siegfried ins Gehölz und sähe er Hitler die Lippen auf Winnifreds Unterschenkel aufdrücken – spräche er von einer unflätigen Geschichte? H. fühlt wieder ihre Finger an seinem Schnauz.

Sie lösen sich voneinander. Der Führer darf sich bei den Wagners nicht mit verschlammter Hose sehen lassen, Siegfried würde bei seinem Anblick kichern, denn ein Führer hat nicht zu triefen! Also zieht er heimlich davon. Er sieht die von Schädlingen befallenen Straßenbäume, die Feuchtigkeit in der Luft beunruhigt ihn, er schlägt mit der Nilpferdpeitsche beim Gehen gegen die Waden. Man darf keine sentimentalen Anwandlungen haben. Wer denkt das? Der schlammnasse Führer. Der Autor weiß: Das hat sich so nicht zugetragen, er schreibt ja aber auch nicht an einem Tatsachenbericht. Trägt er die Kleinigkeiten zusammen wie einer, der Schmutz zusammenkehrt? Die Wagnerianer, wenn sie denn sein Büchlein lesen, werden die Nase rümpfen: Winnifred hält sich an Hitlers Schnauz fest – wie geschmacklos. Das stimmt. Von Geschmack ließen sich aber die Damen und Herren damals nicht immer leiten. Der Emporkömmling H. war bei ihnen gut aufgehoben. Er galt als Volksliebling, nicht wenige Männer in Bayreuth schwenkten ihm zu Ehren die Mütze. Sie glaubten, in dem Mann eine starke nationale Gärung entdeckt zu haben. Nicht nur die Elendsten sind ihm gefolgt, denkt er. Führer befahl, sie folgten: Sie gaben ihr Blut hin für Luft, für nichts, für lausige laffige Ziele. Dieser Gedanke schwillt in seinem Kopf an, der Autor wird nicht klüger. Es wehten ihn aus wechselnder Richtung diese Idee und jene Idee an. Was gibt es über die Liebesgeschäfte des Mannes H. zu sagen, was über sein Begehren? Wie geht es zu bei Männern seines Schlages? Seine Liebschaften blieben nicht im Verborgenen. Der Autor hat viel über Hitler und die Frauen gelesen. Er musste nicht um Gunst und Gabe betteln, die Frauen vieler deutscher Städte huldigten ihm, weil er als schäumender Redner die Fremdenabwehr lehrte, weil ihm die festgeklebte nasse Locke in der Erregung wie einem kleinen Bub in die Stirn fiel. Weil er den Handkuss fast immer formvollendet gab und weil dabei die abstehenden Borsten seines Nasenbärtchens den Handrücken der Dame kitzelten. Er war ehrerweisend, er verwarf nicht die alte Art, und dass ihm heimtückische Gedanken das Gesicht verdunkelten, machte ihn in den Augen der Frauen nicht unansehnlich. Der Autor zieht das Porträtfoto von Hitler aus dem Innenfach seiner Geldbörse, er vergewissert sich, dass ihm kein Bayreuther über die Schulter schaut, dann starrt er in das Gesicht, als wolle er durch Hypnose dem Abbild Geheimnisse entringen. Lächerlich. Der Autor ist lächerlich. Und der Mann H. ist lächerlich: Er verkneift die Lippen, als wolle er bedeuten, dass er jeden mordet, der ihm in den Lauf kommt. Dass er unbestreitbare Anlagen hat und dass ihm keiner wird einreden können, er sei unbegabt. Der ist vom Kopfdruck ganz grau, denkt der Autor, der ist eigentlich nervenschwach, der befiehlt aber, dass man dem Ganzen mit Lot und Lineal zu Leibe rücken müsse. Es steht ihm deutlich lesbar im Gesicht geschrieben: Es ist wenig Menschengeist in dem Mann. Der will ein Meisterstück vollbringen, der will seinen Entschluss gegen jede Gewalt durchsetzen. Der deutsche Rächer. Der verbeißt sich die Klagelaute, den schüttelt der Weinkrampf zur nächtlichen Stunde, der saust hinaus und will sein Bekenntnis in die Leiber schnitzen. Der sieht aus wie einer, der hastig die im Mund angesammelte Spucke in den Hals drückte, den Schluckauf bekam und heftig dagegen ankämpft. Lächerlich. Das alles will der Autor auf dem Foto erkennen, das Hitlers Hoffotograf Heinrich Hoffmann gemacht hat? Ja, weil er den Ausgang der Geschichte kennt. Das ist einer, der zeitlebens eine saure Schnauze vor Ärger oder vor Ekel gekriegt hat. Da ist die Lebensliebe erloschen. Der blickte sich um und sah nur Gemensch, menschliches Gestrüpp. Der kam mit dem Eisernen Kreuz Erster Klasse nach Hause und sehnte sich nach dem nächsten Krieg, das würde ihm das große Erlebnis sein. Der lernte, vor dem Spiegel streng zu glotzen, der blinzelte so lange nicht, bis ihm Tränenwasser in den Augen stand. Der sprach von der schuldigen Heimat, den Orden hatte er fürs »tapfere Ausfechten hart am Feind« bekommen, er wollte auch zu Hause seinen Lohn. Der Friede war nicht möglich und nicht erträglich, der Mann H. knirschte vor Wut, er hörte oft sein eigenes Zähneknirschen. Der sagte oft die Lüge auf: »Ich bin ein Straßenmaler gewesen, in Wien und München, ich war ein sauberer junger Herr, es stieß sich keine Frau an meinem Anblick. Trotz Hunger und Not habe ich meinen Namen anständig erhalten.« Er sagte es vielleicht nicht in genau diesen Worten. Der Autor steckt das Foto wieder ein, er steht mit den Taschen herum und gafft verträumt. Er fühlt sich wie von einem alten dunklen Mantel umfangen. Sein Herz ist leer. Wie ein leuchtendes Kind unter schweren Decken fühlt er sich. Ist das ein Hochgefühl? In dieser Stadt wird er nichts mehr finden. Er lauscht der gelegentlich von Vögeln verzwitscherten Stille, dann geht er los.

II

Der Autor hat keinen wetterharten Kopf, die Gewaltmärsche im Nieselregen haben ihn geschwächt. Im kalten Morgen stopft er ungeschickt das Hemd in die Hose, er gerät ins Schwanken, er kann sich gerade noch fangen. Er ist heimgekehrt, noch spätnachts hat er gestern den Koffer und die Taschen ausgepackt, damit die Spuren der Reise schnell getilgt sind. Beim Zähneputzen schaut er in den Badezimmerspiegel, wendet den Blick ab. Er drückt gegen das kleine Doppelkinn: Senkt sich der Zungengrund, oder erschlafft das Gewebe? Was hatte ihm sein Deutschlehrer in der elften Klasse gesagt? »Es fehlt Ihnen an erforderlicher Dienstfreudigkeit! Sie haben einen beschädigten Sinn. Ihr Leben ist stumpf und grau. Zum Taugenichts wollen Sie werden in dieser Welt. Ich muss Sie nicht ermuntern, Sie werden es schaffen.« Seltsam, dass er an den Mann denken muss, der seine fünfundzwanzigseitige Klassenarbeit über Werk und Wesen Georg Trakls mit einem Ungenügend benotet hat. Er hielt die Seiten vor der ganzen Klasse wie eine Schandschrift in die Höhe und schrie die Note aus. Großes Gelächter. Jetzt schreit im Treppenhaus die Frau, die ihn an den Rand des Wahnsinns treibt. Sie ist tablettensüchtig. Sie hat zehn Augen und zehn Hände, wenn es um die Beschaffung fremden Besitzes geht, den sie bei dem Hehler im Haus bei den Flaschencontainern versetzt. Der Autor ruft ihr durch die Tür zu, dass sie bitte Ruhe geben solle. Sie lasse sich nichts befehlen, kreischt sie, er sei nicht Manns genug, aus seinem Versteck herauszukommen, auf Feiglinge gebe sie nichts. Dieser beißende Hass ist unerträglich. Er geht ihr in die Falle, er reißt die Tür auf. Er sieht getrocknete Bratensoße in den Rillen ihrer mürben Lippen, der Mund ist zur Grimasse verzogen. Sie flucht mit lauter Stimme, sie macht huschende Bewegungen. Ein Dutzend Farben schillern an ihrem Haar. Sein Herz pocht, er würde am liebsten einen Hassschrei ausstoßen. Sie klammert sich plötzlich an den Autor, als wäre er ein Ast zum Festhalten, das ist ihm nicht genehm, er schüttelt ihre Hand ab. Im dunklen Monat November im letzten Jahr wollte sie sich mit Rucksäcken voller Steine beschweren, ins Wasser gehen und auf den Grund sinken. Daran muss er denken. Sie hat die silberne Gurkengabel der Nachbarin versetzt, die sie in ihre Wohnung ließ. Daran muss er denken. Jetzt sagt diese Frau: »Ich werde mein Gesicht waschen, weil du mich lange angeschaut hast! Runterrutschen kannst du mir dort, wo der Rücken seinen anständigen Namen verliert!« Der Autor strahlt sie an – woher hat sie das, wo hat sie diese Redewendung aufgeschnappt? Ihre Hündin kommt die Stufen heruntergesprengt, stößt mit der Schnauze in ihre hingehaltene hohle Hand. Man darf keine sentimentalen Anwandlungen haben, nur weil eine vulgäre Person sich ausnahmsweise gewählt ausdrückt. Weil ihn eine feuchte Hundeschnauze fast zu Tränen rührt. Sie wartet lauernd auf den Gegenschlag, er aber bittet sie bloß darum, das Keifen und Kreischen im Treppenhaus zu unterlassen, bestimmt zum hundertsten Male. Ihr sitzt ein großer Zorn im Hals, sie weiß sich nicht anders zu behelfen, als die große Plastiktüte zu leeren, viele alte Holzkleiderbügel fallen ihm auf die Füße. Die Frau rennt die Treppe hinunter, die Hündin springt hinterher. Er hebt einen Bügel und betrachtet ihn mit großer Neugier: Er weist an den Enden tiefe Kerben zum Aufhängen von Röcken auf, die Metallhaken sind drehbar, an dem gerillten Hosensteg sind Haken mit Filzeinlage angebracht. Er legt den Bügel auf den Haufen und schließt die Tür. Wird sie sich anschleichen, um gegen die Tür zu hämmern? Es steht für ihn außer Zweifel, dass sie in eine Heilanstalt gehört. Ihre Rufe in stockdunkler Nacht sind zum Fürchten. Der Autor möchte sein: dem Rand am fernsten, am weitesten innen. Er möchte sein: ein schlafender Schatten, ein heller Fleck, eine ungelebte Farbe. Das Glück ist ihm nicht zertreten, daran glaubt er fest. Das sind seine Gedanken beim Wäscheaufhängen. Er hält jedes langärmelige Unterhemd an den Achselenden und schlägt es in der Luft aus. Sein Blick fällt auf das Hitler-Regal. Die Biografien. *Hitler und seine Hintermänner. Tiere im Nationalsozialismus. Hitlers Religion. Hitler und die Frauen. Das KZ-Universum. Fotos aus Sobibor. Eichmann in Jerusalem.* Es sind Hunderte Bücher, sie stehen in zwei Reihen. Es klopft laut an der Tür, er macht wider besseres Wissen auf: Da steht, fast auf der Schwelle, der Freund der Süchtigen, er hat getrockneten Rasierschaum an den Ohrläppchen. Er sagt, dass der Autor über genügend Fantasie verfüge, um sich vorzustellen, wie er aus einer Platzwunde am Kopf blutet. Er solle die Freundin in Ruhe lassen, sonst wäre die Scheiße am Stinken. Der Autor schlägt ihm vor der Nase die Tür zu. Der Kerl ist ihm zuwider, er hat ihn bedroht, es wird ihm dreckig gehen, er hat eine Vorahnung, denn der Kerl ist ein Berufsverbrecher, er hat wegen schwerer Körperverletzung gesessen. Es verleidet dem Autor das Leben, dass das Gesindel ihn belagert. Er presst das zappelnde Bein an die Tischkante. Wann schlug das Wetter um? Der Regen klatscht gegen die Fenster, dass es in den Rahmen klirrt. An den kahlen Ästen haben sich Fetzen verfangen. Es flackert ein Geisterlicht über den Kaminen. Was schaut er hinaus, wenn es ihn ängstigt vom Anblick des frostkalten Himmels? Ihn plagt eine plötzliche tiefe Verstimmung. Ein Freund nimmt gegen die Vertrübung einen Absud aus Samenbläschen und Prostatadrüsen. Soll er ihn anrufen? Er entscheidet sich dagegen, der Freund würde ihm mit viel Sachkenntnis erklären, dass es nicht ausreiche, einfach nur Mittel einzunehmen und auf Besserung zu warten, für so was hat er keine Zeit. Er muss dieses Buch schreiben, denn er will begreifen. Arbeiten wie ein Ross, das muss er tun, es reicht, das Gesindel von Herzen zu verachten, hart arbeiten muss er, mit hinreichendem Fleiß kommt man nicht durch. Besaß der Mann Hitler eine einfache Bartbürste? Reicht es denn für die Charakterkunde, wenn man ihn als Würstchen einschätzt? Er will ihn ergründen, das macht man nicht so eins, zwei, drei. Er denkt: ›Die Zeit löscht ihn aus, er verbleicht, und ich bringe ihn zum Sprechen – muss ich diese schmutzige Geschichte aufschreiben? Es bringt doch nichts Erhellendes zutage. Man sollte an diesen Dingen nicht rühren.‹ Er darf nicht in Nachsinnen verfallen. Er hört das Gekecker der Süchtigen, er hört das Zähnefletschen der Hündin, die seine Schmutzfangmatte zerkaut. Es müsste eine Faust vom Himmel niederfahren und das

Pack zerkörnern. Was sind das für Wünsche? Die Frau, die ihn seit zwanzig Jahren terrorisiert, liebt Textilien mit Einlagen aus Pelz- und Lederimitaten. Er hat sie und ihren Freund mit kaum getragenen Kleidern beschenkt, er war ihnen gegenüber doch eine mitleidige Seele. Er darf in diese mistige Sache nicht hineingezogen werden. Er traut es ihrem Freund, dem Zuchthäusler, zu, dass er ihm die Finger umbiegt. Es müsste eine meuchelnde Maschine in diesem Haus ihr Werk verrichten: blitzschnell und stahlhart, zielsicher und treu. Der Autor geht noch restlos kaputt. Er geht nicht heil heraus. Eine sanfte Lösung wird es nicht geben. Er hört das lang gezogene Geheul der irren Frau vor seiner Tür. Er schmiegt sich starr vor Schreck wie ein greises Männchen an die Wand. Die Ärmelenden der aufgehängten Hemden wischen im Zugwind sachte über die Dielenbretter. Der Hausmeister im Stockwerk über ihm poltert die Treppen herunter. Die bloße Plauderei ist ihm zuwider, er ruft Frau und Hündin zur Ordnung, Unnachgiebigkeit ist geboten. Jetzt öffnet der Autor die Tür, er hätte sich tot stellen können. Er steht im Schweiß, wer wird ihn zuerst anfallen, er hat die Möglichkeit nicht bedacht, dass die Hündin ihre feuchte Schnauze in seine hohle Hand stößt. Die Süchtige, der Hausmeister, der Autor: ein Gruppenbild der schweigenden Menschen, der durch den Mund atmenden Menschen. Die Augenbutter ist dem Hausmeister an den Wimpern verklumpt. Es zerreißt die Süchtige fast, dass er sie scharf getadelt hat, ihre Hände kneten die Luft. Von manch einem Menschen wünschte der Autor, er ginge bei dieser Hündin in die Schule. Wieder ein sonderbarer Gedanke. Das war ein Anschlag, er müsste böse sein, er müsste sie verscheuchen, doch er tut es nicht. Er neigt oft zur Ideenflucht, zu einem ungeordneten Denken. Der Hausmeister, ein Mann wie eine dicke Planke, wischt sich erst die Butter von den Augen, dann fordert er alle Beteiligten auf, Ruhe einkehren zu lassen. Jetzt ist die Gelegenheit, ein Gesicht zu zeigen, wovor sie zurückweichen – der Autor aber ist zufrieden, dass er nicht zu Schaden gekommen ist. Eine halbe Stunde später schreit sich die Süchtige in ihrer Wohnung den Hals lang, sie schreit, und ihr Freund schreit dagegen an, der Autor stopft hastig Schaumstoffstöpsel in die Ohren, er hört nur noch gedämpften Lärm, und er fragt sich, wer die Kleiderbügel in aller Stille unbemerkt weggetragen hat, er hat einen Einfall, als wäre er von den spitzen Schreien im Haus unbeeindruckt, er schreibt auf den Zettel vor ihm auf dem Tisch: ›Hitler: Ich will in jede dunkle Ecke stechen, denn im Dunkeln öffnen sich Augen, und sie schließen sich nur dann, wenn ich streng und kalt hinschaue.‹ Der Autor schreibt: ›Hitler: Es verläuft alles schleppender als gedacht. Den Lumpen erpresse ich die Zustimmung mit Waffengewalt. Ich schlag auf diese Stadt ein, bis sie in tausend Stücke zerspringt. Ich bringe immer die Härte auf, Abweichler abzuschlachten. Ich bekomme nicht die Ereignismeldungen, auf die ich fiebrig warte.‹ Der Autor streicht nervös das Blatt glatt und schreibt: ›Hitler: »Bald fließt Blut in den Straßen. Da kann man nicht mit gepolstertem Hinterleib auf seinen Händen sitzen. Ich möchte die Hand zur Faust ballen und in den Mund stecken und würgen und würgen. Und würgen.«‹ Der Autor notiert: ›Der Mann Hitler wendet harte Mittel der Beseitigung an.‹ Das ist natürlich in jeder Hinsicht eine Untertreibung – er muss aufpassen, dass er den Österreicher aus schierer Nachlässigkeit nicht verharmlost. In dem Mann eiterte der Ehrgeiz, es brannte ihm die Haut, das war ein geifernder, quarrender Kerl, der mit schiefen Achseln dastand wie ein Soldat mit einem Holzbein. Der glaubte, dass er hartgeschmiedet sei durch die Zucht der vielen Tage der Entbehrung, des Hungers, des Krieges. Der Autor denkt: Mit Halbgefühlen erreicht man nichts. Der Autor denkt: Ich denke mit den Händen. Ich bin für die Tat. Das ist eine furchtbare, beschämende Überlagerung. Die Worte gehen ihm durcheinander. Was gehört ihm, was gehört Hitler? Schnell schreibt er noch auf: ›Hitler: Bei der Weltverbesserung kann ich nicht zimperlich vorgehen.‹

Trotz des Regens wird er einkaufen gehen. Er stopft die Plastikpfandflaschen in zwei große Beutel und macht sich auf den Weg, er muss bis zum Discounter nur um zwei Ecken biegen, es sind achtundsiebzig abgezählte Schritte. Er hat die Einladung eines Freundes aus früheren Tagen angenommen, das ist ihm eine lästige Pflicht. Der Freund bat darum, von sinnlosen Mitbringseln wie Blumen oder Pralinen abzusehen, er solle am besten mit selbst gemachtem Salat seine Frau entlasten, die immerhin für zwölf Personen kochen müsse. Der Autor kann Brotsalat zubereiten, er würde dann allerdings einige Baguettestangen in Scheiben schneiden und im Ofen rösten müssen, das nähme Zeit in Anspruch. Er steht mit dem Einkaufskorb vor den Gemüseregalen, er beschaut die auf Glanz polierten Tomaten, die roten Zwiebeln, die Karotten und Radieschen. Was könnte er mischen? Apfel und Kohlrabi. Gurke und Rucola. Zucchini und Apfel. Er könnte einen Reisnudelsalat, einen Gabelspaghettisalat, einen Kidneybohnensalat zubereiten. Nein. Er stellt schließlich drei Henkeleimer mit je anderthalb Kilo Fertigkartoffelsalat auf das Band. Der Mann hinter ihm in der Schlange fordert ihn auf, einen Warentrenner zu nehmen. Der Autor gehorcht sofort, weil ihm das präzise Deutsch des Mannes imponiert. Der Straßenmagazinverkäufer im Ausgang wendet den Blick ab: Den Obdachlosen, dem der Autor Münzen in die Mütze wirft, begreift er als seinen ärgsten Feind.

Zu Hause löffelt er den Salat in zwei große, bunte Schüsseln, er rührt so lange, bis sich Sahnebläschen bilden und zerplatzen, er spannt die Frischhaltefolien straff. Bis zum frühen Abend macht er sich Notizen, er verwirft die Idee, aus Gründen der Gleichgewichtung einen radikalen Gegenspieler einzubauen in seine Geschichte: Der ständige Wunsch der Liberalen nach Ausgewogenheit führt nicht selten zu Kitsch. Er bricht auf, die Schüsseln sind in den schwarzen Schwerlastsäcken gut verwahrt, er wird nicht tropfend in der Tür des Freundes stehen. Vogelscharen am Himmel. Er steigt in den falschen Bus ein, er muss am Hauptbahnhof umsteigen, es dauert zu lange, bis er endlich am Blücherplatz ankommt. In diesem Viertel fielen im Weltkrieg keine Bomben, es sind viele alte vierstöckige Bürgerhäuser erhalten. Er steigt in den dritten Stock des gelben Eckbaus, er ist der letzte Gast, das ist ihm peinlich, man schiebt es auf sein Künstlertum, darüber wird er wütend und lässt es sich aber nicht anmerken. Er sieht Mittvierziger und Mittfünfziger, er sieht Menschen seines Alters, die meisten Männer im Raum haben einen teuren Haarschnitt. Er erfährt vom Gastgeber eine kurze Belehrung, dass es sich bei den weißen Bohnen in den Holzschalen um Zuckermandeln handle. Der Autor ist geblendet: Die Möbel sind in einem Arztkittelweiß gehalten, in einem empfindungslosen Weiß, in einem Schneeweiß, Unschuldsweiß, in einem Weiß Gischt brandenden Wassers. In einem Engelwurzweiß. Helligkeit ohne Sicht. Der Gastgeber verteilt halb volle Sektflöten und bringt seltsamerweise ein Lebehoch auf seine Frau aus, die bei dem folgenden verrutschten Kuss mit den Lippen seine Augenbrauen streift. Sein Haar ist über den Kragen gewachsen, sie steht streng und schön da wie eine Frau von Stand. Denkt sie schlimm von dem Autor? Er gehört zur Bekanntschaft ihres Mannes aus der frühen Zeit. Glaubt sie deshalb, dass er ein schlechter Einfluss sei? Er bestaunt die Büsten aus weißem italienischem Marmor, er achtet darauf, dass er sie nicht mit nassem Genuss begafft, wie es ihm beim Betrachten von Bildern geschieht: Dann nämlich muss er öfter schlucken. Die Ordnung in der Wohnung gefällt ihm. Er denkt: Die Gastgeber haben Kleider im Schrank, die nachts leise rascheln, weil die Luft durch die Ritzen im verzogenen Holz zieht. Ein Mann mit einem Strohhut verrät ihm, dass er noch kein einziges Buch von ihm gelesen habe; er arbeite doch bestimmt an etwas Neuem, oder nicht? »Doch ja«, sagt der Autor, kommt aber nicht dazu, seine Gedanken weiter auszuführen, die Frau des Hauses bittet zu Tisch. Es gibt Leipziger Allerlei. Ein Mann, der zu hastig vom Löffel geschlürft hat, fragt nach dem Rezept. Er macht sich wichtig, glaubt der Autor, er muss doch nur schauen, was in seinem tiefen Teller schwimmt: grüne Bohnen, Karotten, Erbsen, Sellerie, Kohlrabi, Blumenkohl. Die Gastgeberin spricht aber lange über die Soße aus Grießklößchen und Krebsschwänzen. Früher habe man auch Lorcheln beigegeben, es habe sich jedoch herausgestellt, dass schon eine einzige Lorchel so viel Mengen des

Giftes Gyromitrin enthalte, dass ein qualvoller Tod die Folge sei. Ihre Bemerkung wird von den Gästen kühl aufgenommen. Ihr Mann ruft in die Stille: »Lasst uns die Töpfchen heben!« Die Gäste greifen zu ihren Weingläsern, als gehorchten sie einem Befehl. Man sitzt schön beieinander. Alles spiegelglatt gewischt und gereinigt, es riecht gut, die Männer frisch gewaschen, die Frauen leicht parfümiert, es riecht nach Wohlanständigkeit, endlich kein Staub auf den Ablagen, man muss nicht durch verschmierte Gläser starren. Den Autor ergreift ein Drang, ein schwingendes Gefühl. Im einsetzenden Weinrausch ist jeder Gedanke an eine Pilzvergiftung verblasst. Die Frauen, das sieht er ihnen an, würden am liebsten aufspringen und tanzen, aber nicht in diesem weißen Raum, nicht vor den Augen der Männer, die sich an den Gläsern festhalten. Es ist eine Tischgesellschaft, die Menschen bleiben sitzen. Es läutet die Klingel, die Frau des Hauses eilt zur Tür, und wenig später betritt der späte Gast den Raum. Es ist einer seiner ehemaligen Mitbewohner, der ihn sofort entdeckt und stürmisch umarmt. Die Umschlingung verstimmt ihn, er hält die Gabel noch in der Hand, zwei Kohlrabiwürfel fallen auf den Schoß. Der späte Gast erzählt, ohne von den Gastgebern aufgefordert worden zu sein: Damals, in den 1990ern, habe man zu sechst in einer Wohngemeinschaft gewohnt, drei Frauen, drei Männer, der Autor sei damals natürlich noch kein Autor gewesen, er habe Medizin studiert, und es sei ersichtlich gewesen, dass er an einer enormen Daseinsverfehlung gelitten habe. Sein gespreizter Ausdruck und seine falsch tönende Feierlichkeit sind ein Gräuel. Es muss ertragen werden. Der Mann prüft immer wieder den Sitz seiner samtenen Ausgehjacke. Er rückt mit dem ihm zugewiesenen Stuhl zwischen den Autor und seiner Tischdame, und ohne weiter auf den Protest der Frau zu achten, spricht er von einem Politiker, der nach einer Messerattacke seinen Verletzungen erlag; bei dem Attentäter handle es sich um einen geistig verwirrten Mann, so laute jedenfalls die offizielle Verlautbarung. Er jedoch glaube eher, dass es sich bei dem Messerstecher entweder um einen gewaltbereiten Orientalen oder um einen Reichsbürger handle, er schere sich schon lange nicht mehr um die Zeitungsmeinung. Was würde der Autor davon halten? Der Autor ist davon abgekommen, die politischen Tagesereignisse zu studieren, stattdessen las er seine Bücher. Der Mann legt ihm die Hand auf die Ellenbeuge, sie kommt der Frau dabei nahe, sehr zu ihrem Missfallen, sie schaut ihn hasserfüllt an: Mit diesem strengen Blick lässt sie Milch vergären. Jetzt ist die ganze Tischgesellschaft auf sie aufmerksam geworden, der Gastgeber fragt ihn über die halbvollen Gläser hinweg nach seinem laufenden Projekt, das sind seine Worte, und der Autor hält sich wider besseres Wissen nicht zurück und sagt: »Ich schreibe ein Buch über Adolf Hitler.« Er fühlt sich wegen der einsetzenden Stille genötigt, weiterzusprechen, denn er möchte auf das eitle Heimlichtun verzichten, er mag das nicht bei anderen Autoren. Der Gastgeber sabotiert den kurzen Vortrag durch lautes Aufschnaufen. Man hätte ihn gleich beseitigen müssen, damals, als er in seinem stillen Winkel Postkarten gemalt habe – wo sei das noch mal gewesen? »Im Männerheim in der Meldemannstraße im Wiener Bezirk Brigittenau«, sagt der Autor. Wie auch immer, sagt der Gastgeber, man hätte ihm einfach den Pinsel entwinden und den Pinselstiel in den Hals rammen müssen. Aus. Nix

NSDAP. Nix Nazi. Es entbrennt ein Streitgespräch. Man meuchelt doch keinen Unschuldigen, in Wien war er noch ein Niemand. Die Tischdame wendet sich ihm zu und sagt: »Das ist unnützer Eifer. Es geht mir gegen den Geschmack. Das ist doch eine verkehrte Wissenschaft. Das ist doch nicht Ihr Beritt! Verlegen Sie sich jetzt auf Trivialromane? Machen Sie das, weil Hitler immer ein gutes Geschäft ist? Sie sind wohl nicht ganz gescheit. Genügt dafür überhaupt Ihr Wortschatz? Müssen in jedem Buch von Ihnen Verrückte vorkommen?« Man verlangt vom Autor Bekenntnisse. Ihm ist es peinlich, zum wiederholten Male festzustellen, dass er an einer Provokation nicht interessiert ist. Er habe sich, wie man so sage, mit dem Stoff vertraut gemacht. Was redet er da? Er kann es nicht fassen. Der Freund aus früheren Tagen platzt vor Wut, er zeigt mit dem Dessertlöffel auf ihn und ruft: »Nicht deine Geschichte! Dafür bist du nicht zuständig! Mach doch was über deine Leute. Könnt ihr uns wenigstens unsere Verbrechen lassen? Müsst ihr euch alles aneignen? Hasst du uns Deutsche?« Der Autor verweist auf sein deutsches Leben, er verweist darauf, dass ihm jede Fremdheit vergangen sei, und kommt sich sonderbar vor dabei. Eine Frau, die ihn bislang nicht beachtet hat, kratzt mit der Spitze des Fischmessers über den Tellerboden, hin und her, hin und her, bis er mitten im Satz abbricht und verwundert auf das Schollenfilet auf seinem Teller starrt – wann wurde es serviert? »Papperlapapp!«, ruft der Freund, »ihr sogenannten Neudeutschen seid wie Ersatzfleisch. Ihr seid Spardeutsche.« Die Frauen und Männer in diesem Raum gehören der gewissenhaften, gesunden Generation an, sie wollen ihm mal freundlich, mal heftig seinen Platz zuweisen. Er hat selbstverständlich nicht damit gerechnet, dass sie sich in Lobsprüchen ergehen. Der ehemalige Mitbewohner sagt, als spräche er in einem Auditorium, mit lauter Stimme: »Du hast früher gemalt, gemalt hat auch der Hitler. Ein Künstler versetzt sich in einen anderen Künstler, das verstehe ich gut. Ein Künstler hat romantische Regungen. Der Hitler, der bekanntlich nicht wenige Aquarellbilder hinterließ, hat nur die düstere Seite der deutschen Romantik ausgelebt. Man kann sich, wie es ja getan wird, über den Mann entrüsten, der habe sich eben nicht vorgenommen, ein lieber Junge zu sein, versteht mich nicht falsch, man kann ihn natürlich unmöglich zum Vorbild nehmen, denn seine Politik ist von einer nie da gewesenen Heftigkeit gewesen. Doch säße der gute Mann hier am Tisch, käme man mit ihm gut aus, jetzt mal der ganze Quatsch mit der Korrektheit beiseite, ich nenne nach draußen Hitler ein übles Monster, das gehört ja zum guten Ton, aber innen, tief in meiner Seele, denke ich dann doch: Der Mann war einfach ein Idealist, der hat eine deutsche Epoche eingeleitet, das war der Anfang unserer Welt, der hat schon einige Angelegenheiten in Ordnung gebracht, und dass die Menschen mit Moral, diese Weltbürger, den heute hassen, kommt daher, dass er die restlose Ausschaltung der Feinde vorangetrieben hat. Gestern wie heute gilt doch: Man darf einen großen Gegner nicht stark machen, man muss das kleinste Feuerchen austreten …« Der Autor ist fassungslos. Er trinkt einen Schluck. Der Gastgeber aber ist mit ihm noch nicht fertig. Er ruft ihm vom Kopfende des Tisches Warnungen zu: »Nicht schon wieder!« und »Du willst uns doch nicht den Hitler aufschwatzen!« Der Autor steht auf, die Frau des Hauses erkennt seinen

Wunsch und weist mit einem vornehmen Ruck des Kinns in die Richtung. Im Flur macht er die falsche Tür auf: In der Abstellkammer sieht er acht Plastikeimer in verschiedenen Größen, und Kehrbesen mit Teleskopstielen und schmalen oder breiten Bürstenköpfen. Eine reinliche Hausfrau, denkt er, es ist nicht verkehrt, Schmutz rauszuschaffen. Das ist besser, als in schlechter Luft zu leben.

Er sitzt auf dem Toilettendeckel und schaut auf das eingerahmte Kunstplakat, das in Augenhöhe an der Wand gegenüber hängt: ein Objekt von Meret Oppenheim. Teller, Tasse und Löffel, beklebt mit chinesischem Gazellenfell. Er drückt die flache Hand sanft gegen die kalte Wand. Er fühlt die kleinen Pocken der Tapete. Handauflegen. Wer heilt wen? Strömt Körperwärme von ihm in die Wand, oder dämpft der Stein seine Erhitzung? Was denkt er da? Er ist in einen geschlossenen Zirkel eingelassen worden, und er wurde als ein ehrloser Tischgenosse erkannt. Der Abend ist für ihn beendet. Er wird, vielleicht nicht von allen, aber sicher von den meisten von Herzen verachtet. Er ist eine einzige Widerlichkeit. Der Gastgeber empfindet seine weitere Anwesenheit bestimmt als quälend. Er ist eine schlechte Gesellschaft. Er kehrt zum Tisch zurück, er hört den Mann mit dem Strohhut noch sagen, dass der Nachtisch von einer guten Zuckersüße sei. Es ist für den Autor, dem in diesem Zirkel die Rolle eines verzweifelten Elements zukommt, ganz ausgeschlossen, seinen Abschied hinauszuzögern. Im Durchgang zu dem Garderobenständer auf großen, groben Rollen sieht er, dass die Säcke in einer Küchenecke abgestellt worden sind, er geniert sich, um die Herausgabe der Schüsseln zu bitten. Sie werden den Kartoffelsalat nicht essen. Es sind alles bestimmt fabelhafte Menschen, er kann sich nur nicht auf sie verlassen. Er verfehlt mit dem linken Arm den linken Mantelärmel, einmal, zweimal, er errötet vor dem Gastgeber, der ihm den Händedruck verwehrt. Der Autor macht sich zu Fuß auf den Heimweg. Hitler läuft im eng geschnallten Gummimantel, die Waffe im Gürtel, durch menschenleere Gassen. Keine Überlagerung, bitte nicht, nicht zu dieser Stunde. Er muss sein Innerstes sauber halten, dass es nicht bröckele. Wer? Ich, denkt der Autor, nur ich allein. Der andere ist nicht sein Zwilling, der andere ist ein Menschenschwein. Er hat gelesen: Hitler war in seinen frühen Münchner Jahren beim weiblichen Geschlecht nicht unbeliebt. Er stellt sich vor: Hitler wird in einem Lokal, in dem er eine wüste Rede gehalten hat, von einer Frau angeschwärmt. Sie lädt ihn zu sich nach Hause ein. Er willigt ein, sie gehen los. H. spricht in tiefen Kehltönen, die sie beeindrucken. In ihm hat sie bislang nur den eisernen Pflichtmenschen gesehen. Dass er ihr beim Gehen ein munteres Volkslied anpfeift, ohne Scham und ohne großen Schweißausbruch, lässt sie froh lachen. Sie kommen an. Er lässt ihr allein aus Vorsichtsgründen den Vortritt. Sie legt den breitkrempigen Modehut und die Handschuhe auf die Garderobenbank. H. stutzt – weshalb hängen keine Gardinen an den Fenstern? Von der Straße ist die Wohnung einzusehen. Sie verfügt über den geeigneten deutschen Hausrat. Das Ideengut muss in gebrauchsfähigem Kulturgut dargestellt werden. Die Möbel sind schlicht und zweckentsprechend, nüchtern, aber nicht schmucklos. Hitler fühlt sich, als stünde er in einem Warenhaus. Er sieht in der Diele Schirmständer, Wandspiegel, Frisiertisch … Der Autor sieht, Hitler sieht: Wohnzimmerschrank mit gekehlten Stollenfüßen.

Tische und Stühle aus rötlichem deutschem Birnbaumholz. Die Stühle haben geflochtene Binsensitze. Sitzecke mit losen Auflagepolstern. Abnehmbare Rückenpolster. Als Notbett verwendbar. Hocker mit Binsensitz. Hitler sieht: Staub auf der dreiarmigen Hängeleuchte. Er (Wer?) sieht: eine Hängevitrine an der Wand über der Anrichte. In die Verglasung der Türen des Geschirrschranks sind feine Metallsprossen eingelegt. Die umlaufende Ziernute ist hell abgesetzt. Kerbschnitzerei in den Füllungen in Form eines strahlenden Sterns. Auf der Abstellkommode steht … ein Zierkrug. Er, Hitler, sieht eine Topfbank. Er sieht karierte Stoffservietten mit Fransen. Der Österreicher denkt, nachdem er den Blick hat schweifen lassen: guter Hausrat, gute reinliche Frau. Was ist aber mit der Hängeleuchte? Das dürfte nicht passieren, dass man diese Sache übersieht.

Ein paar junge Säufer kommen ihm entgegen, der Autor wechselt die Straßenseite. Es hat kein Einziger aus der Tischgesellschaft ihn in seinem Vorhaben bestärkt. Sie haben ihn gewarnt, dass es für ihn nicht gut ausgeht, wenn er dieses Buch schreibt. Ist es mit seinem Gewissen zu vereinbaren, dass er Hitler zum Sprechen bringt? Ist er diszipliniert genug durchzuhalten? Macht er oder machen die anderen ein großes Gewese um den Österreicher? Ist es verderblich, verderbte Anschauungen zu Papier zu bringen? Wieso sollte man das tun wollen? Wegen der Wahrheit. Was soll bitteschön die Wahrheit sein? Dass es noch viel schlimmer war, als man es kennt oder wahrhaben möchte. Das Gewoge der Ansichten ist ihm lästig. Er möchte schreiben über diesen Mann in seiner ganzen Entsetzlichkeit. In seinem Hausflur ist es still, das Gesindel scheint zu schlafen. Er schließt seine Wohnung auf und tritt schnell ein. H. sprach seine Freundin Eva Braun mit Patscherl oder Tschapperl an. Kindchen, kleiner Tollpatsch, auf Österreichisch. Die einen sagen: Er kannte das weibliche Gemüt. Die anderen behaupten: Er konnte das Augenspiel der Frauen entziffern. Was ist er für den Autor? Ein pomadisierter Tropf. Ein Schlechtentwickelter. Ein Werberedner mit einem Stummelschnauz. Kümmerlicher Hinterwäldler. Gottloser breitspuriger Kerl. Wieso schreibt er dieses Buch? Das wird eine schmutzige Geschichte. Wie kann man mit dem Verstand erkennen, warum der Mann derart böse war?

Es gibt einen Vater der Türken – ist Hitler der Vater der Deutschen? Die Erfüllung des Führerbefehls war für die meisten Deutschen ein Glück, sie galt als Ausdruck anständigster Gesinnung, sie weckte ein hochgesteigertes Gefühl der Selbstlosigkeit. Der Hitlerist war zu heller Glut begeistert, wenn er das Männchen mit dem Bärtchen sah, der Opferdrang der Massen kannte kein Maß. Ihr Führer schrie, dass es gelte, die vom Judentum verführte Heimat zu befreien. Sie brüllten ihm Heil zu. Da studiert der Deutsche jahrhundertelang die römische Kultur, und das, was rauskommt, ist Heil Hitler. Dem Autor wird vor Erregung das Gesicht heiß, und er blättert, weil er erkennen will, weil er im Gesicht des Österreichers das Kainsmal entdecken will, in einem Bildband. Er schaut sich Porträtfotos an. Er sieht ein bleiches, festgefrorenes Gesicht. Er deckt mit der flachen Hand Stirn und Augen ab, betrachtet das runde Kinn, die Kinnbacken, die verpressten Lippen, den Unterkiefer – ist das ein intakter Mensch? Sind in diese Gesichtszüge Ehrsinn und Gradheit hineingemeißelt? Der Autor legt ihm die Worte in den Mund: »Ich sink nicht um.

Der tiefe Dreck verschlingt mich nicht. Ausgeschlossen, dass ich die falsche Auffassung habe.«

Was ist zulässig? Muss der Autor den Mann Hitler exakt nach dem historischen Vorbild zeichnen? Er (wer?) sagte: »Ich entstamme einem österreichischen Gebiet, das noch vor hundert Jahren Bayern gehörte.« Das ist ein echtes Zitat. In einem Sachbuch wäre er einer anderen Wahrheit verpflichtet. Oder macht er aus ihm die Kunstfigur H.? – Wie war er beschaffen, der Österreicher? Er war glatt und spannungslos. Nicht ungewandt. Es mangelte ihm an einer starken Durchgeprägtheit. Die meisten Frauen und Männer in seiner Umgebung haben keine Täuschungsabsicht erkennen können. Sie sagten: Das ist uns ein wurzeltiefer Mann. Sie sagten: Gegen die Schlammflut der niederen Rassen hilft nur ein harter Züchtiger. Der schlug in die Köpfe der Massen geschriene, gebellte Worte hinein. Der wisperte und presste die Worte heraus. Der ermunterte seine Schläger, sich in mörderischen Saal- und Straßenschlachten auszuzeichnen. Er sah überall Formen in der wildesten Entartung, und er setzte dagegen eine große Propaganda ins Werk. Er war keine ungeliebte Seele. Er sah überall die böse Menschheit, wimmelnde Völkerschaften. Und die Bürger, die Westen mit spitzem Saumabschluss und Billetttasche für die Taschenuhr trugen, hielten sie den Mann nicht für eine Fehlerscheinung? Sie, die sie von einer leblosen Steifheit waren, schätzten den Redner wegen seiner hässlichen Worte. Da schrie einer in allen Tonarten durcheinander, dass sein zerdrücktes, fahles Gesicht kugelrund wurde. Hitlers säuisches Gehabe, wenn er auf der Bühne wider die Juden wetterte, erquickte sie. Die schmierigen Zotenreißer in den Bierlokalen fanden in ihm ihren Meister. Der Mann wollte Schaden stiften, er wollte Straßenaufstände, er wollte seine Feinde auf den Marktplätzen öffentlich aufgehängt wissen: Er bekannte es offen und ohne Heimlichtuerei. Es sollte sich jeder ohne Ausnahme dem Zwange der Zucht fügen. Der amoralische Züchtiger, der über den sittlichen Schmutz schwadronierte. Der Autor notiert: ›H.: In wem sollte ich denn einen Herzensfreund erblicken? Jeder, der mich hasst, ist ein Vaterlandsfeind.‹ Über das schlaffe Bürgertum sprach er oft. Wieso eigentlich? Er selbst war der Kleinbürger aus dem Bilderbuch: Er hatte von allem immer nur ein bisschen. In der Kunst wurde ausschließlich Kitsch von ihm als gut empfunden. Er schwelgte in Fantasien, er ordnete Exekutionen an, er war ein wüstes, schlechtes Tier. Der Autor notiert den sonderbaren Satz: ›Es muss ein großer Schrecken sein für ein kleines Tier, tot und zerbissen im Magen eines großen Tiers zu enden.‹ Er wird diesen Satz an einer passenden Stelle verwenden. Es sind mittlerweile fast fünfzig Seiten, die er vollgeschrieben hat mit Notizen, Dialogfetzen, Eigenarten des Mannes Hitler, mit sogenannten Sprachsplittern, das sind die Redeweisen, die Hasstiraden, der Maulschmutz, die Kraftausdrücke. Von seiner anfänglichen Erschrockenheit ist er auch nach all den vielen Tagen nicht weggekommen. Er will seine anständige Einstellung zum Leben bewahren, doch es gibt immer wieder Tage, an denen er ganz durchdrungen wird von dem Stoff. Er starrt auf ein im Luftzug schwebendes Spinnwebe, er starrt auf den im Sonnenlicht rieselnden Staub, und wenn ihn die vielen Bosheiten des Österreichers verstimmen, steht er auf, nimmt sich seiner vier Paar Schuhe an, die er hingebungsvoll putzt und mit schwarzer

Creme einreibt. Geschrei im Treppenhaus. Zwecklos, bei diesen Leuten Wohlverhalten einzuklagen. Der Schreianfall der Frau dauert diesmal eine halbe Stunde. Der Autor stellt sich taub, er bürstet die Schuhe auf Glanz. Husten und Spucken vor seiner Tür. Nicht dem Drang nachgeben. Er flüchtet in das hinterste Zimmer. Er hört sie die Einwurfklappe des Briefschlitzes anheben, er schleicht leise zurück und sieht aus einem Mund Spucke spritzen, die Spucke spritzt auf den Dielenboden, er donnert mit der Faust gegen die Tür, und schon schreit sie wie am Spieß, er schlägt immer wieder auf seine Tür ein, bis sie mit einem letzten Schrei in ihre Wohnung flieht. Der Autor schämt sich nicht, dass er sie verwünscht, er sagt, leicht irrsinnig, vor dem großen Spiegel im Flur: »Sollst du doch zu den Seiten durchplatzen!« Das kann so nicht weitergehen.

Die Tage vergehen. Der Autor liest in den Tagebüchern von Goebbels, er liest in *Mein Kampf*, er liest den Dienstkalender Himmlers von 1943–1945. Immer wieder stößt er auf die Worte »der Jude« oder »die Juden«. Er erinnert sich, dass ihn früher in der Schule, genauer auf dem Gymnasium, im Gegensatz zu den Bürgerkindern ein schlechtes Gefühl überkam, wenn er das Wort »Jude« aussprach. Er empfand es als Zumutung, dass ein Nicht-Jude einen Juden einen Juden nannte: Es entstand ein Schaden in der Sprache, ein Loch in der Gegenwart. Der Geschichtslehrer war von seiner Hemmung nicht beeindruckt, er verdächtigte ihn, mit der Geflissenheit eines Strebers seinen Judenhass verbrämen zu wollen. Er unterstellte ihm komplizierte psychologische Abläufe. Der Kioskbesitzer, bei dem er Leberwurstbrötchen kaufte, obwohl er die Wurst dünn aufstrich, als wollte er das weiche Innere nur lachsrot färben, er sagte zu einem Kunden: »Das Viertel verjudet. Unser Ureigenes geht zum Teufel!« Als er ihn erblickte, verstummte er jäh. Er war kein Jude, er hatte ihn aber ausdrücklich dem Fremdesten zugeschlagen, was er sich vorstellen konnte. Er hatte nicht vertürkt oder durchrasst gesagt, und es aber gemeint. Verjudung, die Juden in Massen, Überfremdung. War es eines deutschen Mannes unwürdig, eine fremde Geistesart zuzulassen? Er (Wer? Der Autor als junger Gymnasiast) lebte ohne erkennbare Angst und hochgestimmt in dem Land, das er als sein angenommenes eigenes ansah, es überkam ihn immer dann ein Bedauern, wenn man ihn forsch aufforderte, bitteschön bei den Seinen zu bleiben und nichts zu verwischen.

Der Soldat zieht den Helmriemen fester an und springt aus dem Graben. Wer sagte das? Der Onkel des Autors, ein Sozialdemokrat der alten Schule. Er schalt mit seinem Neffen, den er anhielt, weniger Bücher zu lesen; er sollte sich Geländegamaschen überstreifen und als Jagdreiter lospreschen. Der Onkel sprach zu ihm: »In deinem Alter habe ich mir geschworen, nicht die Fahne zu strecken. Es fehlte mir nicht die Lebenshärte. Schau dir die Juden an, das ist schon erstaunlich: Sie sind die klimafestesten Wesen, sie gedeihen überall, sogar in Lappland und in Hinterarabien.« Der Autor erinnert sich an den Lehrer, an den Kioskbesitzer, an den Onkel, und er notiert wieder einen sonderbaren Satz: ›Hitler: Das Vorhandensein des Juden ist mir ein Schmerz. Dass er sich selbst ähnelt und gleichzeitig mir und allen Außerjüdischen, ist nicht hinnehmbar.‹ Der Österreicher starrte in der Vielvölkerstadt Wien die orthodoxen Ostjuden an, sie waren ihm unheimlich, er hörte Gewisper und Gebete aus Hauchlauten, es waren arme Menschen, die auf der Suche nach einer Schüssel Suppe durch die Gassen streiften, und sie mussten sich von solchen Kerlen wie Hitler höhnisch anglotzen lassen, das waren Kerle, die viel auf ihre Alteingesessenheit gaben. Das waren Kerle, die sie als Kleintrödler im Kaftan verunglimpften. Hitler traf auf sie in der Innenstadt und nördlich des Donaukanals. Er traf aber auch auf die gelehrten, gebildeten, assimilierten Juden – er erschrak: Einen Ehrenarier ließ er nicht gelten. Er verzieh es ihnen nicht, sich hineingeschoben zu haben ins Deutsch-Österreichische mit deutschhaften Gebärden. Später, in den Biersälen, wird er schreien (Es werden die Worte des Autors sein, die er in Kenntnis des Mauldrecks Hitler in den Mund legt): »Es hat nun endlich ein Ende mit der Lebenslust der fremden Stämmlinge. Es hat ein Ende, dass uns die Fremden den Freisinn lehren. Ich kehre sie hinaus und werfe den schmutzigen Besen hinterher.« Wieso schreibt der Autor diesen Schmutz aufs Papier? Damit adelt er doch den Mann. Wieso also? Deshalb. Es reicht nicht mehr, über die Verbrechen zu schreiben. Es gibt keine Verbrechen ohne den Verbrecher. Das Überkommene ist nicht überkommen. Das Überwundene ist nicht überwunden. Das Verdrängte ist nicht verdrängt. Die Vergangenheit ist nicht bewältigt. Der Autor hat ein stinkendes Gefühl, das alles muss vom Kopf in die Füße sacken, er macht das Fenster auf und schaut hinaus: Herbstkälte, ein Mann reißt ein Zündholz an und hält die Flamme an die Zigarette, der Wind löscht die Flamme, er spuckt die Zigarette wütend auf das Pflaster. Der Autor hat den blöden biederen Gedanken, sich gegen Frost und Kälte Kniewärmer zuzulegen. Kinder springen in zusammengefegte nasse Laubhaufen. Als Kind hat er Zucker aufs Brot gestreut und große Happen gebissen und das Knirschen des Zuckers zwischen den Zähnen als Beseligung empfunden. Er läuft in die Küche, findet die Zuckertüte vom Vorjahr, er streut den Zucker auf die Schwarzbrotscheibe, es schmeckt entsetzlich. Kein Glück, keine Freude.

Ende März legt H. seine Uniform ab, er zieht als Untermieter von Ernst und Maria Reichert in die Thierschstraße 41 im Münchner Viertel Lehel ein. Er wohnt hier bis zum Jahre 1929, danach zieht er in eine Wohnung am Prinzregentenplatz im Stadtteil Bogenhausen. Das Haus in der Thierschstraße gehört Hugo Erlanger. Der Autor hat recherchiert: Das ist ein jüdischer Deutscher, der im Großen Krieg gekämpft und das Eiserne Kreuz Erster Klasse bekommen hat. Er betreibt im Erdgeschoss ein Herrenmode- und Sportgeschäft. Sie sind einander begegnet, das ist überliefert, das lässt den Autor nicht mehr los. Also skizziert der Autor eine Szene: H. kommt im Morgengrauen nach Hause zurück, Herr Erlanger steht vor seinem Geschäft, der Österreicher lüpft den Hut und entbietet ihm einen kalthöflichen Gruß. Es wäre unklug, an dem Vermieter vorbeizuziehen, er möchte keine Scherereien. Wie weiter? Der Autor geht seine Einträge durch und schreibt:

»Schau an, der Herr Nachbar Hitler kommt heim«, ruft der Vermieter. »Sie sehen recht mitgenommen aus. Ich hoffe, es ist Ihnen nichts Ungutes widerfahren?‹

»Nein«, sagt H., »es geht Ihnen auch gut, Herr Erlanger?«

»Ja … Sie und ich haben beide fürs Vaterland gefochten.«

»Sie sind Leutnant der Reserve«, sagt H., »das ist mir geläufig.«

»Sie überreden sich trotz der bösen Worte doch dazu, Umgang zu haben mit Juden?«, sagt er, »Sie sinnieren laut darüber, dass man die Juden zwingen müsste, das Gras wie Rinder auf der Weide mit den Zähnen auszurupfen. Oder noch ärger: Die Juden sollen wie ein Hund auf allen vieren gehen und Schäferhunde am After beschnüffeln.«

»Sie haben also Ihre Kundschafter.«

»Das habe ich.«

Der Autor hält inne, er überlegt. Die Sache wird durch Blut und Eisen entschieden, das dachte der Österreicher, der wie ein verrotteter alter Rabe dreinblickte, um heldisch zu wirken. Völkisch vaterländisch bis in die Knochen, so gab er sich. Was war er wirklich? Seine Auftritte waren schauerliche Darbietungen. Er versprach: Neu und wertvoll werdet ihr auf einen Schlag! Und der Jud? Und die Juden? Talmudjünger hat er sie geschimpft, und er gab vor, eine gewaltige Abscheu vor ihnen zu empfinden. Seine Idee fasste Wurzeln: Wer sich fanatisch zu seinem Deutschtum bekannte, sollte den Juden und die Juden hassen lernen. Er benutzte Worte wie Judenstämmling und Judenjüngelchen. Der Autor schreibt: »Ich (Wer? Hitler!) werde den Trieb zur Rächung der Schmach anfachen. Ich werde für eine tüchtige Stimmung gegen das landfremde Gelichter sorgen!« Das sind die Worte, die er hätte in irgendeinem Bierkeller damals herausschreien können. Er fand mit seiner Judenhetze stürmische Zustimmung.

Der Autor legt sich auf dem Sofa hin, er erwacht mit einem Ruck. Es befällt ihn die Angst, dass ihm das Herz in der heißen Brust stehen bleibt. Er spritzt sich Wasser ins Gesicht, vom Schlaf auf Kissenfalten hat er Druckfalten auf der Schläfe und auf der Wange. Weiter. Er muss weiter gehen. H., der verkannte Künstler, rächt sich an der Welt, weil sie ihn verpönte? Das ist eine allzu schlichte Auslegung. Er schreibt: ›Ich (Ich!) darf nicht eifern. Ich habe nichts davon, wenn ich den Mann eine üble Menschensorte nenne. Er hat die Näpfe der Arbeiter und der Bürger mit gutem heißem Brei gefüllt. Gut, was erklärt das? Das ist ein störrischer Stoff. Nicht aufgeben!‹ Er zerreißt das Blatt mit der peinlichen Bekundung, er schreibt weiter an der Szene.

›Hitler: »Jeder von den achtzig Millionen Deutschen würde am liebsten zu mir kommen und sagen: Ich kenne aber einen anständigen Juden. Wenn man sie zusammenzählt, kommt man auf achtzig Millionen Juden, deren behaupteter Anstand mir gebieten soll, sie zu schonen und sie anders zu behandeln.«

»Sonderbar, womit sie sich befassen«, sagt Erlanger, »ich will Ihnen doch gerne verraten, was mich beschäftigt. Im Judentum existiert die Vorstellung, dass Leidenstränen in eine Sammelbüchse Gottes gelangen und als Sühne für die Sünden des jüdischen Volkes verwendet werden.«

»Ein schönes Märchen.«

»Meinen Sie? Ich glaube daran. Was geschieht mit Ihren Tränen? Sie wischen sie wahrscheinlich mit dem Hemdsärmel ab? Oder trocknen Sie sie mit einem Ziertüchlein, das mit Ihrem Namenszug bestickt ist?«

»Gewöhnlich weinen die Frauen. Es wird den Männern Ihres Stammes nachgesagt, dass sie nicht belastbar sind. Es mehren sich die Selbstmorde unter den Juden. Sie wittern uns und verlieren ihren Lebensmut.«

»Ich möchte nicht wissen, wie es Ihnen ergeht, wenn Sie nachts allein im Bett liegen.«

Der jüdische Intellekt ist für Hitler bösartig. Man hat ihn oft beschworen, sich in Worten der sanften Erwiderung zu äußern. Er denkt: Keine Hetze, damit meine Gegner ruhig schlafen können? Niemals. Der Österreicher hat den Herrn Hugo Erlanger mehrmals darauf angesprochen, dass das Fleckfieber durch Juden aus den Gettos in Polen und Litauen eingeschleppt wurde. Herr Erlanger verschlug es ob der infamen Lüge die Sprache, er ging kopfschüttelnd in seinen Laden. H. denkt: ›Ich muss sie alle an meiner Seite halten, die Judenfeinde, sie lieben an mir den scharfen Geruch des Hasses auf die Semiten in der Nachbarschaft. Man muss mit eisiger Ablehnung bei mir rechnen, wenn man ein gutes Wort für den Juden einlegt.‹ Herr Hugo Erlanger macht ihm Angst, er könnte seinen Feinden einen Zimmerschlüssel geben, damit sie ihn im Schlaf erledigen. Warum, in Gottes Namen, denkt der Autor, hat er es nicht getan? Hochrufe erschallten in den Kellern der Münchner Brauhäuser, wenn der Kerl vom räubernden Juden sprach. Man hätte diesen Schmierpelz hinmachen müssen. Die deutsche Menschenmasse folgte ihm: in Hatz und Drang, immer voran. Man hätte den Kerl nachts in einer dunklen Gasse an die Wand drücken müssen. Erlanger war doch kein schwindsüchtiger Ästhet mit zerbissenen Fingerspitzen. Das war ein tapferer Deutscher, ein Veteran des Krieges, warum wollte er nicht aus dem Wege räumen, was im Wege stand? Wollte er nicht in den Tagesstreit gezogen werden? Hat er die Entscheidung nicht mit Waffengewalt suchen wollen? Hier war doch ein Mann in seiner ganzen Entsetzlichkeit. Hier war doch ein Mann, der seine Schergen und Schläger beschwor, ihr Herz zu verschließen gegen Mitleid und das große Reinigungswerk zu vollbringen. Man hätte ihn absondern und mit der Waffe erledigen können. Was denkt er da? Hier war doch ein Mann, der besessen war von der Idee, jeden ›Menschenschädling‹ totzumachen im Gas, im Gasnebel verschwinden zu lassen. Der Autor schreibt: ›Hitler: Die Hebräer müssen weggebracht werden. Sie müssen in die Weiten verbracht werden, dass meine Deutschen nicht die Barmherzigkeit bekommen wie eine Krankheit, weil sie die Juden aus der Nähe besehen und sagen: Sie haben so wie wir einen Kopf und einen Hals und Finger und Knie … Meine Deutschen dürfen nicht die Güte kriegen wie Keuchhusten.‹ Das dachte der Kerl von Anfang an. Wenn er ein jüdisches Gotteshaus sah, wurde er wütend bis in die Zähne. Man hätte ihn herausreißen müssen aus dem Lauf seiner Welt, aus dem Gang seiner Dinge. Hätte man den Volksverhetzer verschwinden lassen, wäre das eine Tat gewesen, derer man sich hätte zu Recht brüsten können. Ein Schuss. Ein Schlag. Ein Hieb. Ein Stich. Der Autor kann da viel träumen, in Rückenlage, den Kopf zwischen den Kissen, er ist nicht hungrig, nicht durstig, nicht verstümmelt, er kann in seiner warmen Dichterkammer noch so sehr schäumen, er muss erkennen: Herr Hugo Erlanger hat sich Mäßigung auferlegt, weil er seinen sittlichen Halt nicht verlieren wollte. Diese Worte klingen heute verstaubt. Doch das war die Wahrheit des Herrn Erlanger. Es klingelt.

Sie steht, die Hände im Persianermuff, der an der Halskordel hängt, in der Tür, sie steht da, als wäre die Schwelle eine unüberschreitbare Grenze. Es ist die Frau des Freundes aus früheren Tagen, sie hatte einen Termin bei einem Friseur ganz in der Nähe. Ihr Mann wird sie in zwanzig Minuten abholen. Der Autor denkt: Nicht in einer halben und nicht in einer Viertelstunde. Ihr Haar in der Mitte gescheitelt, das macht sie alt und grau. Sie blinzelt langsam, es sieht jedes Mal aus, als schließe sie kurz die Augen. Er sagt: »Denken Sie bitte nicht schlimm von mir.« Sie ist sehr auf Abstand bedacht. Kein Händedruck. Nicht in diesen Zeiten. Er bittet sie herein. Die vielen Bücher in den Regalen hält sie für eine Kulisse, für das typische Bühnenbild, vor dem sich ein Schriftsteller nun mal gerne aufbaut. Dass er sie alle gelesen hat, hält sie für unwahrscheinlich. Sie zeigt auf die große, blickdichte, graue Tüte: Darin sind die gespülten Plastikschüsseln. In dem Stoffbeutel steckt ein Buch, das für einen Autor, der sich Hitler nähert, von Nutzen sein muss. Ihre Worte. Sie habe ja gar nicht die Absicht, ihn zur Aufgabe des Hitlerprojektes zu bewegen. Er habe wohl den Ehrgeiz, auf diesem Gebiet ein Experte zu werden. Er müsse sich nur vorsehen, dass er keine Geistesstörung davonträgt. Dann könnte er nämlich glauben, dass ihm weiße Täubchen aus seinen Ärmeln steigen. Sie will wissen, was er ihr auf dem schmutzigen Teller vorgesetzt habe. Der Autor sagt zornig, dass der Teller nur zerkratzt sei, und bei den Stücken handle es sich um Weinbrandbohnen, genauer: um Schokoladenstangen mit Kirschlikörfüllung. Sie sagt: »Ohne Schaden kommt man wohl hier nicht raus.« Nach kurzem Schweigen sagt sie: »Beim Niesen habe ich mir die Nase zugehalten, da ist mir was im Hals geplatzt, deshalb bin ich heiser.« Der Autor fühlt sich bis ins Mark durchkältet, er empfing sie mit einer Decke auf den Schultern, er sieht aus wie ein Erdbebenopfer im Fernsehfilm. Ein lichtheller Mensch ist er nicht, nicht an diesem Tag. In diesen Tagen lässt ihn jeder Wechsel beben, er will seine Ruhe. Was ist mit ihm los, dass er in diesem Augenblick an Hitler denkt, dass er als Hitler … dass der Autor mit Hitlers Augen diese Frau beschaut? Sie hat ihm baldige Geistesschwäche prophezeit. Er (Wer?) fragt sich, ob der Friseur ihr mit der Brennschere Locken ins Haar gemacht habe. Er (Hitler) beschreibt sie: bleich, mit der Anämie des inzüchtigen Adels, von lebensferner Tüchtigkeit. Sie versucht, mit einigem Erfolg, anmutig zu sein. Er könnte lobende Worte an sie richten. Was könnte diese Frau dem Österreicher antworten? Sie könnte mit festem Blick auf die nasse Strähne an seiner Stirn sagen: »Es ist nicht erforderlich, dass Sie mit lauter Stimme sprechen. Das ist dem Gesindel eigentümlich.« Der Autor gluckst vor Freude, der leise Jauchzer befremdet die Frau, die auf der Sofakante sitzt. Er erinnert sich an eine Geschichte, die er in der Hitlerbiografie von Werner Maser gelesen hat, sie ist als persönliche Auskunft der Schwester von Eva Braun ausgewiesen: Hitler zieht sich in sein Schlafzimmer zurück. Max Schmeling, Albert Speer, Joseph Goebbels und Ilse Braun spielen Karten und rauchen dabei. Da erscheint er unerwartet, Ilse Braun wirft schnell ihre brennende Zigarette in den Aschenbecher und setzt sich darauf. Hitler hat es aber bemerkt. Er lässt sich lang und breit die Karten zeigen und die Regeln erklären. Dann verlässt er den Raum. Am nächsten Tag soll sich Eva Braun bei ihrer Schwester nach den Brandblasen an ihrem Gesäß erkundigt haben.

Ist das lustig? Ist das wirklich zum Lachen? Der Kerl, der immer mal wieder eine Frau als Goldstück oder als »mein holdes Lieb« ansprach, klopft sich heimlich in seiner Kammer freudig auf die Schenkel.

Ihr Mobiltelefon klingelt, das ist das verabredete Zeichen, sie geht zur Tür ohne ein Wort des Abschieds. Er schaut auf die Henkel der Tüte und des Beutels, sie liegen wie übergroße vertrocknete Wurstpellen auf dem Boden. Der Autor wollte die Frau davon überzeugen, dass er ein Mensch guten Willens sei. Wieso? Damit sie ihrerseits ihren Mann davon überzeugt. Zu spät. Es steht arg um ihn. Die Schwäche macht ihn dumm. Ein großer Hunger treibt ihn zum Kühlschrank – nichts. Er reißt die Hängeschränke auf. Nichts. Er entdeckt das Honigglas im hintersten Eck, er schaut nicht erst auf das Haltbarkeitsdatum, er löffelt so heftig, dass ihm die Decke von den Schultern rutscht. Man könnte ihn wie ein Kalb am Strick durch die Straßen führen. Ihn friert jämmerlich. Von der Süße am Gaumen wird ihm schlecht. Er rennt zu Papier und Stift, er schreibt hastig den Satz hin: ›Dies Leben ist verschlechtert durch den Frieden.‹ Was wünscht der Österreicher? Er wünscht: eine Einöde am Waldsaum, zwei Schäferhunde, die auf Anpfiff an die Kehle gehen. Er sieht: Im Blattwerk wimmelt es von Vögeln. Das Vogelvolk hält den Baum (Eiche? Linde? Kiefer? Buche?) besetzt, und der Baum ist dazu verdammt, stillzuhalten. Er kann die Besatzer nicht abschütteln. Er kann nicht zu einem guten Platz fortwandern. Jetzt steht der Autor am Fenster und betrachtet die Vögel, er wartet, bis sie auffliegen, diese kleinen nüchternen Tiere, die aus großer Höhe ihren Kot ausspritzen. Eine seltsame Dunkelheit stürzt aus dem Himmel. Der Himmel hat Hunger. Sein Blick verzittert, weil es ihn wegen der Kälte schüttelt. Er wird unsachlich, dieser Selbstverlust ist unsachlich, er darf nicht so oft in Schweiß geraten. Dass er diesen einen Namen immer und wieder denken muss, ist ihm eine Last. Hiedler, Hüttler, Hietler, Hütler, Hütter, es gab viele Schreibweisen in den amtlichen Dokumenten. Zitat H.: »Mein Name, den ich mir aus eigener Kraft erwarb, ist mein Titel.« Sein Name ist sein Titel, das ist wahr: Er steht für die wilde Freude, die Massenabschlachtungen zu befehlen. Wo er hinfasste, erstarb das Leben. Er erhob die Hundsgemeinheit zur Tugend. Es sank sein Volk zum Vieh hinab. Der Autor holt das Buch aus dem Beutel. Auf dem Titelblatt steht: Mein Kampf. Zwei Bände in einem Buch. 1. Band Eine Abrechnung. 2. Band Die nationalsozialistische Bewegung. 16. Auflage. Auf der Frontispizseite eine gängige Fotografie des Österreichers, der finster dreinschaut, um wie ein Führer auszusehen. Führer, denkt er. Er muss sich überwinden, dieses Wort zu benutzen. Entlastet der Autor die deutschen Täter, wenn er H. beharrlich den Österreicher nennt? Auge um Auge, Zahn um Zahn. Hietler, Hütler, Hütter hat von »dem Juden«, »dem Slawen«, »dem Neger« gesprochen.

Lärm. Er tritt ans Fenster. Eine Kolonne Slowaken (Rumänen? Tschechen? Ukrainer?) reißt den Bürgersteig auf. Der Mann an der Rüttelplatte ist für die Bodenverdichtung zuständig, er rüttelt aber auch die Pflastersteine ein. Herrliche Slowaken (?), die die Bodenmaschinen mit fester Hand führen. Der Mann im propersten Arbeitsanzug gibt die Anweisungen: »Hier mehr machen! Der lose Sand in den Rillen stört mich!« – »Die Wurst gibt es in der Pause!« Der Autor versteht ihn trotz des krachenden Akzents wegen seiner begleitenden Gebärden. Es ist in ihm, er ist in ihm, er (wer?) denkt: die Unterwertigen. Die Minderwertigen. Das Menschenschwein wünschte, es begänne ein großes Sterben. Für Fremdblütige gab es im Deutschen Reich kein Heimatrecht. Der Österreicher schrie es aus, bis es endlich alle Deutschen verstanden: ›Wir‹ sind keines anderen Volkes Freund. Der Autor hat genügend Dreckszeug von damals gelesen, um sich die Parolen in Erinnerung zu rufen: Eine Einvolkung des Mischlingswesens ist ein Verbrechen. Die Mischlinge sind Agenten ihres Blutes. Man darf dem deutschen Volkstum nicht Blutströme von minderer Beschaffenheit zuführen. Hiedler, Hüttler, Hütter konnte allein ein Landstrich mit germanischem Gepräge hochstimmen. Was heißt germanisch? Es heißt in seine Zeit übersetzt: der rassenreinen Vernunft entsprechend. Was heißt das? Das heißt: das Sittentümlich-Arische bergend. Was heißt das? Das heißt: ein Hort der blutbestimmten Gemeinschaft, das beste Blut, hoch und rein und unvergiftet. Was heißt das? Das heißt: eine Landschaft, in der sich die im Wesen des Volkstuns lebenden Ewigkeitswerte erhalten haben. Was heißt das? Das heißt: H. mochte eine seiner deutschen (deutsch?) Seele entsprechende Umgebung schaffen. Der Slawe liebt die Steppe, der Jude die Wüste. Der Deutsche liebt den Wald mit einem reichen Wildbestand. Was mochte er sonst? Er mochte menschenleere Gebiete schaffen. Bloß keine Rassenvermischung. Zitat Hitler: »Meise geht zu Meise, Fink zu Fink, der Storch zur Störchin, Feldmaus zu Feldmaus.« Richtig. Und der Mensch geht zum Menschen. Das lässt der Mann nicht gelten. Der Autor schreibt, mit der Decke auf den Schultern: ›Die Phrase des Weltbürgers lautet, dass er dem reinen Menschentum angehöre.‹ Kein Zitat. Die richtigen Worte für seinen Roman. Er schreibt: ›Wir wollen schroff sein. Wir wollen die Schroffheit als Rasseneigenschaft bewahren.‹ Er schreibt im gottlosen Fieber: ›Der Schöpfer hat die Augen der Chinesen und der Mongolen zu drei Vierteln verschlossen, damit sie dumm bleiben.‹ Er schreibt: ›Sind Hottentotten, Pygmäen und Germanen gleichwertig?‹ Er schreibt hin die schmutzigen, schmutzenden Worte, ein Zitat: »Nur Völker, die töten können, haben eine Zukunft. Es sind die Japaner, die Russen und die Deutschen.« Der Mann, der wider die Vermengung geiferte, rief dazu auf, die Fremden und das, was sie hineintragen, wegzufetzen. Denn der Blutschutz gehe über alles. Denn den außerdeutschen Völkerschaften sei kein Menschenwert zuzusprechen. Und das verzogene deutsche Weib müsse wieder an den geschlechtsmäßigen Brauch herangeführt werden. Die deutsche Frau sei mit Schoß und Becken eine Zuchtmutter. Sie solle emporgehoben werden, damit sie nicht länger Zwitterrassen gebäre. Das ist reinste Pornografie, denkt der Autor. Was soll er tun – alles hinnehmen, alles kalt betrachten wie ein Forscher, der Insekten tötet, trocknet und aufspießt? Der Mann Hitler sprach von Schädlingen, er sprach von Geziefer, und er meinte Juden, Roma und Sinti, Slawen. Dass man die rassisch Tiefstehenden tilgen müsse. Dass man den eigenen Rasseninstinkt nicht verleugnen dürfe. Der Österreicher war ein Pornograf. Der Autor notiert: eine Brauhausszene. Hitler könnte einem Schergen mit Blick auf eine Frau am Nebentisch leise ins Ohr flüstern: Das ist bestimmt ein perfides Luder. Aber ihr Ausschnitt ist die reinste Fleischbank! … Die beiden Kerle haben dann bestimmt gelacht, der Parteigenosse und sein sauberer Führer, der hätte sich vielleicht über den Nasenschnauz gestrichen und mit Schmalz in der Stimme geraunt: Wes das Herz voll ist, des geht der Mund über.

Das ist derselbe Mann, der ein Hoch auf die Straßengewalt anstimmte; der seine Schläger ermahnte, einen Damm aus Kraft und Tugend zu bilden. Er schrie: »Das Volk wird sich emporreißen in einem einzigen Sprengschlag. Meine Kriegslust wider die Friedensstifter ist ungebrochen groß.« Er schrie: »Fegt sie vom Platz! Der deutsche Geist ist unduldsam. Dem Freund die Brust, dem Feind die Stirn!« Er schrie: »In der Mittellinie liegen die feigen Bürger!« Wenn seine Schläger durch die Straßen streiften, war es ein Jagdausflug: Sie hielten sich nicht, wie sie prahlten, an die Moral der Pflanzenfresser. Der Österreicher wollte Szenen des Fanatismus erleben. In den Anfängen trug er Lackstiefel und predigte den Bruch mit der Spießersitte. Später stand er in derben Langschäftern vor seinen Schergen und sprach von der deutschen Erhebung, von den massiven Operationen, derer es bedurfte, damit das Schandmal von der Stirn des deutschen Soldaten genommen werde. Er habe schließlich keinen Sittlichkeitsverein gegründet. Es gefiel ihm nicht, dass man an seinem Talent zum kräftigen, klärenden Vorstoß zweifelte. Denn er liebte und liebte die Derbheit. Denn der Pornograf Hitler konnte im Anblick einer fremden Frau vor sich hinreden, zur Belustigung seiner derben Landsknechte in der Runde. Der Autor schreibt: ›Sie ist allzu sehr gepudert. Ist sie auf Männerfang? Sie spannt sich im Kostüm. Sie hat wohl viele verschiedene Liebhaber. Nicht zu trauen ist dem Mädchen. Sie ist mir nicht genehm. Das ist ein verworfenes Frauenzimmer. Jugendfrisch ist sie nicht. Ich stelle sie mir in einem knöchellangen Taftkleid vor. Damit wird sie jeden Mann zur Lust verlocken. Sie hat eine schöne Haartracht. Sie hat willige Hüften. Schön bestrumpft. Auch ich weiß mein Spielchen zu treiben. Sie ist als Beischlafmädchen mehr als tauglich. Das hat für mich aber keine Lieblichkeit. Sie lässt den Blick schweifen, als urteile sie über die anwesenden Männer. Ich müsste sie ansprechen mit den Worten: »Gnädige Frau, haben Sie in geschlechtlichen Fragen eine Wertungsbefugnis? ... Sie tut sich viel zugute, dass sie nach Sauberkeit riecht. Aber wie riecht sie im zerwühlten Bett? Nach der Sau im Garten? Ihrer Schönheit wegen lässt man sie gelten. Aber meine Herren, passen Sie gut auf, und merken Sie sich: Dieses erlesene Weib wird komisch, spätestens nach dem fünften Schluck aus dem zweiten Glas. Außerdem: Mir ist das Mollige widerlich. Ich brauch was Strammes, ein Frollein mit mädchenhaften Handgelenken. Hüten Sie sich, meine Herren, vor Frauen mit verputzten Schnäuzchen. Ein treuloses Mädchen ist eine falsche Münze. Wenn Sie brennen: Soda im Essen dämpft die Lust, so wird man wieder zum kampftauglichen Mann. Ich gelobe: Niemals wird eine Frau in meinen Geist eindringen! Niemals wird man über mich sagen können, der arme Mann ist verschmort, die Liebe hat ihn hingemacht.« Das ist derselbe Mann, der die Haare der antifaschistischen Frauen an die Äste knoten wollte, sie sollten strampeln, bis ihnen die Schuhe davonflogen. Der Autor schreibt es in seinen Worten auf. Darf er dem Pornografen seine Stimme geben? Wird der Autor nicht selbst zum Pornografen? Er sollte davon ablassen. Wozu das alles? Abstand? Das ist ihm unmöglich. Es beschwert seine Seele und sein Gewissen. Auge um Auge, Zahn um Zahn. Der Nationalsozialismus ist Genitalsozialismus. In der Münchner Innenstadt hielten SA-Schergen ›verdächtige‹ Männer dazu an, die Hosen runterzulassen. Sie sollten den Ariernachweis erbringen: Bei fehlender Vorhaut wurde der Mann zu Boden geschlagen und so lange in den Schritt getreten, bis das Blut spritzte. Für den ehemaligen Ministranten Hitler war die Nacktheit eine sündige Enthüllung, die ihn zur Selbstverschmutzung verleiten sollte. Seine Lust kam mit Rattenfüßen. Sein Blick auf die Frauen war von einer bemerkenswerten Miesheit. Der Autor erinnert sich an eine Geschichte, auf die er in vielen Hitlerbiografien gestoßen ist. Der Biss des Ziegenbocks. Eugen Wasner, Hitlers ehemaliger Mitschüler, erzählt an der Ostfront seinen Kameraden, wie der achtjährige ›Adi‹ die Wette abschloss, dass er einem Bock ins Maul pinkeln würde. Die Freunde zogen mit ihm zusammen auf die Wiese, sie fanden einen friedlich Gras rupfenden Bock. Wasner hielt ihn fest, ein anderer sperrte dem Bock mit einem Stock das Maul auf, Adi pisste hinein und gewann die Wette. Da zog der Freund den Stock weg, der Ziegenbock biss Adi in den noch tropfenden Pimmel. Wasner wurde wegen »perfider Verleumdung des Führers und Wehrmachtzersetzung« hingerichtet. Das ist eine sehr merkwürdige und obszöne Geschichte, die der Autor unbedingt in seinem Roman erwähnen möchte. Warum? Weil Hitler es verdient hat. Auge um Auge, Zahn um Zahn. Es gab nicht wenige Frauen, die dem Pornografen verfielen, sie sahen in ihm den düsteren Kavalier. Soll man sie belächeln, bloß weil sie an die Liebe der Heftchenromane glaubten? Der Autor stürzt sich wieder auf die Bildbände und beschaut die Porträtfotos: Der Mann Hitler sieht seltsam männisch und verknödelt aus. Keine Kraftnatur. Er ist in seiner Gestalt die sichtbare Bejahung des Infamen. Er würde die Menschen am liebsten umdrehen, wie man einen Handschuh umdreht. Ein zweifelhaftes Element. Pfeilgerade sitzt ihm der von der Seite zur Mitte verrutschte Scheitel. Seine Lippen flattern, wenn er eifert. Ein halber Junge, sein feierlicher Ernst ist aufgesetzt. Ein stutzmäuliger Mensch. Er sieht aus, als würde er den Mund tief aus dem Rachen nach vorne schnellen lassen und erst dann sprechen. Das Fett hat sich in seinem Gesicht abgelagert. Er tritt vor, als hätte er alle abstehenden Fäden an sich glatt gestrichen. Pedant mit hartem Arschleder. Sein Gesicht ist ein saugendes Organ. Ein Halunke, der glaubt, ein Mann dürfe in heldenhaften Momenten nicht blinzeln. Ein schmalziger Romantiker: Er neigt den Kopf und lauscht dem Wind, seine flehenden Hände malen rauschende Baumwipfel nach. Der Prophet der Plauderer, die selig den Bierschaum von Nase und Oberlippe wischen. Der Mann ist für jegliche sinnvolle Verwendung unbrauchbar. Ein Hampel. Ein Gummisoldat mit einem geschnürten Bauch. Viele kluge Frauen und Männer haben den Österreicher damals erkannt und beschrieben, es hat nicht geholfen. Im Gegenteil: Je mehr man ihn als irrlichternde, zappelnde und scheußlich gewöhnliche Figur ins Licht rückte, desto mehr Menschen schworen, dass Hitler vom Scheitel bis zur Sohle ein Ehrenmann sei. Die Freunde der ersten Stunde: Viehhändler, Eisenbahner, Hilfssportlehrer, Fememörder, Fahnenjunker, Verladearbeiter, Konjunkturritter, Schwärmer, Schinder mit einem Sinn für Grausamkeiten. Kanaillen, die in der Nähe ihres Führers aufblühen. Sie wollen sich schier ausschütten vor Lachen, wenn jemand von Milde und Mitleid redet. Sie wünschen ihm dann einen harten Schmerz an. Der Österreicher höhnt über solche Humanisten: Sie können nicht über den Buchrand hinaussehen. Die Kanaillen lachen dann wiehernd auf, schlagen mit der flachen Hand auf den Tisch. Sie träumen insgeheim davon, in helle, warme Häuser einzuziehen, in denen die Balken und Bohlen heimelig knacken. Erst müssen bloß vorher die Juden da raus. Den meisten Kanaillen reichen ihre Geistesgaben gerade mal zum Schweinehüten. Ist das eine unverhüllte Gemeinheit, übertreibt der Autor? Nein. Auch wenn der Österreicher sonst von ihnen nichts hielt, ihre grausame Ader musste er loben. Sie wollten mehr sein als ein dienendes Glied, und er hatte für sie alle eine Verwendung. Hitlers Fantasie: Es sollte im Lande jeder Gegner angesichts seiner Schergen so in die Hose rutschen, dass man ihn am Schopf packen und rausziehen muss. Er spielte sich auf, doch der Schwindel flog nicht auf.

III

Der Autor sitzt beim Frühstück am Tisch auf der kleinen Terrasse. Die Mutter des Wirts stellt den Brotkorb neben seinen Teller, es ist ihm peinlich, im Sitzen zu danken, er macht Anstalten aufzustehen, doch sie drückt ihn mit überraschender Kraft nieder. Sie erklärt: Sie kann backen bayrische Rupfhauben. Sie kann backen Quarktaschen mit Pflaumenmus, Rohrnudeln mit Zuckerkruste, Zwetschgendatschi mit Butterstreuseln, Topfennockerl mit Brösel. Kirschsuppe mit Mehlklößchen. Zupfkuchen. Pflaumenklöße. Sie kann machen Milchrahmstrudel und Nussstrudel. Sauerrahmschmarren und Grießschmarren. Germknödel. Marmeladenstangerl aus Topfenteig. Sie kann machen Buchteln mit Mirabellenfüllung und Quarkkäulchen und Dampfnudeln. Der Schäferhund im Gartengehege hinter der Hecke fängt an zu knurren. Ein Wehruf, tief aus seiner Kehle: Der Autor erschrickt über den menschlichen Laut. Die Frau Wirtin ruft das Tier streng zur Ordnung, sie wünscht dem Gast aus Deutschland einen gesegneten Appetit. Der Autor sieht den Rüden durch die lichte Hecke. Nero, das sehnige Jungtier, schaut auf. Man muss ein Gesicht wie eine Hundeschnauze haben: klobig und gespitzt, eine lauernde Gefahr in den Backen. Rüde, schwarze Nasenkuppe, das Fell schwarz und loh, harsches Stockhaar mit Fahnen an den Läufen, die hellen Haare haben eine schwarze Spitze, durch die Berußung wirkt er älter, als er ist, Widerristhöhe geschätzt sechzig Zentimeter. Der Autor staunt ihn an, das ist ein nervenfester Hütehund, er ist mit dem Wolf verwandt. Die Frau, die im Gasthof putzt, hat gesagt, dass er Kinder beiße, dass er nach ihren Fersen schnappe. Doch das hat sich als kleiner Scherz herausgestellt. Der Wirt hat sein Wesen geprüft, Nero ist rein, es gab wohl bislang keine Beschwerden und keine Anzeigen. Der Rüde sieht aus wie ein Wolfshund mit ungebändigtem Kampftrieb. In seinem Napf sind Knochenstücke und Eierschalen. Die Mutter des Wirts, die der Autor beharrlich als Frau Wirtin anspricht, erscheint wieder auf der Terrasse. Er macht auf Nachfrage Mitteilung von seiner guten Verfassung. Natürlich hat er nicht verraten, dass er für ein Buch recherchiert. Er ist im Land des Österreichers, er fand Unterkunft im Grenzgebiet bei Hallein. Die Wirtin legt das wachsweich gekochte Ei auf den Teller und rauscht wieder fort. Der Mann Hitler liebte Rohrnudeln mit Zwetschgen. Er liebte Hunde. Er konnte Ungehorsam nicht ausstehen. Der Hund musste sich auf Zuruf sofort verhalten. Auf sein Zeichen stürmte er (Wer?) heran, leckte die hingestreckte Hand. Menschlich war er zum Hund, seine Tierliebe war unausrottbar. Sein nächster Mensch war der Hund, denn er erwiderte jede echte Liebe. Ein treuer Hund unter dem Tisch war ihm lieb. Musterte der Österreicher die Männer in seinen Diensten? Es durfte sich kein Mann mit Hundehass in seiner Nähe aufhalten. Es fällt für ein Tier immer etwas ab: ein Fettrand, eine Kruste, ein Hennenkamm, ein Schweinsohr. Mancher Bettler muss am Tag manchmal mit weniger auskommen. Seltsamer Gedanke. Der Dotter quillt und tropft auf das Tischtuch, der Autor legt hastig die geknüllte Papierserviette darauf, er unterdrückt den Drang, sofort aufzuspringen. In München bekam Hitler von seinen Gefolgsleuten einen Schäferhund zum Geburtstag. Im Krieg, im Schützengraben an der Westfront, lief ihm ein Hund zu. Es war kein Dackel und kein Schäferhund, für einen Terrier verhielt er sich zuweilen artwidrig gemütlich. Der Autor schreibt: ›Der Terrier, der kroch im Drahtverhau, es wollten ihn die Kameraden abschießen, weil sie glaubten, der Engländer schicke sprengstoffbehängte Hunde zu uns rüber, ich ging dazwischen. Er roch an mir den Mann, ich roch an ihm den Hund. Ich sah, dass er am Ohr und Auge schwarz gefleckt war. Sonst war er weiß. Ich gab ihm den Namen Foxl. Heldenmut brauchte ich ihn nicht zu lehren. Er hat katzengroße Ratten zerbissen im harten Kampf. Ich wurde mit ihm beschenkt, weil er gut und von Nutzen war, ich liebte sein Bellen. Wenn ich falle, das hab ich gedacht, möcht ich Tierlärm im Ohr haben. Dann schluck ich leicht das Blut im Mund und sterbe. Es kriegte ihn keiner, weil er nicht zahm sein wollte, die Dressurstücke tat er mir zu Gefallen. An Foxls Halsband hab ich in deutscher Schönschrift geschrieben: Immer mit dir. Treu ergeben war er mir dann doch nicht, er wurde mir gestohlen, Foxl hätte doch dem Dieb tief in die Hand beißen müssen. Ein schönes Seelenleben hatte er bei mir, der kleine Hund. Der ist mir nicht zufällig von den Briten zugelaufen. Was habe ich ihm für Kunststücke beigebracht! Er konnte Brot, zum Klumpen gepappt, in der Luft schnappen, er sprang dafür ziemlich hoch. Als er einmal wieder hoch sprang, pfiff ihm eine Kugel am Kopf vorbei und sengte ihm das Ohr. Er jaulte auf, aber als ich ihm den nächsten Klumpen zuwarf, vergaß er den Schmerz. Das war ein guter Mensch, der Foxl. Ich rief: Hund zum Herrchen!, ich rief, und er lief heran, nicht immer auf den ersten Zuruf. Ich hörte den Hund atmen und war beruhigt. Das Futter lief ihm in den Gräben vor der Nase herum, die Ratten, all die fetten Ratten, die spitz schrien, wenn er sie zerbiss, ich hab meinen Sold ausgegeben für Marmelade, und ich hab ihm einen dicken Belag hingestrichen von den Fingerspitzen bis zum Handgelenk, und er schleckte mir die flache Hand blank, der Foxl war mir ein kleiner Sohn, für den hab ich gut gesorgt. Frösche gab's in den Gräben, die sprangen vor einem weg, wenn man lief, die hat Foxl auch zerbissen. Was kam mich der Seelenjammer an, als er verschwand. Du bist mir auch ein Judas, Hund, hast mir die Hand nass geschleckt und bist dem Erstbesten, der dir zwei bestrichene Hände hinhielt, gefolgt. Kein Hund mit Charakter. Dann dachte ich nach, die saure Trauer verging mir nicht, ich dachte nach: Der Eisenbahner, der mir für Foxl zweihundert Mark geboten hatte, war es gewesen, ich hatte abgelehnt, und er hatte mir den Hundekameraden weggenommen. Nach fast drei Jahren Gemeinschaft war er weg. Rattennester im Schlamm, die Brut trat ich tot ohne Foxl.‹

Der Autor zerdrückt die Eierschalen zwischen den Fingern. Er ist im Ausland, es kommt ihm aber nicht so vor, weil Deutsch gesprochen wird und weil er immerzu an Deutschland denkt, wegen des Österreichers. Man hat ihm gesagt: Bayern ist das Land, in dem der Heiland die Erde geküsst hat. Man hat ihm gesagt: Der deutsche Mensch ist ohne Hinterlist. Eine deutsche Landschaft ist ohne fremdes Gewächs. Es waren wildfremde Menschen, die mit ihm ins Gespräch kamen, auf Terrassen von Lokalen mit zünftigen Speisen. Sie beargwöhnten weder ihn noch seinen baumlangen Bekannten, der sich bereit erklärt hatte, den Autor tausend Kilometer hin und tausend Kilometer zurückzufahren. Er selbst hat keinen Führerschein. Nero steckt seine Schnauze durch die Hecke, es wäre falsch, ihm die Hand zum Schlecken hinzuhalten. Der Bekannte G. taucht auf, bestreicht nach einem knappen Gruß schweigend seine Brötchen. Er hat am Abend nicht wenige Gläser Vogelbeergeist getrunken. Er schaut auf den Eierschalenbruch und die Dotterflecken auf der Tischdecke, er sieht das aufgeschlagene Notizheft, er verweist den Autor auf die ungewöhnlich kleine Schrift. Die Mikrografie würde sich bei Menschen einstellen, die an der Makropsie leiden, einer Sehstörung, bei der alles größer erscheint als in Wirklichkeit. Neros buschige Rute wischt über den Boden. »Mit mir ist nichts«, sagt der Autor, »ich sehe gut, ich brauche die Brille nur zum Lesen. Schreiben kann ich auch so.« Er verabschiedet sich vom Bekannten, er will sich in der Gegend umsehen, nur kurz, in einer halben Stunde ist er wieder da. Überall liegen faulende Laubblätter, er rutscht zweimal aus, er schnürt die Stiefel fest, als könnte es helfen. Bald steht er am Ufer der Salzach, die viel Wasser führt. Er will sich nicht nach innen stülpen aus Angst. Ringsherum Berge, er ist ein Mensch im Kessel, die Natur ist ihm in diesem Augenblick zuwider. Zurück zum Gasthof. Hinter ihm rauscht der Fluss. Ich bin ein schielender Mensch, denkt er, ich würde mich wegen meiner grässlichen Wohlerzogenheit am liebsten erbrechen. Beim Ausfüllen des Meldescheins hat er unter Tätigkeitsbezeichnung nicht seinen wahren Beruf angegeben, sondern das altmodische

Wort »stellungslos« eingetragen. Er wird heftige Anstrengungen unternehmen müssen, um nicht zu verwischen. Die Wirtin, die ihm gelegentlich die Hand auf die Schulter legt, weiß um ihn Bescheid. Ich habe ein Gesicht aus fremder Luft, denkt er, mein Leib ist in die falsche Richtung verdreht, ich bin von schwindender Substanz, ein Windstoß, und meine Seele reißt sich los.

Der Bekannte sitzt immer noch am Tisch. Er hat Neuigkeiten erfahren. Der Autor und er werden für recht zweifelhafte Elemente gehalten, man behandle sie freundlich, um sie nicht zu verstimmen. Ihre Harmlosigkeit wird entschieden bestritten. Es könnte sich am Ende herausstellen, dass es sich bei ihnen um untergetauchte Mitglieder einer politischen Bande handle. Die Gerüchte werden von der Aufwartefrau gestreut. Sie hat wahrscheinlich im Frühstücksraum gelauert, sie stürmt hinaus, sie schlägt den nassen Putzlappen aus, das Wasser spritzt auf den Tisch. Der Autor grüßt sie zu ihrer Verblüffung mit einem steifen Bückling. Hinter ihm, so kommt es ihm vor, rauscht der Fluss. Sie sagt, die Menschen sagten, dass es mit der Sauberkeit der beiden Fremden, die sich in der Gegend herumtrieben wie Katzen im Feld, nicht weit her sei. Welchen Geschäften gehen sie nach? Haben sie sich in ihrer Frömmigkeit radikalisiert und verstecken sie sich an einer vertieften Stelle ihrer Seele? Über dieses schöne Bild muss er auflachen: Er und der Bekannte überwintern im tiefen Moorloch, und die Wasserwalze der Sünden strömt wild und heftig über sie hinweg. Fantasieren die Fremden von der Übernahme einer Wirtschaft, und sind ihre Pläne derart ausgereift, dass sie entschieden haben, nie wieder in ihre elende Gegend zurückzukehren? Man sagt, die Einheimischen sagen: Wären diese beiden Menschen Bauern, würden sie die Ochsen striegeln und die Stuten melken wollen. Wir sind keine Freistätte für fremde Gauner. Wir wollen nicht ihr rückwärtiges Gefechtsgebiet sein. Mit einem Knüppel kam man viel ausrichten, wenn ein Gast ungemütlich wird. Die Frau sagt: »Fehlt es Ihnen an Anstand?« Der Autor sagt: »Wir sind nicht schlecht. Egal, was die tadellosen Bürger hier behaupten.« Die Frau und der Autor schauen dem Bekannten G. zu, er hat seine Freude daran, Sahneschaum zu löffeln. Die Frau sagt, dass man sich bei feinen Leuten auch zügeln muss, man dürfe nicht wie bei sich zu Hause das Essen herunterschlingen. Es würde keinem Mann mit Verstand einfallen, draußen eine Hausjacke zu tragen. Seien die Herren von guten Absichten beseelt? Dann würde jeder tadellose Bürger im Ort den Hut vor ihnen lüften. Man lebe hier auf eine stille Art, es gebe den einen oder anderen ungewaschenen Sauhund, man lebe aber nicht wie die Heiden im dunkelsten Halbasien. Wurzeltief und kernhaft sei man hier, und auch die Stubenmädchen, die sich in den Städten in Ausbrüchen übten, würden hier nur dann von einer großen Erregung erfasst sein, wenn es um eine ernste Sache gehe. Der Autor lauscht ihr mit offenem Mund, er kann nicht an sich halten und fragt, ob sie eine Studierte sei. Tatsächlich hat sie lange studiert, sie möchte das Fach aber nicht verraten. Der Autor versucht sich im hochtrabenden Gerede. Er schwört auf die Seele seiner Großmutter, dass die Gerüchte jeder Grundlage entbehren. Er sei nicht verkommen, er könne für seinen guten Bekannten bürgen. Sie gehören nicht dem bösen Teil der Menschheit an. Je länger er spricht, desto mehr zerfallen einzelne Wörter in unsprechbare

Stücke: Er stottert Silben. Je mehr er versucht, das Flüchtige zu verfestigen, desto mehr klingt er nach einem Geisteskranken, der einem Anfall der wildesten Entartung entgegenfiebert. Er ist kein Falschspieler. Die Bürger des Städtchens müssen nicht mit Gesetz und Strafe einschreiten. Er und sein Bekannter haben es nicht auf ihre Vorräte an Speck und Schmalz abgesehen. Der Autor wird nicht in den Fehler verfallen, das Gastrecht zu missbrauchen. Der Bekannte wird sich nicht listig in die Gemeinschaft hineinschlängeln. Fast ist er versucht zu sagen: Die Provinz, nein falsch, die Peripherie bietet Schutz gegen Weltfremdheit. Oft starrt der Autor auf die abgedeckten Strohhaufen auf den Feldern, als seien sie Zeichen, die es zu entziffern gilt. Seine frühabendliche Aufflammung führt er auf den Geruch von Wildkräutern zurück, den die Büsche an den Wegrändern verströmen. Er kann es nicht beweisen. Der Autor blickt hoch, er sieht oben auf dem Berg den kleinen und den großen Barmstein, das sind zwei Felstürme. Nach der Sage hat der Teufel, aufgeschreckt durch die Gebete der Gläubigen einer Prozession, am Stein gekratzt, auf dem er lag, so lange, bis der Felssattel in zwei Stücke zersprang. Die Aufwartefrau ist verschwunden, der Bekannte rupft das Innere von der Semmel, kaut bedächtig, und nachdem er geräuschvoll geschluckt hat, unterstellt er ihm eine heftige Sinnesverwirrung. Die Frau wäre durch seine wirre Rede darin bestärkt worden, dass sie sich jenseits der Legalität betätigten. Es bleibe für ihn und den Autor nichts anderes übrig, als sich am Türpfosten ihrer Zimmer zu erhängen. Ein Scherz. Sie übergehen den Vorfall. Solange kein Ansässiger einen Schuss auf sie abgibt, können sie davon ausgehen, dass die Aufwartefrau selbst ein böses Spiel mit ihnen treibt. Dem Autor fällt plötzlich auf: Es gibt in dieser Gegend keine von Schädlingen befallenen Straßenbäume. Er kommt öfter an die frische Luft, das tut ihm gut. Die Feuchtigkeit in der Luft beunruhigt ihn. Er legt (wie ein Büßer) die Hände auf die Knie, es sieht aus, als wären den Knien Köpfe entsprossen. Man darf, verdammt noch mal, keine sentimentalen Anwandlungen haben. Der Bekannte G. kichert: Haben die Bürger Goldmünzen in Seifenstücken versteckt? Glaubt vielleicht nicht nur die Aufwartefrau, dass sie in die fremden Häuser einbrechen und Eisendorne in die Seifen treiben? Übrigens, bestimmt habe es auch der Autor entdeckt: Im Spülstein hat sich Schmutz festgesetzt, bei ihm im Bad, er kratzt die kleinen Pocken nicht ab. Der Autor verrät nicht, dass er so lange gewischt und gerieben hat, bis das Ausgussbecken glänzte. Er möchte nicht im verdreckten Winkel verelenden. Hellte eine Hundezunge, die seine Hand kitzelte, seine Stimmung auf? Nein. Es hat vor Jahren ein Zwergkaninchen in seine hohle Hand geatmet: Das war Glück. Er darf nicht eintauchen in die alten Tage. Der Bekannte wirft die Zigarette nach dem Bottich, er trifft, die Glut verzischt im Regenwasser. Was war das für eine unsinnige Unterredung? Was hat er auf die Seele seiner Großmutter schwören müssen? Er kommt sich vor wie der hässlichste Mensch der Welt. Die Wirtin erscheint, als wäre sie plötzlich dem Boden entwachsen. Sie möchte wissen, ob die Gäste am Abend im Haus oder auswärts essen. Der Bekannte bestellt schon mal Rehnüsschen und Marillenknödl, der Autor schließt sich an.

Vor dem Aufbruch begibt er sich aufs Zimmer. Eine tote Hornisse liegt unzertreten im Flur auf dem Boden.

Für ihre Bestattung nimmt er sich Zeit: Er legt sie in eine Zündholzschachtel, die Hölzer lässt er aus der Höhe in die Schublade der Kommode prasseln. Dann stiehlt er sich heimlich hinunter zum Fluss. Die Erde ist vom nächtlichen Regen feucht. Mit der Stiefelspitze wühlt er ein kegelförmiges Loch zu Füßen eines Baums, die Schachtel lässt er zielsicher fallen, die Erde stampft er fest. Er blickt sich um, er entdeckt keinen Augenzeugen seiner barmherzigen Tat. Ihm fällt das Lebensgebot ein, das ihm in der Grundschule seine Lehrerin beibrachte: Mut für heute, Gottvertrauen für morgen, schon sind wir für zwei Tage geborgen. Es ist dem Autor schon aus großer Not geholfen worden. Er hat bei einem schnellen Durchgang in Hallein eine alte Dame ein kurzes Schutzgebet sprechen hören: In Marias Mantel hüll ich mich! Den Autor befällt die Sorge, dass sich eine schlaue Krähe durch die Erde und den Pappsarg hacken könnte. Er hat das Seine getan, die Hornisse ist begraben, die kleine Leiche ist dem Getier ausgeliefert. Es beißt ihm kein wütender Engel den Kopf ab, es zerdrückt ihn nicht ein ungnädiger Himmel. Er schließt die Augen, er sieht alles dunkel werden. Als würde ein winziges Kohlekorn unter jedem Lid die Welt schwärzen. Sein Wunsch: dass es lichter Tag werde. Sein Gedanke: Das ist kein Kinderspiel. Seine Furcht: dass sich alles als seelenlose Streberei herausstellt. Seine Angst: dass seine Hitlerwerdung keine gute Tätigkeit ist. Der Autor sollte sich sammeln, hier am lauten Fluss, zwischen den gesunden Bäumen, an den Büschen ohne Beeren, am äußersten Rand. Hier könnte er schreien, doch Wald hat Ohren, Feld hat Augen. Er hat diese unmögliche Sache begonnen, es ist in Lauf gesetzt. Auch hier, wie in Bayreuth, funkelnde Zweigspitzen, auch hier entdeckt er ausgebleichte Stellen in der Natur, sie sind von einer erschlafften trüben Farbe, von einem Schwarz ohne Schönheit. Er sollte jetzt einfach nur die schöne Morgenluft einatmen. Hitler werden. Es zwingt ihn keiner zu dieser Arbeit. Es wird ihm in seiner Beschäftigung kalt und frostig. Wird mit einem Schlag alles wieder gut, wenn er davon ablässt? Er bricht die Arbeit nicht ab, er darf sich nicht dem Gefühl der Mutlosigkeit hingeben. Er ist eingedrungen in seine Welt, der Mann H. Der Autor denkt: ›Ich sehe hinter seine Stirn. Ich stelle ihn dar ohne Sentimentalität. Die grässliche Scham kann ich später empfinden. Was war er? Ein Defektmensch, der von Untermenschen faselte. Der von minderrassigen Geburtsirrungen schwätzte. Es ist alles nachzulesen. Aber das Wissen bringt mich nicht weiter. Hitler werden. Weitergehen.‹

Der Autor steht regungslos am Wasser, er denkt: Diese Arbeit muss geschafft werden. Er möchte sich ganz der Verachtung des Mannes hingeben, aber im Augenblick ist das nicht zielführend. Ihm schaudert bei der Kälte des Gedankens. Der Staub (welcher Staub?) lässt ihn mehrfach niesen, bis er seine betäubte Nase nicht mehr fühlt. Er hat ein Sausen im Kopf. Sein Schweiß feuchtet Hemd und Hose durch. Hitler faulte von hinter der Stirn her. Kein Hitlerhass, denkt er, nicht jetzt, das bringt mich nicht weiter. Zur Sache: Die Vorsehung, auf die sich der Österreicher gern berief, hat ihn in Schande verkommen lassen. Das ist nun einmal eine sachlichere Erkenntnis. H. war von Beruf Werberedner einer Partei. Ein schreiender Tondichter. Er redete sich als Vortragsmeister leer. Das Wort war seine Maske. Sein Hass war sehr melodiös. Er war selbst hingerissen von seinen eigenen Worten, das Wasser stand ihm in den Augen. Ihn scherte nicht der gängige Sprachgebrauch. Er demonstrierte Gesinnungstreue durch Kraftsprüche. Er versprach, vollkommen offen und mit allem Freimut zu sprechen. (Eine Lüge, er gab es selber zu.) Er wurde zum Gerät, das laut schallte. Es galt das geschriene und nicht das geschriebene Wort. Der Österreicher musste belfern und schnappen, dreinschlagen musste er, dass es auch der unlustigste Kerl auf dem schiefsten Stuhl begriff: Hier geht's zur Sache! Tobende Deutsche aller Klassen im überfüllten Saal. Unter der reißenden Wucht des Erlebnisses fielen sie vor ihrem Abgott fast nieder. Er schrie: Ich spreche in meinem eigenen Namen und aus eigener Befugnis! Lautheit erweckte die taube Schar. Münchens Mussolini-Hitler schäumte wider die verdünnte Vaterländerei und pries das vaterländische Erschaudern. Das Volk im Saal raste vor Lust, es glühte, es erhob sich. Er sprotzte von der Rednertribüne herunter auf die Köpfe der Männer und der Frauen, auf die schwitzenden Schädel, auf die wippenden Zöpfe. Von seinen Redensarten fühlten sie sich belebt. Er kämpft mit dem Maul, die Worte wirken. Kein Volk ohne Reich. Kein Reich ohne ihn. Er brüllt sich heiser in den Bräuhaussälen der Stadt. Es sitzen im Publikum viele kaputt geschossene Frontsoldaten. Sie lauschen dem brutalen Menschtier. Die Haarpomade tropft dem Menschtier in die Augenbrauen. Man nennt den Mann nicht von ungefähr den Knüppeladolf. Denn der Deutsche will nicht weich ausspucken und weibisch nuscheln, der Deutsche jagt die ganze Galanterie zum Teufel. Er muss gebieten, und also spricht der Deutsche wie ein Gebieter … Das sind die Worte des Autors, sie könnten auch von dem Österreicher stammen. Er (wer?) sitzt ihm (wem?) hinter der

Stirn. Der Autor denkt: Wenn mein Mund schläft, verwesten mir Zunge und Gebiss. Aus meinen Lungen brutal alles an Luft pressen wie H., das kann ich nicht. Mir die Kehle frei schreien, das kann ich nicht. Der Österreicher schrie die guten Deutschen aus ihren Stuben. Sie deuteten seine wuchtigen Handgebärden, sie kamen zu dem Schluss: Das ist ein Mann der Tat und der Gewalt. Dabei hat der Mann sich für die Bühne Grimassen angeeignet. Dabei träumte der Mann davon, dass man ihm zu Ehren einmal die Glocken aller Kirchen läuten lässt. Er sprach: »Ich bin das Gesicht der neuen Zeit«, und sie jubelten ihm Heil zu. Er trat auch im Frack auf, an dem ein einziger Orden hing, das Eiserne Kreuz Erster Klasse. Er sprach: »Ich bin durch mein eigenes Erleben gereift.« (gereift?) Er sprach: »Ich gebe nichts fort, was ich mir mühsam erkämpft habe.« Adolf, der Deutsche. Er glaubte: Wer von meinem Geist berührt wird, schwillt über. Seine Gefolgschaft brach in Heilsjubel aus, wenn er schrie: »Ich habe nicht die mindeste Anlage, mein deutsches Wesen zu vergessen.« H. war ein antibürgerlicher Künstler. Er tat alles aus der Gemütsbewegung heraus. Von dieser Unmittelbarkeit träumt doch auch der heutige Kunstmacher, auch er jagt die Experten und die Ausgebildeten zum Teufel, auch er glaubt: Meine Sinne ganz allein reichen völlig aus! In der Kunst ist es besonders ausgeprägt, dass man auserwählt sei, dass man die Welt und die Wahrnehmung verändern werde. Der Österreicher war ein recht kulturstumpfer Kerl, der von der klaren wahren erhabenen Kunst schwadronierte, um vom eigenen Unverstand abzulenken. Er machte die neuen Künstler schlecht, vor seinem Auge hatten ihre Bilder keinen Wert, sie hassten das Ebenmaß, sie schwatzten dem Volk Kleister und Kleckser als Kunst auf. Gesetz und Grammatik sind für das gemeine Volk. Höhe und Handlung für den Mann, der als Techniker der Erlösung zu gelten hat. Ist es schändlich und abwegig, Hitler als amoralischen Avantgardisten zu bezeichnen? Es bringt nichts, darüber zu brüten.

Der Autor geht zurück zur Herberge, beim Anblick des reglos dastehenden Bekannten reizt es ihn auszurufen: »Die Hornisse ist bestattet!«, doch er hält sich zurück. Sie steigen in den weißen Kastenwagen ein. Die Straße führt in vielen Kurven hoch und höher, sie fahren am Salzbergwerk, an Kurhotels, Bauernhäusern, Almhütten und Rindern auf Hügelkuppen vorbei, sie passieren die ehemalige Grenzstation und sind wieder in Deutschland. Keine Brotzeit auf der Alm. Der Bekannte hat noch keine schöne Sennerin zu Gesicht bekommen, es sind alles nur verhärmte Wurzelweibchen.

Das hoch über dem Tal gelegene Obersalzberg ist ein tausend Meter hoher Bergrücken. Wolkenschatten wandern über die Berghänge, sie verglühen im Feuerschein der Sonne. Der Autor zitiert laut einen Ausspruch Hitlers: »In der weiten Sicht über das Berchtesgadener und Salzburger Land, losgelöst vom Alltag, reifen meine genialen, die Welt umstürzenden Schöpfungen.« Der Bekannte schweigt. Die deutsche Bergwelt, das deutsche Wurzelwerk. Große Worte, die der Prahler Hitler sprach. Er fühlte sich in seinem Innersten bewegt: Hier hat Gott reine deutsche Landschaft erschaffen, hier ist gutes deutsches Urland. Wirklich? Hier gibt es nicht den anrauschenden Feind, hier gibt es nur Felsstürze. Der Bekannte hält auf dem Parkplatz gegenüber der Busabfahrtsstelle zum Kehlsteinhaus. Sie steigen in den vollen Bus. Touristen. Amerikaner, auch

Russen. Die Angehörigen der Siegervölker besichtigen eine böse Andachtsstätte. Ein halbwüchsiger Deutscher sagt seiner Freundin, er wolle oben nach dem Aussteigen als Allererstes ein gelbes Hakenkreuz in den Schnee pinkeln. Die Freundin flüstert: »Wer Deutschland liebt, ist Antisemit.« Sie hat ein Verbot missachtet, es rötet sich ihre Haut bei dieser kleinen Aufregung. Sie schmiegt sich an ihren Freund, den bartlosen Knaben, der von fanatischer Willensstärke träumt. Auch solche Touristen gib es hier. Klare Wetterzeichen, die Witterung schlägt um. Der Autor nimmt es ihnen übel, dass ihre Deutschheit erwacht in dieser Bergwelt. Sie begaffen Berg und Nebel und wollen geistig erfasst haben, dass sich das deutsche Wesen darin abbildet. Gibt es keine Sachlichkeit der Natur? Ein anderer Mensch, ein Zottelkopf, eine blöde schwelende Seele, sagt eine Ergebenheitsbeteuerung an seinen Führer auf. Er spricht laut und deutlich: »Treue dem Volk, der Ehre und dem Führer!« Der Bekannte schweigt. Der Autor schweigt. Die Amerikaner und die Russen schweigen. Dann aber, als er davon schwätzt, dass Deutschland opferfreudige Männer habe und dass sie sich zum Sturm sammelten gegen das Gesindel, fährt ihm der Bekannte übers Maul. Dann ist Stille. Der Autor sitzt starr auf seinem Platz, es geht ihm nicht gut. Als würde ein kleines Hühnerherz in seiner Brust Schmerz pumpen in seinen Mund. Kleiner scharfer Stich. Der Bus fährt hoch und höher. Es geht zum Dach der Welt, der Kopf in den Wolken, große Kulisse, Führerquartier, jedes dahergesagte Wort bekommt Bedeutung. Sie steigen aus. Das Mädchen und die beiden Jungen sind in heißer Empfindung. Sie gehen durch einen Tunnel mit roten Marmorwänden und warten in einer Rundhalle, bis sie in die Liftkabine eintreten können. Der Fahrstuhl bringt sie in den ehemaligen Empfangssaal des Führers. Ein Restaurant. Es gibt kalten Leberkäse, Sülze, Hüttenwurst. Der Autor stürzt zur Terrasse. Er entfaltet die Panoramakarte – was sieht er? Er vergleicht. Er sieht: in der Ferne Steinernes Meer, laut Plan der größte Gebirgsstock der Berchtesgadener Alpen. Steinerne Wellen. Meerwogen, die zu Stein erstarrt sind. Schönes Bild. Was sieht er? Er sieht das Watzmannmassiv. Lattengebirge. Er dreht sich um die eigene Achse und sieht den Untersberg. Er lauscht dem Touristenführer, er erzählt die Sage: »Der Berg ist ausgehöhlt, tief im Inneren schläft der Kaiser, für die einen ist es Karl der Große, für die anderen Friedrich I., besser bekannt als Friedrich Barbarossa. Der Kaiser ist, gebeugt von der Schwere des Bartes, in den Schlaf versunken. Wenn des Kaisers Bart dreimal um den Tisch gewachsen, wenn vierundzwanzig Raben die Gipfel umfliegen, wird er zur letzten Völkerschlacht erwachen. Dann beginnt das Ende der Welt.«

Der Kaiser wartet also in seinem Gehäus auf seine Auferstehung. An diesem Märchen erbaut sich das Volk. Der Autor schmilzt nicht vor Gefühlsschwere wie Butter in der Pfanne. Kam über den Österreicher Ruhe in dieser Höhe? Hielt er sich wirklich gerne in hügeliger Landschaft auf? Der Bekannte ist in der Nebelschwade fast unsichtbar, er nimmt einen letzten tiefen Zug und steckt den glimmenden Zigarettenstummel in den Sandkübel. Auch er als gebürtiger Deutscher wird beim Anblick der schroffen Felsen und des Landes mit hügeligen Waldungen nicht sentimental. Der Mann Hitler war sehr schlecht gestellt, was die innere Stärke anbetrifft, denkt der Autor. Er gab vor, dass ihn heilige Schauer überlaufen. Aber es hob ihm nicht das

Herz, wenn der Wind über die Wipfel fegte. Warum ist er dann hergekommen? Wegen des Mannes Dietrich Eckart. Morphinist, Säufer, Insasse einer Irrenanstalt. Kahlköpfig, großer Bierbauch. Urbayer. Menschenschwein. Er forderte, dass Juden, die mit deutschen Frauen verheiratet sind, mit drei Jahren Zuchthaus und im Wiederholungsfalle sogar mit dem Tode bestraft werden müssen. Er gab seine Wochenschrift *Auf gut deutsch* heraus, seit 1921 war er Hauptschriftleiter des *Völkischen Beobachters*. Im April 1923 setzte er sich ins Berchtesgadener Land ab, weil gegen ihn ein Haftbefehl wegen Verunglimpfung des Reichspräsidenten Ebert erlassen wurde. Im Hochgebirgshaus Platterhof harrte er aus, bis der Staatsgerichtshof des Reiches das Urteil aufhob. Hitler hat ihn in seinem Versteck besucht. Wo haben sich die beiden Männer das erste Mal getroffen?, überlegt der Autor. Eckart war in der Schwabinger Weinstube ›Brennessel‹ Stammgast, der Österreicher könnte ihn dort aufgesucht haben. Nicht unwahrscheinlich. Reine Spekulation.

Der Bekannte bestellt im Restaurant eine Schoko-Royal-Torte. Der Autor sitzt am massiven Eichentisch und stellt sich die Szene der ersten Begegnung vor. Der Österreicher entdeckt beim Eintreten, dass auf dem Fußabtreter Schlammriffel liegen, die beim Stampfen von den Sohlen abgefallen und getrocknet sind. Knapper Gruß des Wirts. Das gefällt Adolf, dem Deutschen, ihm gefällt die deutsche Art. An seinem Tisch sitzt kugelrund und mit dickem Kopf der Mann, der ihn anstarrt, ohne ihn herbeizuwinken. Hitler tritt heran. Schnaps und Bier und Schweinestücke auf dem Teller. Hitler setzt sich hin, er lässt den Blick schweifen. An den Tischen Bayern, die Schnaps und

Bier trinken. Eckart lacht auf, als hätte er Morphin gespritzt, er trinkt aus Freude alles Bier aus seinem Seidel aus, dass der Schaum schwappt und spritzt. Der Kellner bringt ein volles Seidel und, verblüfft über die Bestellung, wenig später die dampfende Tasse. Hitler wühlt aus der Tasche ein Stück Schokolade, pustet es von Fusseln frei, steckt es in den Mund und trinkt den Mokka langsam, Schluck für Schluck, die Schokolade schmilzt im Mund. Er hat es bei österreichischen Offizieren abgeschaut. Eckart nagt an Schweinepfoten, der Mann isst auch gerne geschmorte Sauherzen. Sein liebster Sinnspruch lautet: »Erst mach dein Sach, dann trink und lach.« Eigentlich drescht er drauf, das hält er für seinen Auftrag. Was weiß der Österreicher über ihn? Seine Nachdichtung von Ibsens Peer Gynt wird im Berliner Staatstheater gespielt, er verdient genügend Geld, um nicht von der Gunst der Kritiker abhängig zu sein. Er ist mehr als zwanzig Jahre älter als Hitler, über dessen Bartfliege unter der breitflügeligen Nase er sich nicht ein einziges Mal auslässt. Zwei üble Hetzer kommen zusammen. Eckart spricht zu dem Jüngeren: »Es reicht der Baumbestand aller bayerischen Wälder nicht aus, um die Galgen zu errichten für die Verräter, die wir im Lande haben. Das ist uns eine sittliche Pflicht.« Zwei mörderisch hassende Kerle in der Weinstube: Sie hassen die Juden, dass sie allein bei der Aussprache des Wortes Jude schier vor Hass zerspringen. Das Vorhandensein des Juden und der Juden sind den beiden Kerlen ein Schmerz. Sie wissen: Bayern ist das deutscheste Land im Deutschen Reich. München ist das rückwärtige Gefechtsgebiet. Hitler erstarrt, er sieht: Staub auf den ausgestellten Geweihen an der Wand. Staub auf den Augen im ausgestopften Eberkopf. Tatsächlich hat der Autor die Geweihe und den Eberkopf in einem Wirtshaus im Tal entdeckt. Es wird ihm langsam zur Manie, jede Stube, in die er tritt, sofort nach ausgestopften Tierleichenköpfen abzusuchen. Wird in den abgezogenen Balg Holzwolle gesteckt? Sind die seelenlos glotzenden Tieraugen aus Kunststoff? Was geht in einem Menschen vor, der ein erlegtes Tier oder sein Haustier ausstopfen lässt? Die Tiernähe schafft Hitler ein großes Behagen. Hasst er die Jägerei? Hasst er es (wie der Autor), wenn er sieht, wie die feigen Aasjäger im Wald hinter ihren Schweißhunden her laufen? Das Todesfieber des getroffenen Wildes. Der Knurrlaut des Jägers, der sich seiner Beute sicher weiß. Das Gesumm der vielen Fliegen über dem erlegten deutschen Edelhirsch, sein herber Schweiß lockt sie an. Dem Österreicher, wegen der Minderwertigkeit seiner Seele häufig gekränkt, gefällt alles gleich schlecht. Dass der Wirt nicht mit dem Schmutzlappen über die Augen des Ebers geht, gefällt ihm nicht und kränkt ihn. Er wünscht oft, er könnte aufbrausen und seine Heftigkeit bliebe nicht folgenlos. Da sitzen sie also, diese prächtigen Kerle, der eine ist ein erfolgreicher Stückeschreiber, der sich aufs Politische verlegt hat, der andere ein Zeichner, der glaubt, von der Vorsehung berufen zu sein, um einen deutschen Volksstaat zu errichten. Der eine ist eine Kröte ohne Hals, der andere ein stummelschnauzbärtiger Maniker: Sie sind dem Wahn verfallen, dass sie im Deutschen eingewurzelt seien, darin zeigt sich ihre Unerschütterlichkeit. Was geschieht in diesem Lokal? Dem Säufer Dietrich wird ganz feierlich zumute, er glotzt den Österreicher mit nassen Augen an und spricht über das deutsche Empfinden, er zitiert aus Richard Wagners Lohengrin: ›Nach Deutschland sollen noch in fernsten Tagen / des Ostens Horden siegreich niemals ziehn. Er heult still, dass die Tropfen auf die zernagten Schweinepfoten fallen. Und was denkt der Österreicher in diesem Augenblick? Er denkt, und der Autor schreibt es auf: ›Man kann nicht alles, im Grunde nur das wenigste, im sachlichen geschäftlichen Ton verhandeln. Unerschüttert kann ich nicht lange bleiben.‹ Der Dicke beteuert unter Tränen seine Liebe zu Hitler, er umgreift seine Hand, er sagt, Adolf sei ein guter Kamerad, er werde als tapferer Soldat bereit sein, sein Leben für ihn einzusetzen. Herzbeben. Aufstoßen. Scharfe Gaumenlaute. Aufstoßen. Vaterländerei.

Der Autor späht zu den Bergen hinüber. Die Natur ist kein erhebendes und aber ein gewaltiges Schauspiel, sie besteht aus lauter Einöden, aus unzugänglichen Höhen, aus schroffen Klippen und scharfen Kanten, aus eisiger todbringender Kälte. Das sind wieder nutzlose Worte. Richtig ist: Alles schrumpft vor dieser riesenhaften Welt. Der Mann Hitler liebte das große Unglück, wenn er es betrachten konnte. Er gab vor, dass seine Deutschheit in der Bergwelt erwache. Falsch. Er fürchtete, für immer verloren zu gehen, den Verstand zu verlieren beim Anblick der hochgetürmten Steinmassen. Der Autor notiert:

1. Hitler lernt Dietrich Eckart kennen (Begegnung in Eckarts Stammkneipe. Eckart wird bald zum Gönner und väterlichen Freund. Er kauft Hitler sogar einen wasserdichten Wettermantel, damit er weltmännischer aussehe).
2. Hitler besucht Eckart im Gebirgskurhaus Platterhof, in dem sich Eckart versteckt hält (1923).

3. 1928 mietet Hitler das Haus Wachenfeld. 1933 kauft er das Haus und nennt es in Berghof um. Der Obersalzberg wird zum Führersperrgebiet erklärt.

Der Kellner eilt herbei. Vom vielen Nicken bei der Bestellung der Gäste ist ihm das Kinn verflacht. Zur Verblüffung der Ortsansässigen mit den dicken Unterarmen trinkt der Autor Leitungswasser mit einem Schuss Zitronenessenz. Er ist verdreht, es macht ihm nichts aus, dass man ihn besichtigt. Sie sitzen auf ihren Stühlen und schauen ihm beim Trinken zu. Er blättert im Nachschlagewerk, er liest, dass der Österreicher als Führer nur vier ausländische Diplomaten empfangen habe. Es reicht, der Autor hat sich umgesehen. Es reicht noch nicht. Der Berghof. Er hat Gerüchte gehört, er will ihnen nachgehen. Beim Verlassen der Wirtschaft sieht er zwei Stelzen, die an der Wand lehnen, die Trittklötze sind durch Gebrauch morsch geworden und gesplittert. Das kann er sich nicht erklären – wie kommen die Stelzen hierher? Wer hat sie hinterlassen? Wird man sie, da sie nutzlos geworden sind, zu Brennholz zerhacken? Werden die Scheite im Ofen knacken? Was denkt er da? Der Bekannte ist nicht begeistert, zu Fuß einen abseitigen Waldweg hinabzulaufen. Tatsächlich, ein Gerücht bestätigt sich: Der Autor findet einen nummerierten Nistkasten für Vögel. Der Reichsleiter und Sekretär des Führers Martin Bormann ließ wohl 2500 Kästen in Kehlsteins Wäldern aufhängen. Der Autor stolpert über eine Wurzel, stürzt und schlägt sich das Knie auf. Er rappelt sich hoch. Es ist nichts. Weiter geht es an verwitterten Futtertonnen vorbei und an umgekippten Raufentrögen aus der damaligen Zeit. Und dann erblickt er sie, ein weiteres Gerücht bestätigt sich: Es stehen einige Männer und Frauen an einer Restruine, es ist die Hangstützmauer des Berghofs, der nach dem Krieg gesprengt wurde, um zu verhindern, dass Hitleristen ihn zu einer Wallfahrtsstätte machen. Die Menschen an der Hausmauer – sind es Alpennazis oder Auswärtige? Ein Mann hat die Hand auf den moosbewachsenen Stein gelegt, er zieht sie nicht weg, als sich der Autor und der Bekannte nähern. Der Autor könnte ein »Sieg Heil« schmettern, und wenn die Menschen den Gruß erwidern, weiß er, mit welcher trüben Bagage er es zu tun hat. Er wittert Unheil. Faschisten lassen einen humanitätsduseligen Zivilisten auflaufen und bestellen zur Feier ihres kleinen Sieges am Abend Euterschnitzel. Euterschnitzel? Dietrich Eckart, gefräßiger Allesfresser, isst auch gerne Euterschnitzel: Das Saueuter wird enthäutet, die Zitzen werden gerupft, dann wird das gute Stück viele Stunden lang gekocht. Der Autor schätzt die dickleibigen Männer und Frauen als Euterschnitzelesser ein. Jetzt stehen sie alle beieinander. Vielleicht wird gleich der Mann mit der festgezurrten Jackenkapuze, dessen Hand auf dem Stein ruht, um sich mit der Kraft seines Führers aufzuladen, vielleicht wird er den Autor und den Bekannten mit dem Gehstock, der in Wirklichkeit ein eiserner Stock ist, zerschlagen, er wird sie wie irdene Töpfe zerschmeißen. Der andere Mann, der Gefährte des Handauflegers, ist von einer fast mädchenhaften Schmächtigkeit. Er sagt laut und deutlich: »Aus allen Ritzen dringen die Kräfte.« Der Autor schweigt. Der Bekannte schweigt. Dann sagt der Autor: »Ich bin der Mann mit dem eisernen Schädel und den schmutzigen Stiefeln, ich fege die Parketthelden weg.« Jetzt hat er die Aufmerksamkeit aller Beteiligten. Die drei Frauen beenden eine rätselhafte Handlung, bei der er und der Bekannte sie gestört haben müssen. Die Frau mit dem vollgepackten Rucksack am Rücken zerbröselt in der hohlen Hand Brezelkekse, Hagelzucker fällt ihr auf die Schuhkappen. Bevor es zu einem Austausch von Krumen für die Fütterung der Vögel kommen kann, wenden sich die Alpenwanderer ab, erst hört man ihr Schnaufen und das Rascheln, dann hört man nur noch den Wald. Sie gehen den Weg zurück zur Haltestelle und fahren mit dem Bus wieder zurück zum Parkplatz auf dem Obersalzberg, sie steigen in den Kastenwagen ein und fahren zum Gasthof. Erst als sie im Gastgarten unter den Kastanien sitzen und der Bekannte kleine Würfel aus seinem Rehnüsschen schneidet, um sie langsam und bedächtig zu zerkauen, weil er vor Jahren an einem größeren Stück Fleisch fast erstickt wäre, erst dann schaut er den Autor an und fragt, ob der Autor aus *Mein Kampf* zitiert habe, die irren Schrate an der Ruine seien sehr beeindruckt gewesen, die hätten geglotzt wie die Kuh vorm neuen Tor, besonders der dickste Mann der Gesellschaft wäre ihm fast um den Hals gefallen. »Nein«, sagt der Autor, »das habe ich mir nur ausgedacht.« Er starrt durch sein verschmiertes Glas, er besinnt sich und reinigt die fettigen Finger mit der Stoffserviette. Er muss in diesen Tagen gegen den Lebensunwillen ankämpfen. Er wird von Todesahnungen geplagt. Elend und Muffigkeit. Vergeudet er seine Kraft für nichts, für ein lausiges, laffiges Ziel? Er hat seltsame Gedanken. Sein seltsamer Wunsch, jetzt am Tisch, unter den Kastanien: Könnte er doch Bissen beißen vom Wasser im Glas. Der Bekannte sagt, nach einem Blick auf die saure Miene des Autors: »Das muss etwas Seelisches sein.« Er versucht, ein Gähnen zu unterdrücken, dann aber reißt sein Mund mit einem Schmatzen auf. Was hat man bei dem Ausflug herausgefunden? Der Autor hat begriffen: Hitler, der viel Aufhebens davon machte, nur ein einfacher Gefreiter im Krieg gewesen zu sein, war höchstens ein Räuberhauptmann, der Kommandant von Schergen. Er schaffte die Ereignisse. Es krachten die Flinten. Er war der Hebel der deutschen Zeit. Das hat er dem Volk weisgemacht: Ich, euer Führer, erwecke den Deutschen, ich hole ihn aus seiner Erloschenheit zurück in die Welt der Kämpfe und des Blutes. Der Autor denkt nach: In der Kunst ist es besonders ausgeprägt, dass man auserwählt sei. Der Österreicher, der es zu einiger Fertigkeit im Malen brachte, glaubte, dass einem großen Geist der Kunst, als den er sich ansah, die Herrschaftszeit bereitet werden müsse. Der Künstler gottbegnadeter Art mache schön anzuschauende Gebrauchskunst. Wahre Kunst sei, aus Volk und Landschaft wachsend, immer national. In München, vor dem Krieg, habe er sich als Kunstmaler gegen dreitausend Künstler behaupten müssen, die in der Stadt von der Kunst lebten. Was ein hohles Getön! Der Mann ist nicht in bitterer Armut zum Genie gereift. Ist H. heute eine Leerstelle, die zu besetzen der Autor als eine dringliche Aufgabe empfindet? Wieso? Ist über Hitler nicht genug geschrieben worden? Der Mann ist tot, er hat sich feige durch Selbstmord aus der Affäre gezogen. Er hat die ungeheuerliche Behauptung aufgestellt, dass die Vollstreckung seines Willens deutsche Geschichte sei. Hitler ist deutsche Geschichte geworden. Redet man um den Haupthenker herum, arbeitet man an einem retuschierten Deutschlandbild. H. hat sein Volk zur größtmöglichen Entartung geführt. H. hat ein vollkommenes Verbrechen begangen. H. ist in seiner Liederlichkeit unschlagbar. Der Autor hat laut referiert. Der Bekannte schüttelt den Kopf und sagt: »Die falschen Gründe.« Die Männer am Nebentisch, ausländische Kontraktarbeiter, starren finster herüber. Der Name Hitler ist zu oft gefallen, sie könnten den Autor für einen Hitleristen halten. Der Autor fährt fort: Der Österreicher hielt sich für einen Künstler und neigte auch deshalb zur Selbsterhöhung. Jede charakterliche Schwäche ist legitimiert dadurch, dass man sagt: Ich bin Künstler, man muss es hinnehmen. H. glaubte: Ich bin besser als die Gegenwart, in der ich lebe. Meine Echtheit ist unbezweifelbar. Er ist der alte Geist, den die Neuen, die Polierten, überwinden wollen.

Mit dem Verstand will der Autor erkennen – ist das ein Fehler? Ein augenblicklicher innerer Aufruhr überwältigt ihn fast. Er kommt sich vor wie ein Kind, das durch den Grashalm pfeift, um das Grauen in seinem Rücken zu überspielen. Für die Arbeiter am Nebentisch ist er ein schmieriger Kerl. Soll er aufstehen, zu ihrem Tisch hingehen und nach einer höflichen Verbeugung sagen: Ich komme aus Deutschland und bin aber kein Anhänger des Mannes, der, wie ich annehme, auch Ihre Heimat hat kaputt schießen lassen. Sie müssen ja nicht gleich einen Herzensfreund in mir erblicken. Zweifeln Sie aber bitte nicht daran, dass ich aus lauterer Gesinnung handle. Fast hätte er das Notizheft aufgeschlagen und diese Sätze aufgeschrieben. Hitler ist ein Zersetzungsapparat. Plötzlich schaut auch der Bekannte finster drein, er zischt, um das Tier auf der Mauerkrone zu verscheuchen. Er mag keine Katze, die auf den Pfoten liegend döst, denn er hat sie im

Verdacht, dass sie dabei einen Singvogel verdaut. Kunst. Künstler. Der Autor kommt nicht zur Ruhe. Kein Mensch wird sich erfrischen an seinen Bekenntnissen. Allein den bloßen Sachverhalt, die Tatsachen, den Tatbestand sollte er schildern. Es zählt das Resultat. Was ist wesentlich, und was ist unerheblich? Ist er ein unsachlicher Charakter, ist er für diese Geschichte ungeeignet? Ihm sitzt ein großer Zorn im Hals. Der Fluch, den der Autor sich zugezogen hat, frisst ihn auf. Kunst. Künstler. Schopenhauer lehrt die Deutschen, dass der Mensch sich nicht durch seine Vernunft, sondern durch einen übermenschlichen Trieb gesteuert werde, den er als universellen Urwillen beschreibt. Die Vorstellung, die der Mensch von der Welt macht, hat damit mindestens einen gleichrangigen Erkenntniswert wie die Wissenschaft. Hitler war ein Künstler, er glaubte an fliegende Elefanten. Die Künstler, die ihn trafen (nicht alle!), sprachen von einem sie erfüllenden Gefühl der Verwandtschaft, die sie ihm gegenüber empfanden: Sie beglaubigten seine Künstlerschaft. Der Mann tat sich allein in Pfusch, in der Kunst des Pfuschs, hervor. Und doch sagte er (ein ungefähres Zitat): »Man muss die Schwindler in der Kunst in Lagern umschulen und erst einmal wieder an richtige Arbeit gewöhnen!« In seinen Anfängen hat er Postkarten abgepaust. Hitler (in den Worten des Autors): ›Aus den Museen muss hinaus das brandige Zeug, das nur für die Museen geschaffen ist!‹ Welcher wirkliche Künstler hasst nicht den Tod der Kunst: die museale Präsentation? Welcher radikale Avantgardist wollte nicht Museen abfackeln? Man lese nur in den Manifesten in den 1920ern und aber auch in den 1970ern. Der Autor schlussfolgert zwei Sachverhalte:

1. Künstler an die Kunst und nicht an die Macht. Sie richten fast immer Gemetzel an.
2. Hitler war ein Anstreicher aus Wien. Er war ein Kopist. Später hat er seine Brandstifter zu den Gotteshäusern der Juden geschickt. Er hat vergaste und gemeuchelte Menschen in den Ofen stecken lassen.

Der Autor lehnt den Verdauungsschnaps ab, er möchte nüchtern bleiben. Er verabschiedet sich vom Bekannten, der die Rechnung übernimmt. Auf dem Weg zur Treppe stößt er auf die Aufwartefrau: Sie drückt immer wieder auf die Ballonpumpe des Flakons und besprüht die Tapeten des Frühstückszimmers mit Kölnisch Wasser. Es riecht süßlich nach Veilchen. Die Wände haben Ohren, denkt er und schämt sich seines Gefühls, dieser Frau in allerletzter Minute entwischt zu sein.

Er läuft querfeldein und stößt auf Katzen, die in den festgefrorenen Ackerfurchen lauern, es ist sehr kalt, er behaucht immer wieder seine Fingerspitzen, er ärgert sich, dass er seine neuen teuren Klappfäustlinge verloren hat, wahrscheinlich hat er sie im Kehlsteinhaus auf der Sitzbank liegen lassen, er stolpert über brikettgroße unförmige Steine, von denen er nicht weiß, ob sie Feldmarkierungen sind, er kann sich vorstellen, dass die Grundbesitzer ihre Fehden in dieser Gegend besonders verbissen austragen. Schon wieder eine Katze mit dunklem Fell. Endlich erreicht er wegsames Gelände, das von Bogenlampen blassgelb beleuchtet wird, auf dem nassen Boden sitzen drei Männer, sie sind rätselhafterweise in schmutzige Zeltbahnen verknäuelt und stecken in Kapuzen-Schlupfblusen – geriete er in ein Handgemenge von Homosexuellen, wäre es ihm gar nicht recht. Doch da entdeckt er Altkleidertüten, die die Männer seitlich aufgeschlitzt haben, sie greifen in die Schlitze hinein und ziehen Blusen, Westen, Pullunder heraus, sie verknoten die Ärmel der Strickjacken am Hals oder an den Hüften. Er hört Stoff reißen, er hört sie laut schreien, es müssen wohl Osteuropäer sein, die es ausgerechnet in die österreichische Provinz verschlagen hat. Für eine Umkehr ist es zu spät, sie haben ihn entdeckt. Einer der Männer richtet sich auf, wirft ihm ein gelbes dickes Stück Stoff zu, der sich kurz in der Luft aufbauscht, um dann zu seinen Füßen zu fallen. Jetzt schreien sie ihn an. Soll er den Damenpullover anziehen? Sie freuen sich wie Pinguine, das denkt der Autor: Diese drei Männer, schwer betrunken und enthemmt, sehen aus wie falsch angezogene Pinguine, es würde ihn nicht wundern, wenn sie mit den Flossen schlügen. Er sagt: »Ich wünsche Ihnen eine gute Nacht.« Ein Mann windet sich unter großen Anstrengungen aus dem Knäuel heraus. Der Autor ist erstarrt, er verpasst den Augenblick, um wegzurennen. Der Mann stellt sich vor ihm auf, er berührt mit seiner Stirn die Stirn des Autors, das ist eine furchtbare Überschreitung, sie stehen Kopf an Kopf, was hindert ihn daran, vor dem Kerl zu weichen, er würde ihn bestimmt nicht verfolgen, er würde zurückkehren zu seinem Bettlager aus verdreckten Zeltbahnen und nassen Altkleidern. Der Mann wird von den halb verhüllten Männern am Boden angefeuert. Was riecht der Autor? Nichts. Stirn an Stirn mit einem zitternden Unbekannten, der zu schielen anfängt, bei dem Versuch, ihm fest und Furcht einflößend in die Augen zu schauen. Will er ihn einschüchtern? Jetzt würde der Autor sich gerne in eine Ackerfurche legen. Ihr Schattenbild auf dem nassen Beton fesselt ihn, es ist das Bild einer Stirngeburt. Ist der Autor dem Kerl aus der Stirn gesprossen? Entstieg er ihm mit den Füßen voran, und will der Mann ihn nicht abnabeln? Sie kleben aneinander, die Häute schwitzen und kleben. Was riecht der Autor? Er riecht seinen Bart, in dem bestimmt Läuse nisten. Da greift der Slawe blitzschnell nach dem gelben Stück, geht einen Schritt zurück, schlingt dem Autor die Hosenbeine (Kein Pullunder, kein Pullover. Eine gelbe Hose) um den Hals und beginnt, ihn zu würgen, lachend, lallend, die fettige Stirn an den geschlossenen Augen des Autors reibend, der nicht die Kraft aufbringt, ihn mit einem einzigen Stoß loszuwerden. Slawe. (Er erinnert sich an die Worte seines Großvaters selig: Die Russenheit und die mit ihr verwandten Völker sind dünn gelacktes Tartarentum. Da hinten, im tiefsten Osten, laufen die Wilden mit dem Säbel zwischen den Zähnen herum.) Der Druck an seinem Hals ist fast nicht auszuhalten. (Sein Großvater: Es treiben sich auf den Straßen galgenvögelgesichtige Slawen herum, es hat sie hergetrieben die Lust auf Raub und Gewinn, ihre Knöpfe hängen am letzten Faden, und doch gebärden sie sich wie die heimlichen Kommandanten des Landes.) Einer der Männer steht fluchend auf, was hält er da in der Hand, er nimmt Maß und dann stülpt er in einer einzigen, fast galanten Bewegung eine Plastiktüte über den Kopf des Mannes, der das Plastik am Mund röchelnd einsaugt. (Hitler nannte die Ukrainer eine slawische Kaninchenfamilie.) Die Slawen tanzen vor und zurück, bis sie ins Gebüsch fallen, der Autor schwankt wegen der plötzlichen Blutwallung in seinem Kopf, diese Stinkbande, denkt er, und dann schreit er sie an: »Stinkbande! Was habe ich euch getan?« Der Mann am

Boden zeigt ihm die Ärmelpuffe der Bluse, die an seinem mageren Körper spannt, soll der Autor ihm den Kragen umdrehen, diesem Kerl niedrigster Sorte, diese räudigen Kerle haben ihn doch tatsächlich angefallen, es schmerzen ihm Kreuz und Rücken, diese Kerle, denkt er, dieses Gesindel, bei Beleuchtung sähe man die ganze Erbärmlichkeit, nie wird man ihnen die schlechte Natur austreiben, nie wird man sie erziehen durch gutes Zureden, vor Angst ist der Autor nass unter den Achseln, er würgt an seiner Wut, die Schwäche macht ihn dumm, er verflucht den Mann, der sich in Zeltbahnen räkelt, als träumte er von geräuchertem Speck, von der Keule, die ihm in den Mund hängt. Die verschämten Armen trauen sich nicht, um Brot und Butter zu betteln. Doch diese Slawen sind warm gebettet. Nein, das sind sie nicht. Er hört aus dem Gebüsch ein furchtbares Grunzen, er springt ins Halbdunkel, hat er den Verstand verloren, er sieht die Männer nebeneinander auf dem Rücken liegen, der Kerl, der ihn erdrosseln wollte, hat ein Loch ins Plastik gebissen, durch das er atmet, sein Kopf steckt noch in der Tüte, die Männer versetzen einander mit dem Handrücken leichte Schläge in die Flanke, das hat der Autor noch nie gesehen, diesen lustlosen Kampf, diese schläfrige Abrechnung, diese Schlägerei von Liegenden, es sind keine schlechtherzigen Menschen, am Nachthimmel sind schimmernde Sterne, sie empfinden es bestimmt als düster und bedrückend, deshalb plündern sie Altkleidertüten, deshalb schlüpfen sie in Blusen und Pullunder, eine Bluse oder ein Pullunder ist ein lebloser Mensch, der sich an den Leib schmiegt, die Bluse oder der Pullunder gibt Menschenwärme. (Was denkt er da? Am liebsten würde er vor Entsetzen weinen.) Diese Männer sind keine Pinguine, sie sind dicht beieinander. Der Autor zieht dem Kerl die Plastiktüte vom Kopf und zerrt ihn an den Schultern von dem anderen Mann fort. Seine grüne Bluse reißt, der Autor entschuldigt sich. Das Blut rauscht ihm in den Ohren. Er geht zurück ins Licht, die Männer torkeln hinter ihm her, sie wühlen sich in die Zeltbahnen, in die Stoffe, nach einem kurzen Handgemenge hört und sieht er sie trinken. Schnaps aus der Flasche. Er schaut zum großen Haus an der Steinbrücke, ein roter Kranz im Fenster blinkt auf und erlischt. Die Hosenbeine sind immer noch um seinen Hals gewickelt, was riecht er, er riecht Talg und Schweiß eines anderen Menschen. Ein harziger Geruch. Das war ein Tanz, das war ein Spiel, jetzt hocken sie im Schmutz und werden lachlustig. Der Mann, der sich bislang verbarg, taucht aus dem Gewühl auf, er trägt einen alten Wetterfleck, er spricht den Autor in einer fremden Sprache an. Es klingt wie eine Frage, es klingt, als stellte er eine Frage nach der anderen. Der Autor sagt: »Ich verstehe dich nicht, das muss dir doch klar sein!« Er hat beschlossen, diese Irren nicht länger zu siezen. Er greift vor Scham in die Hosentasche, er lässt Münzen auf die Slawen regnen, ein Segen vom Himmel, eine unverhoffte Erquickung, die Aussicht auf baldige Sattheit, es wird für Brot und Sülze reichen. (Der Großvater schlug seine Frau. Deshalb galt: Das Gegenteil von dem, was er sagte, war wahr. Er schrie: »Die Gemeinschaftsfremden werden mir büßen für die Schädigung, die sie uns zufügen.« Er verkündete, das Blutgefühl sei stärker als jede künstliche Genossenschaft. Er sprach von dem Slawen als von einer Menschenhülse, von einer Achtelkraft, einer vertierten Existenz. Er selbst war ein Vertriebener. Die Russen, genauer die Bolschewisten, hatten ihn vertrieben und die meisten Männer seiner Sippe ausgelöscht. Er hatte ein morgenländisches Gesicht. Der Fremde hasste die Fremden: Sie rochen nach strengen Düften, die er nicht kannte. Er trug eine kegelstumpfförmige Karakulschaffellmütze. Er liebte es, zur Herausstellung seiner kämpferischen Anlagen, am Tisch das Mark aus dem gegarten Röhrenknochen zu saugen. Es ist üblich in der Restfamilie des Autors, den Großvater in die Hölle zu wünschen, weil ihm schlimme Taten zugetraut wurden. Er war vielleicht kein angenehmer Mensch. Er tat sein abträgliches Urteil kund wie ein Käufer über eine minderwertige Ware. Die Schäden der Welt verwirrten ihn, zu grandiosen Gedanken war er fähig. Selten konnte man bei ihm auf eine milde Stimmung hoffen. Von der Frontkameradschaft des Schützengrabens hielt er wenig. Und die Massenverzückung im Kino hielt er für schweinisch. Er war der Schaulustige am Wegesrand, er wippte auf den Fußballen, die Linken und die revolutionären Gewerkschafter zogen schreiend durch die Straßen. Bei diesen Aufmärschen führten die Revolutionäre Spruchbänder mit aufreizenden Aufschriften mit. Der Großvater griff vor Erregung unter seine Mütze, wischte über die Stirn und wünschte die Roten laut in die Hölle. Diese gerissenen Hetzer hatten keine Verankerung im Volk. Es glückte ihnen nicht, fachmännisch auszusehen. Oft stritt er sich mit einem Ordner, auf dessen rote Armbinde er zeigte und von einer gezielten Provokation sprach. Er zeigte auch auf die Frauen im Demonstrationszug, die Blechnäpfe aneinanderschlugen, um Krach zu machen. Er schlug vor, dass man diese Frauen zur Strafe dazu verdonnern sollte, Senkgruben mit Bürste und Wasser auszuwaschen. Wer einer anarchistischen Gesinnung anhing, war in seinen Augen irrsinnig. Wer dem Geschwätz von der Weltbrüderschaft glaubte, musste in den Schlamm der Abwasserkanäle gestoßen werden. Der Autor hatte den Großvater nur als Kleinkind zwei volle Jahre bewusst erlebt. Manchmal sprach er im Stehen mit gedämpfter Stimme, als schliefe ein Mann im selben Raum, als wolle er ihn nicht aus seinem leichten Schlaf reißen. Dann verwandelte sich der laute Verächter der Roten in einen Menschen, der in heiligem Ernst über das Leben nachdachte. Dann sagte er: »Man muss das Brauchbare vom Unnützen scheiden.« Währenddessen war die Großmutter damit beschäftigt, Fadenenden zu verknoten, am anderen Ende des Wohnzimmers, eine nackte Glühbirne hing am langen Kabel von der Decke herunter, alles war sauber und glatt gestrichen und staubfrei. Wenn die Hausglocke läutete, zuckte der Großvater zusammen und verwandelte sich umstandslos in einen in Bereitschaft gesetzten Kämpfer. Den Hausmeister hielt er für einen Gemeinschaftsschädling. Der ansässig gewordene Fremdling, der Großvater, hasste den vertriebenen Usbeken, dessen Arbeitseifer von allen Mietern im Haus gelobt wurde. Nur Großvater nannte ihn einen alten, starräugigen Invaliden. Das stimmte nicht, doch er ging oft mit der Wahrheit unachtsam um. Der Usbeke, so wird überliefert, war eine tief empfindende Menschenseele. Er ließ sich die Verwünschungen nicht zu Herzen gehen, die der Mann mit der Fellmütze ihm zurief. Nur ein einziges Mal habe er, so die Tante des Autors, einen Schritt über die Türschwelle getan, als nämlich Großvater ihn einen Trödler aus dem dunkelsten Halbasien geschimpft hatte. Dann aber, mitten in der Bewegung, das linke Bein in der Luft, sei er wieder zur Besinnung gekommen. Zwei Vertriebene, nach der Flucht, die erst wenige Jahre zurücklag, zwei Kaukasier in der neuen Heimat. Ein anderer Mann aus dem Kaukasus, der im Schlachthof als Fleischstempler arbeitete, wollte sich rächen, doch der Usbeke warnte vor einem Akt der Tollheit. Vielleicht witterte Großvater die Gefahr, denn er hörte von einem Tag auf den anderen auf, den Usbeken der schlechten Menschensorte zuzuschlagen.) Die Slawen, der Kaukasier, die Usbeken. Den Autor bedrückt nicht ein übles Fremdsein. Er kriegt nicht wie der Großvater eine saure Schnauze vor Ärger.

Der Würger steht auf, er steckt in Stiefeln mit schief getretenen Absätzen. Es ängstigt den Autor von seinem Anblick und vom Anblick des frostkalten Himmels. Wenn er atmet, wimmern seine Lungen wie kleine Mädchen im Schlaf. Er ist vom Kummer vernichtet. Der Slawe streckt ihm den Schnaps hin, doch ein Schluck aus der verseuchten Flasche ist ihm unmöglich. Er prallt zurück. Endlich rennt er davon, hinter ihm die lachenden Männer, das Gelächter der Kerle in den Zeltbahnen. Das Bild bekommt er nicht aus dem Kopf; wie der Irre von seinem niedrigen Lager hochschnellte; wie ihm der Speichel tropfte beim durstigen Trinken; wie sich die Wange ausbeulte, weil er wahrscheinlich mit der Zungenspitze über das Loch im Backenzahn fuhr. Das sind drei schwer beschädigte Männer. Nicht nur im Bart, sondern auch in den Falten ihrer Haut und ihres Zwirns nisten viele Läuse. Das Bild der nassen Flaschenöffnung muss in seinem Kopf verblassen. Der Würger hat sich an seiner Stirn und an seinen Lidern gerieben. Er hat mit ihm Stirn an Stirn getänzelt. Keine

Katzen in den Ackerfurchen, er läuft über die Felder, ohne hinzufallen.

Im Zimmer geht er mit der kleinen, flachen, nassen Seife über das ganze Gesicht. Der Schaum und der Duft und die Sauberkeit stellen ihn zufrieden. Auf dem Balkon atmet er tief durch. Er löst sich von der gelben Hose an seinen Hals. Soll er sie als Erinnerungsstück aufbewahren? Sie riecht schlecht, er wird sie entsorgen.

Am nächsten Morgen sitzt er allein am Frühstückstisch. Er schneidet die Semmel entzwei, zupft das weiche Innere und wirft es ins Gehege des Schäferhunds. Ein Fehler. Nero hat Hunger, er bellt so lange, bis die Wirtin herauskommt, und ohne eine Erklärung abzuwarten, den Autor streng schilt. Dann sagt sie, der Freund lasse ihm ausrichten, dass er zu einem Tagesausflug aufgebrochen sei, er solle mit seiner späten Heimkehr rechnen. Er bedankt sich, er entschuldigt sich für die unrechtmäßige Fütterung, er bedankt sich. Das ist zu viel des Guten. Die Wirtin eilt davon, als wäre sie in schlechte Luft gekommen. Er sieht ein Hundeauge durch die Hecke schimmern. Er hat plötzlich Heimweh nach fernen, unbesiedelten Ortschaften. Er hat müde Muskeln bekommen vom bloßen Sitzen. Aufstehen. Im Zimmer stopft er die Hose in eine blickdichte Tüte, dann macht er sich auf den Weg, er geht am rauschenden Fluss entlang, es wehten ihn aus wechselnder Richtung diese Idee und jene Idee an, sie sind ihm nicht gut genug, er verwirft sie. An der Steinbrücke ist er besonders vorsichtig, doch die Gebrüder haben sich verzogen, zerfetzte Stoffe liegen auf dem Gehweg und auf den Büschen, die zerscherbten Flaschen hat man unter das Gebüsch gekehrt. Der Autor hat sich die Männer nicht eingebildet, hier sind ihre Hinterlassenschaften, hier wird er auch die Hose unter den Büschen vergraben.

Er gräbt mit bloßen Händen. Grab für die Hornisse. Grab für die Hose. Er ist geistig nicht gesund. Noch schaut er sich nicht dumm am Kerzenschein und führt dabei Selbstgespräche. Weitergehen. Wenig später taucht er die Hände ins Flusswasser. Er begegnet wenigen Einheimischen, die ihn von unten heraufschauend mit angewinkeltem Kopf grüßen. Eine sonderbare Grußsitte. Wie heißen sie – Halleiner oder Hallenser? Endlich erreicht er das Keltenmuseum, er bezahlt artig das Eintrittsgeld, seine Artigkeit erbost ihn, er würde am liebsten sofort mit einem Eisendorn die Stufen und die Wände kaputt hauen. Er geht durch die Räume, beschaut die Vitrinenobjekte, die Fibeln, die Leinwandschließen, die Grabbeigaben, und dann stößt er auf einen ausgestopften Menschen: Ein halbnackter Mann kauert halb auf dem Hochsattel, halb auf der Deichsel eines Streitwagens, der mit zwei Pferden bespannt ist, die Pferde beißen schäumend auf die Trensenknebel, der Mann hat Augen und Mund aufgerissen, in der einen Faust hält er den Speer, in der anderen die Zügel. Ein wilder Kelte. Sein blondes Kunsthaar steht ihm in Stacheln zu allen Seiten ab. Sein Gesicht ist in einer wutverzerrten Grimasse eingefroren. Die Perückenmontur hat sich an Stirn und Scheiteln gelöst, der in dicken Tropfen geronnene Klebstoff sieht aus wie Angstschweiß. Ist er wirklich ein Kelte? Es muss ein Kelte sein, denn es ist ein lebensgroßes Ausstellungsstück in einem Keltenmuseum. Stammen die Germanen von den Kelten ab? Was dachte der Österreicher? Er machte sich lustig über die Spinner, die vom altgermanischen Heldentum schwärmen, die heidnische Opfersteine ausgraben und von der Größe der Ahnen raunen. Er spricht (in den Worten des Autors, der im Schatten des wilden Kelten sein Notizheft aufschlägt und hastig notiert): ›Es gibt Männer, die sich Hörnerhelme aufsetzen und wilde Feuertänze vollführen. Ich bin ihnen begegnet, das sind entartete Neugermanen. Man muss sie so lange schlagen, bis ihnen Blut in die Augen läuft. Der Germane hätte den Römer nicht besiegen können, wenn er von ihm nicht ausgebildet worden wäre. Sollen wir die alten Monatsbezeichnungen einführen? Soll es statt Januar Hartung, statt November Nebelung und statt Dezember Julmond heißen? Was ist damit gewonnen? Das ist kultischer Unfug. Das ist Altertumsspinnerei!‹ Das sagt ausgerechnet der irrsinnige Österreicher, der nicht müde wurde, sich über die Hakenkreuzfahne zu verbreiten, die er behauptete, entworfen und zum Banner der Partei gemacht zu haben. Der Autor starrt wie gebannt auf die Perücke des Kelten und schreibt: ›Die Standarte ist dem römischen Feldzeichen nachempfunden. Das Hakenkreuz ist ein Schöpfrad. Es steht auf einem Fuß, es ist kurz davor zu wirbeln. Das rechtsgeflügelte Hakenkreuz ist eine doppelte Wolfsangel, es ist ein Heilszeichen unseres deutschen Volkstums und der nordischen Rasse. Es steht auf der Spitze des unteren Hakens. Unsere Fahne ist eine Brandfackel. Schwarz, Weiß, Rot, die Farben des alten Kaiserreichs sind auch unsere Farben, der strahlendste Akkord, den es gibt. Die Reichsfarben Schwarz-Gelb-Rot sind ein Hühnerdreck. Schwarz-Rot-Mostrich. Die Standarte ist kein Fähnlein, sie ist eine Sturmfahne. Ich habe die Sowjetfahne studiert: Hammer und Sichel. Es ist mir sehr begreiflich, was verkündet wird. Blut wird vergossen werden, und über allem strahlt der Stern. Ich habe erwachsene Männer bei der feierlich begangenen Flaggenhissung weinen sehen, denn sie haben erkannt: Die Fahnen werden entrollt, dass sie wieder wehen. In diesen Zeichen werde ich siegen. Das nach rechts gewendete Hakenkreuz mit geraden Balken ist unser Zeichen. Es braucht Farbtöpfe und Pinsel, dass man Hakenkreuze auf Wände, Fronten und auf Bürgersteige male ...‹ Der Autor setzt sich auf einen Sitzwürfel, das Leder knarrt bei der kleinsten Bewegung, er achtet nicht darauf, er achtet auch nicht auf den ausgestopften Speerwerfer, er entwirft die Szene einer spiritistischen Sitzung, bei der Hitler auch anwesend ist, der Mann war hochgradig irre, der Irre hat die Irren angezogen. H. läuft durch Schwabings Straßen, die Hand an der Waffe in der Tasche, auf dem Weg zum Magier, der gut ein Dutzend Großindustrielle von Magengrimmen und Darmleiden durch Hypnose geheilt hat. Hitler, der Meister der Zaubersprüche, behauptete, dass er vor mystischen Einflüssen gefeit und von aller Magie abgekommen sei. Über den Magier hat der Österreicher in der Zeitung gelesen, in dem Interview behauptet der Gaukler: »Ich bin zu kleinen Schöpfungen fähig. Ich erhitze Kreidestaub in einem versiegelten Glas, dabei entstehen tierische Vielzeller.« H. ist verdrossen: Das ist ein Mann, der die Saalzauberei derart gut beherrscht, dass ihn reiche deutsche Männer als das fleischgewordene Heiligtum derzeit ansehen. Er will den Mann sehen, von dem es heißt, dass er hundert Kerzen mit einem Pistolenschuss anzünden könne. Er klingelt, man macht ihm auf, man erkennt ihn, man bittet ihn ohne ein Wort hinein. Er wird den Teilnehmern der Sitzung vorgestellt. Eine Frau, der Autor tauft sie Amalia, bezeichnet sich als Medium. Es sind auch anwesend: der junge Kunstmaler Edmund Steppes, der junge Landschaftsmaler Max Zaeper. Der Komponist Adolf Vogl, seine Frau, die Sängerin Else Vogl. Es ist auch anwesend der selbst ernannte Gnostiker und Kosmiker Alfred Schuler. Er verkündet in allen Salons Münchens, dass er die Reinkarnation eines Römers aus der Zeit Neros sei. Der Magier raunt: »Die Geister strömen aus der anderen Welt.« Die Männer und Frauen setzen sich an den Tisch und berühren mit den Fingerspitzen die Tischkante. Der Österreicher (der sich seinen Nasenschnauz tüchtig geölt hat, dass er in mehr als einem Dutzend Reflexen glänze) sitzt in der zweiten Reihe auf einem Lehnstuhl an der Wand. Das Licht wird gedämpft, die Darbietung kann beginnen. Man sitzt im Kreis und hält sich an den Händen. Hitler hört Klopfzeichen. Ein Buch vom oberen Regalfach fliegt durch die Luft und fällt krachend auf den Tisch. Eine Frau, von der H. annimmt, dass es sich um eine verdeckte Angestellte des Magiers handelt, wird nach einem tiefen Seufzer ohnmächtig, sie erholt sich aber recht schnell. Der Magier bittet Amalia, seine Hand vor ihren Mund zu halten und hineinzusprechen. Das Medium packt nach den ersten unverständlichen Worten das Entsetzen. Der glotzende Österreicher sieht hinter ihrem Kopf eine leichte Verfinsterung, die Luft gleicht dem hellen Rauch im beschlagenen Spiegel. Sie würgt Mulltuch hoch, das ihr der Magier langsam aus dem Mund zieht. Er gibt es als weißen Geistschleim aus. Else Vogl wird übel, sie presst beide Hände auf den Mund und eilt ins Bad. Der verdeckten Angestellten gefällt es, ein zweites Mal in Ohnmacht zu fallen. Obwohl sie nicht bei

Bewusstsein ist, gleitet sie elegant zu Boden. Erneut Klopfzeichen. Der Spiritist hat versprochen, sich mit den Geistern zu unterhalten. Die Männer sind über die Maßen erschrocken, der Kosmiker Schuler schaut drein, als würde er in das Jenseits eingesogen werden. Ein übler Schwindel, eine große Täuschung, eine Gaunerei, eine große Lüge. Das Menschenschwein Hitler erkennt sich selbst, notiert der Autor und denkt sofort: Das gehört nicht hierher. Der Autor soll sich bitte sehr beherrschen. Das kann er nicht. Was kann er nicht? Einfach drauflos erzählen, einfach H. sprechen lassen, ohne dass er dazwischengeht. Dietrich Eckart, der ihn hergeschickt hat, müsste doch wissen, dass er den Stubenzauber mit großem Misstrauen aufnimmt. Dem Magier ist der Betrug des Publikums nicht vorzuwerfen: Die Männer im Zimmer wollen betrogen werden. Die Totenerweckung gelingt, das Grab spricht: Der Tote spricht mit dem Mund Amalias, sie wispert mit verstellter Stimme, sie sagt: »Blut, Licht! Das verdorbene Blut muss heraufgeführt werden zum Licht. Lebt im Zeichen der Blutleuchte!« Plötzlich ruft der Kosmiker Schuler aus: »Ich schaue buntgescheibte Mörtelreste! Ich schaue geborstene Mosaiken! Ich schaue verdorrende Seelen! Ich künde große Erweckungen!« Die Teilnehmer der Sitzung durchschauen nicht die Täuschung des Gauklers. Es wäre ein Leichtes, den Spiritisten der Fälschung zu überführen. Er würde ein Geständnis ablegen, er würde den Betrug gestehen: Die Klopfzeichen des Geistes entstehen beim Knacken der Knochen der Großzehen. Mit fast unsichtbaren Darmsaiten, die an seinen Fingern verknotet sind, bringt er kleine Gegenstände zum Rücken oder zum Schweben. Das Medium und der Magier stecken unter einer Decke.

Das Grab schweigt, die Toten haben sich verzogen, das Licht geht an, die Séance ist beendet. Die Gläubigen des Zauberkults sind von dem Mann, der ihnen ein Loch ins Jenseits geschlagen hat, sehr beeindruckt. Hier lernt Hitler nichts Neues, hier wird er wieder einmal Zeuge, wie die Menschen das Entscheidende nicht wahrnehmen, weil sie abgelenkt sind. Die Kunststücke kann ihr Meister nur vollbringen, weil sie an der Unaufmerksamkeitsblindheit leiden. Amalia sagt: »Sie sehen so verschwollen aus. Ist Ihnen nicht gut?« Bevor er dazu kommt, sie anzuschreien, weicht sie in ein anderes Zimmer aus. Schuler, der wiedergeborene Römer, erscheint wie aus dem Nichts an Hitlers Seite, er empfiehlt ihm, das Wort Blutleuchte zu benutzen, denn er ist hingerissen von der Hakenkreuzfahne. Schwarz im weißen Rund auf rotem Grund. Er sagt: »Sie werden, Herr Hitler, damit alle fangen, die deutlich deutsch sein wollen. Das Kreuz der Christen ist nämlich eine kastrierte Swastika, eine klebrige Fliegenstange, an der sich die gläubigen Seelen zu Tode zappeln!« Gerne dienen sich Hitler Männer vom Schlage des Römers an. Aber er braucht keinen geistigen Generalstab, er ist in seinen fantastischen Schwärmereien unübertroffen. Dem wiedergeborenen Römer wird vor Ergriffenheit die Brust eng, er zitiert einen Spruch der alten Römer: »Die Übermütigen besiegen, die Unterworfenen schonen!« Und er raunt, als sei er bei dem Magier in die Schule gegangen: »Ans Herz des Lebens schlich sich Marder Juda. Zwei Jahrtausende tilgt er das heiße, pochende, schäumende, träumende Mutterherz! Morde den Vater, deutscher Held, eh dass er dein Kind, deine Seele, frisst, und entfessele die Urknäuel, das hundertspeichige Feuerrad!« Was für ein Geschwätz, aber genauso haben sie geredet. Wie geht es aber an dieser Stelle weiter? Der Österreicher glaubt, er sei der deutscheste Mensch im Reich und verhelfe den Kleingläubigen zu heroischen Gefühlen. Er verspricht glanzvolle Tode. Er schreit im Biersaal: Die blutbestimmte Gemeinschaft ist gottgewollt. Er muss also, wie bei jeder Begegnung mit Menschen, auch den geisteskranken Schuler übertrumpfen wollen. Der Autor schreibt: Hitler: »Zwischen den Rassen gibt es keine Übereinkunft, dass ich als Arier dem Senegalneger die Hand reichen soll.«

»Ich bin begeistert!«, ruft Schuler.

»Ihr Volk wird Sie niemals als vollwertig annehmen.«

»Ich verstehe nicht.«

»Der Jude Karl Wolfskehl ist in Ihrem Kosmiker-Kreis«, sagt Hitler.

»Das hat nichts zu bedeuten«, sagt er.

»Ich verkehre nicht einmal mit getauften Juden«, sagt Hitler laut, »nach Wille und Gefühl bin ich deutsch und deutsch und abermals deutsch.«

»Das bin ich auch.«

»Ist es so? Dann hat Sie der Anblick von Juden zu verärgern. Was dulden Sie einen waschechten Hebräer in Ihrer Nähe?«

Es ist besser, dem wilden Kelten in die Glasaugen zu starren, als diesen Schmutz hinzuschreiben. Worum geht es ihm hier? Der wiedergeborene Römer Schuler will sich dem Menschenschwein Hitler andienen. Daraus wird nichts. Er beschreibt, wie Hitler angewidert ins Freie strebt, der Komponist Adolf Vogl eilt ihm mit seiner Frau nach. Sie fragt, ob es seinen Stolz verletzte, wenn sie mit ihm den Handkuss übte, er habe bei der Begrüßung ihren Handrücken geküsst, das sei nicht zulässig, den Handkuss deute der Mann nur an, es sei ein bewusst unvollendeter Kuss auf die hingehaltene Hand der Dame, der Mann zeige ihr damit seine Wertschätzung, er müsse die Hand auf Brusthöhe führen, er dürfe niemals (niemals!) den Handrücken mit den Lippen berühren oder anhauchen. Sie üben auf der Gasse. Der Österreicher muss lernen, sich anständig zu benehmen, Benimm und Schliff sind unerlässlich. Bei feinen Leuten darf er das Essen nicht schlingen, er muss sich zügeln. Hitler verbeugt sich ein letztes Mal über der Hand der Sängerin. Sie will Hitler mit ihrem Mann bald aufsuchen, sie möchte die Fettflecken und Kleckse aus Hut und Mantel beseitigen. Das ist dem Österreicher nur recht. Schluss.

An der Brücke über dem Kothbach in der Altstadt kommt ihm der Bekannte entgegen. Sie nicken einander zu und gehen gemeinsam weiter. Der Bekannte erzählt, dass er in aller Frühe nach Fürstenfeldbruck aufgebrochen sei, die Stadt liege fünfundzwanzig Kilometer westlich von München und könne mit der S-Bahn erreicht werden. Er habe sich nicht in dem Städtchen umgesehen, er sei ohne Verzögerungen zum Kloster Fürstenfeld gelaufen. Der Bekannte erzählt: »Das ist eine ehemalige Zisterzienserabtei. Die furchtbar überladene Klosterkirche St. Maria betrat ich nicht. Der Bayernherzog Ludwig der Strenge hat seine Frau enthaupten lassen, weil er glaubte, dass sie ihn betrog. Der Papst verdonnerte den Herzog als Sühne zum Bau des Klosters. Das alles interessiert mich nicht. Die Reichswehr hat 1924 die Gebäude der Polizei als Ausbildungsstätte überlassen. Der Reichsführer SS Heinrich Himmler ließ das Kloster als Kaderschmiede für Polizeioffiziere ausbauen. In Fürstenfeld ausgebildete Polizeioffiziere waren die Kerntruppen der Judenvernichtung. Die ihnen unterstellten Polizeibataillone ermordeten Juden, Slawen und Kriegsgefangene in den beim Ostfeldzug eroberten Gebieten. Diese Männer haben Tausende von Menschen in Wäldern und an Gruben erschossen.« Der Bekannte schweigt. Der Autor schweigt. Deutsche Ordnungspolizisten im auswärtigen Einsatz. Die Gräuel. Die Schrecken. Brave Schutzmänner eifrig bei den Massenerschießungen. Sie schlachten Frauen, Kinder, Greise ab. Sie berufen sich später auf den Befehlsnotstand. Was haben sie sich gut und mächtig gefühlt an der Grubenkante: Der Schädel platzt, wenn man verzieht, also aufpassen, das Gemensch wimmelt, und man muss es doch wegmachen, man muss doch für menschenleere Gelände sorgen, damit das eigene Volk siedeln kann, das Menschenzeug muss weg, auch wenn es harte Arbeit ist, man muss das Gemensch doch ansehen, ein flüchtiger Blick genügt: Gang, Haltung, Gebärde – alles spricht für eine niedere Daseinsart, Schuss ins Genick, der Ordnungsmann ist der Vollstrecker seiner Rasse, es fährt ihm eine Kraft zu, wenn er bei der planmäßigen Reinigung mitwirken darf, das sind Geschöpfe, denen kein Menschenwert zuzusprechen ist, der Ordnungsmann streitet für das beste Menschentum, eine deutsche Landschaft ist ohne fremdes Gewächs, der Ordnungsmann handelt nach dem Leitsatz: Die anderen müssen weniger werden, wir aber müssen uns vermehren, Heimat meiner Rasse ist der deutsche Boden, und ich mache durch hygienische Maßnahmen diesen fremden Boden zur urdeutschen Scholle, ich bin die schlagende Hand des Führers, ich töte die Welt, in der die Fremden leben. Schuss und der Schädel platzt. Der Bekannte gibt einen düsteren Lagebericht: Er hat nichts gefunden, was die Bosheit der alten Tage ausdünstete, also begab er sich in den Biergarten und trank eine Schorle. Bei Männern wie ihm, die sich das Haar über den Kragen wachsen lassen, wird ein sittlicher Tiefstand vermutet. Es wäre einer traurigen Handlung gleichgekommen, den Kerlen, die sich ihm in unfreundlicher Absicht näherten, die Finger umzubiegen. Das waren mindere, niedere Erscheinungen, sie hielten ihn wohl wegen seiner langen Haare für einen Arbeitsscheuen, dabei sahen sie selber mit ihrem billigen Haarschnitt miserabel aus, das wirkliche gute Menschsein war ihnen missglückt, und es war aber nicht die Schuld des Bekannten, dass sie mit der Schnauze nicht aus dem Dreck kamen. Drei Kerle, deutliche Überzahl. Drei Kerle: ungewandt, hilflos und aber tückisch. Mager und aber tüchtig. Sie wollten ihn in die Mangel nehmen. Er brachte sie davon ab. Nicht durch gutes Zureden. Nicht durch schneidende Worte. Nicht durch Prügel. Er stand einfach auf und lief auf die ihm entgegenkommenden Männer zu. Damit hatten sie nicht gerechnet. Sie blieben stehen, er blieb bei ihnen stehen, sie unterhielten sich, es gab keinen Grund mehr für Hinterhältigkeiten. Sie wussten nicht mehr, was sie zur Tat getrieben hatte. Bevor sie sich verzogen, bemerkte nur einer von ihnen missfällig, dass man das Gelände für Bombenleger sperren sollte. Der Autor wundert sich über das gleichzeitige Zusammenfallen der Ereignisse: Der Bekannte wird genauso wie er von drei Männern unfreundlich angegangen. Er hatte die Begegnung unbeschadet überlebt, ein schöner Ausflug war das allerdings nicht gewesen.

Am folgenden Tag wollen sie abreisen. Sie kehren in einem Lokal ein, in dem auf einem Schild an der Wand hinter dem Tresen vor dreisten Vertraulichkeiten gewarnt wird. Wie ist das zu verstehen? Der Autor starrt auf den Wirt: Er hat eng anliegende Ohren. Wäre er ein Zimmermann, könnte er einen kurzen Bleistift hinters Ohr klemmen. (Es lässt dem Autor keine Ruhe: Da hat also ein Ordnungsmann im Ostfeldzug viele Male getötet. Da ist er also nach Hause gekommen und hat gedacht, geglaubt, gesagt: »Ich bin im Grabenkampf zum Mann geworden, ich floh nicht vor den Kugeln und Geschossen der Feinde. Der Vollzug des Befehls ist das Höchste für mich als Deutschen. Der Krieg ist verloren, ein Restdreck ist übrig geblieben. Ein verronnenes Zeugs, das zusammengeschossen gehört. Ich lebe außerhalb dieser Saugemeinschaft. Ich trinke meinen Apfelmost zu Hause. Die maßlose Grübelei macht geisteskrank.« Der Ordnungsmann hat gelernt: Der Mensch möchte erzogen werden. Das kann man ihm nicht austreiben, denn es ist nicht vorbei mit der alten Weise und der alten Art. Verluste hat's gegeben, ihn haben die Kugeln verfehlt. Er hat sie hingemacht, sie alle, auch die Roten, denn die Roten sind Ratten, man muss ihnen die Schnauze abhauen. Er wünschte, die große Tilgung könnte weitergehen, Hitler hat's erlaubt: Dem Ordnungsmann ist das Bürgerliche den Buckel runtergerutscht, da ist er ganz und gar ein Schwein geworden.) Der Bekannte bedeutet ihm durch Zeichen, seine Stimme zu dämpfen, er muss das alles laut ausgesprochen haben. Jeder aus dem Polizeibataillon glaubte, einen Heldenkampf ausgefochten zu haben, im Osten, im Vernichtungskrieg. Der Ordnungsmann hat die seelische Kraft aufgebracht, vierjährigen Mädchen in den

Hinterkopf zu schießen. Er hat sich mit diesen Dingen mit kalter Hand beschäftigt. Der Führer gab vor: Deutschland muss leben! Der Ordnungsmann bediente sich schärfster Mittel im Dienste der Volkserhaltung. Wer stürzt, hat es verdient zu stürzen. So was muss getan werden. Das musste man ihm nicht erst auf die Tafel malen. Eine Sauerei in der schönen Morgenluft. Muss getan werden ohne das kleinste Widerstreben. Man darf einen großen Gegner nicht stark machen. Da unten in der Grube tropften die Knochen. Der Bekannte sagt dem Autor, dass er ihn nicht länger als Tischgenossen dulden werde, wenn er sich nicht endlich beruhigt. Eine umständliche Bemerkung. Ein Junge schläft, den Kopf auf den gekreuzten Armen, auf dem Tresen, er fängt an zu schnarchen. Der Wirt brennt mit dem Feuerzeug eine Seite eines Bierdeckels an und hält den schwelenden Deckel an das Ohr des Jungen, der sich mit einem Ruck aufrichtet. Er bezahlt und verlässt hastig das Lokal. Der Autor reißt ein Blatt aus dem Notizheft heraus, er faltet das Papier der Breite nach, dann der Länge und wieder der Breite nach. Seine Hände müssen beschäftigt bleiben. Es ist ihm unmöglich, aus Erschöpfung von dieser Sache abzulassen. Diese Sache: die Exekutionen an der Grubenkante. Er drückt unter dem Tisch heimlich eine Tablette durch das Aluminium der Packung, er führt die Tablette zwischen zwei Fingern zum Mund, und während er so tut, als müsse er sich heftig an einer juckenden Stelle kratzen, leckt er schnell über die Finger und schnappt nach der Tablette. Er ist das Klischee einer nervenschwachen Person. Der Wirt, zwei Männer auf Hockern am Tresen, der Bekannte, sie sind auf ihn aufmerksam geworden. Am Boden liegt die Packung, fast alle Plastikmulden sind durchgedrückt, er hebt sie auf. Diese Sache. Das Heil, der Sieg, das deutsche Erwachen. Der Jude ist ein Hindernis. Der Ordnungsmann. Sein Ziel ist die Vernichtung des Unvolks. Der Autor hat Stunden damit verbracht, die Fotografien von gedemütigten Menschen in Galizien anzustarren, immer und immer wieder. Auf einem Bild sieht man einen orthodoxen Juden, dem man Bart und Schläfenlocken geschoren hat. Er hat ein Tuch um Schopf und Kinn gewickelt, er sieht aus wie ein Mann, der an Zahnschmerzen leidet. Er bedeckt sich, er schämt sich seiner Nacktheit vor Gott. Er ist ein würdevoller Mann, der zur Seite blickt, im Wissen, dass er nur noch wenige Minuten zu leben hat. Auf anderen Fotografien sitzen die Gläubigen dicht gedrängt auf dem Boden, man hat ihnen befohlen, die Hüte abzunehmen, sie sind noch am Leben und aber schon von dieser Welt geschieden. Der Autor muss sich vom Leben trennen. Er fühlt sich wie ein Geist, er ist ein geisterhafter Mann, dem der Schrecken in den Augen sitzt. Diese Sache, diese Geschichte zwängt sich in alle Spalten hinein, in seinem Kopf sammelt sich Wissen, das in einzelne Sätze zerfällt. Hitler liebte Rohrnudeln mit Zwetschgen und viel Sahnesoße, er liebte Pfannkuchen mit Orangenstückchen. Hitler saugte in Momenten starker Erregung an seinem kleinen Finger. Hitler rührte sieben Stück Zucker in seinen Tee. Hitler trug auch im Sommer lange weiße Unterhosen. Hitler ließ sich eine Bartfliege stehen, um von seiner breiten Nase abzulenken. Hitler hatte Angst, Vater zu werden, weil er sich selbst als Teil einer Inzuchtlinie sah. Hitler verbarg beim Lächeln sein Gesicht hinter der schräg davor gehaltenen Hand. Hitlers Charakter, Selbstbezeichnung: boshafter, die Schwächen der Menschen kalt beobachtender Mann. Hitler konnte die Laute von Gänsen und Enten nachmachen. Hitler hütete sich, mit der Zunge über die Lippen zu fahren. Er wollte sich nicht an seinen Bartborsten verletzen. Schluss. Der Autor bezahlt und verlässt hastig das Lokal. Der graue Gefreite Hitler ist in ihm.

IV

Der Bekannte hat sich verabschiedet, er muss seinen Geschäften im Norden nachgehen. Der Autor ist allein in Dachau, in der er nicht nur elende Tage verbracht hat. Es ist eine Rückkehr nach langer Zeit, nach über vierzig Jahren. Er steht vor dem Gymnasium, das er für ein knappes Jahr besuchte. Die Gebäude sehen aus wie Glaswaben. Die einzelnen Geschosse sind in Trakte untergliedert und die Ebenen sind gegeneinander versetzt. Es ist leicht, sich zu verstolpern. Er war kein guter Schüler, er war ein schiefgesichtiger Junge mit Flaum an den Backen, der in stiller Ecke ausharrte. Ein Mädchen in der Klasse, einmal sitzen geblieben, einmal gerade noch versetzt, hatte einen älteren Liebhaber, den sie vorfahren und den Wagenschlag öffnen ließ, vor den Augen der Lehrer. Sie trug enge schlanke Jumpsuits mit Schulterrüschen. Er verbot es sich, von ihr zu träumen. Für die Mädchen blieb er unsichtbar. Der einzige Klassenkamerad, der mit ihm auch nach der Schule sprach, war Eberhard, ein hundertprozentiger Nazi. Ein kalbsköpfiges, vierschrötiges Kind von sechzehn Jahren. Eine Granate in Sport und Mathe, eine Niete in den anderen Fächern. Während eines Diavortrags im Kunstunterricht wurde das Büstenbild Hitlers an die Wand projiziert, Eberhard ließ ihn hochleben und bekam einen Verweis wegen ungebührlichen Verhaltens. Das konnte ihm egal sein. Auf dem Heimweg begleitete er den Autor. (Damals schrieb er noch nicht, er dachte nicht daran, sein Elend zu veredeln, er las schwierige deutsche Prosa, ohne viel davon verstehen zu wollen. Im weiteren Verlauf dieser Geschichte heißt er der Gymnasiast.) An diesem Tag sprach Eberhard viel. Er sagte: »Der Führer ist tot, weiß ich, es macht ihn kein Heilgruß lebendig, es geht um die Idee. Du bist kein Arier, man hätte dich damals einszweidrei erledigt, wäre keine große Sache gewesen. Sei froh, dass du heute lebst. Ich bin Arier. Ich bin ein halber Mann in einem halben Reich. Wieso? Weil besiegt und unterworfen. Schau dir den Rest der Klasse an. Alles Hühner und Hasen. Du zählst nicht, hab ich ja schon gesagt, du bist raus aus dem Spiel, weil du nicht deutsch bist. Undeutsch bist du auch nicht, das können nur Deutsche sein. Jude? Glaub ich nicht, dafür bist du zu dumm. Also, wenn man deutsch ist, muss man alles im deutschen Sinne tun, mit halbem Herzen wird nix gelingen. Da hab ich was gelesen in dem Buch von einem General, der schreibt, dass es eine Daseinsverfehlung ist, wenn ein Deutscher aufhört, hart und unempfindlich zu sein. Der Todfeind bläst zum letzten Sturm. Wir kommen in die dickste Scheiße, wenn wir nix tun. Dich mein ich nicht, du bist ja kein echter Kamerad …« Eberhard sprach und sprach, bis sich an der Straßengabelung ihre Wege trennten: Der Gymnasiast hatte gelernt, nicht die Hand zum Abschied zu heben, er hackte mit dem Kinn in die Luft und ging davon. Der Autor erinnert sich: Das Schlechte ist in ihm damals gewachsen. Der Gymnasiast war vaterländisch gesinnt. Ein Ultrapatriot. Wenn die Fahne (welche Fahne?) im Wind knatterte, hob er den

Blick, und er wähnte sich durchdrungen von urtümlichen Gefühlen. Er blies in seiner Kopfblödigkeit seine Backen rund, er pfiff nationalistische Balladen, in denen es um Soldaten ging, die an den Rändern des Reiches Wacht hielten. Wer war der Feind? Die Russen. Die Sowjetkommunisten. Die Juden? Er kannte keinen einzigen Juden. Er kannte nur eine Philosemitin, das Mädchen im Hosenkleid, sie hatte linke Ansichten und wollte später einen Juden heiraten. Sie war Atheistin. Die Vaterländerei schloss Gott ausdrücklich nicht aus. Der Gymnasiast bekam ernste Zweifel: Gott kleidete die Nackten, Gott stützte die Beladenen. Gott schrieb den Gläubigen Demut vor. Das rechte Fußvolk bestand fast nur aus Irrsinnigen und Verkniffenen von säuischer Art. Es standen dem Gymnasiasten Tränen in den Augen, weil er sich als rein und unantastbar empfand. Es war ein langer Anfall von Idiotie. Er verstand den Argwohn von Altansässigen gegenüber den Fremden, er verstand aber nicht den Hass der Deutschen gegenüber den alteingesessenen jüdischen Deutschen. Das linksliberale Geschwätz von der Weltgeschwisterschaft verwarf er als spätbürgerlichen Irrsinn. Bei den Rechten fühlte er sich aber nicht zu Hause. Er lernte in Dachau andere Ultrapatrioten kennen, Eberhard blieb der charakterfesteste Nazi (Kann man das so sagen?). Wenn ein Kamerad einen anderen Kameraden mit den Worten lobte, dass er von hochanständiger Mannbarkeit sei, wollte der Gymnasiast am liebsten kichern. Diese Zivilisten spielten Soldat. Er hörte sie von nutzlosem Zeug und von Stücken mit artfremdem Bluteinschlag sprechen. Sie sprachen über Menschen. Sie fieberten dem gewaltigen Aufbauwerk entgegen: das neue Reich. Es konnte nur entstehen, wenn man das auszusondernde und zu vernichtende Material markierte. Die Kameraden erstellten, wie sie ihm enthüllten, geheime Todeslisten. Es wurde ihm sogar einmal, halb im Scherz, verraten, dass auch sein Name auf der sogenannten Proskriptionsliste stand. Ein vollwertiger Mensch konnte er in ihren Augen niemals sein, er war kein Volksgenosse, er war nichtdeutsches Kroppzeug. Die jungen Männer (und einige wenige Frauen) schworen Volk und Vaterland Treue bis in den Tod. Der Gymnasiast war ein junger, dummer Idealist. Er war ein Jüngling, der von der verbotenen Berührung träumte. Der Autor erinnert sich: Die Tagesmeldungen in den Zeitungen erschreckten ihn. Die Kriege sollten in anderen Gegenden ausgefochten werden. Er hörte kaum erwachsene Knaben von wüsten Gemetzeln laut träumen, sie ersehnten den unabwendbaren totalen Kollaps. Eine Nazifrau, Hanne, sprach oft mit angewiderter Miene von den OdF. Das Kürzel stand für Opfer des Faschismus. Es stand aber eigentlich für alle Nichtnazis. Eberhard nahm ihn einmal zu einer Freiluftversammlung in einem Park mit, er wurde dafür hart gerügt, er drohte den Kameraden harte Faustschläge an, nur Hanne baute sich vor dem Gymnasiasten auf, sie stieß immer wieder mit dem Finger in seine rechte Brust, sie sagte, man werde ihn in den Ofen stecken, wenn er sie verriete. Welcher Verrat, welcher Ofen? Die Rassegenossen sprachen in einigem Abstand über Dinge, die ihn nichts anzugehen hatten, es schmerzte dem Gymnasiasten die Brust, Hanne blickt gelegentlich zu ihm herüber, sie trug eine goldene Schlipsnadel mit rotem Stein wie eine Brosche am zugeknöpften obersten Blusenknopf, der Stein blinkte in der Sonne, und er musste hinüberschauen. Sie missverstand ihn. Sie schrie, dass er sie nicht angaffen sollte, sonst werde man ihm den Kopf abschlagen und in den Ofen schieben. Welcher Ofen? Der Gymnasiast stand frierend im Park, er glühte nicht für eine unverwesliche Idee, in der Kälte kamen ihm die Schmerzen hoch, von den Füßen in den Kopf, er fühlte sich wie ein zertretener Mensch. Heil und Rettung, Sieg und Reinigung, das war alles eine Schweinerei, ein blödes Geklirr, eine Läpperei, ein großer Radau. Das Geschwätz von der Neubesinnung ging ihn nichts an. Dann war das Gespräch der Verschwörer im Park beendet, Eberhard zerrte ihn aus dem Park, er sagte: »Sie wollen ein Jüdlein ausknipsen, das habe ich ihnen ausgeredet.« Welches Jüdlein? Er sprach, und der Autor kann sich daran nach all den Jahren gut erinnern: »Das ist der deutschen Auffassung widerstrebend.« Das hatte er bestimmt in irgendeinem Nazibuch gelesen. Eberhard: völkisch bis auf die Knochen. Kein Nazi? Doch, leider ja. Er zersprang beim Anblick eines Ausländers nicht vor Hass. Er täuschte keine Leidenschaft vor. Er nannte den Bundestag in Bonn einen Affenkäfig, in dem die Affen brausten. Er sagte einmal zu dem Gymnasiasten: »Du hast Negerblut. Man sieht es dir an, wenn deine Haut im Abenddämmer dunkel zu schimmern beginnt.« Er nannte die Deutschen das erste Volk des Kontinents. Der Gymnasiast war in seinen Augen ein Mensch von geringerem rassischem Wert, er hatte rassisch bedingte Schwächen, er war nicht germanisierbar. Der Kampfesmensch dürfte nicht vergeistigt sein. Eberhard, der Dachauer Hitlerist, wurde binnen kurzer Zeit zum größeren Schwein. Er sagte: »Feiglinge erkenne ich an den zuckenden kleinen Muskeln an der Stirn. Sieh dich vor!« Er sagte: »Ich betrachte dich als bald erledigt.« Er sagte: »Vor der Vernichtung schützt dich nicht, dass du ein ausgewähltes Deutsch sprichst.« Der Gymnasiast erlebte sein Dachauer Debakel. Er dachte: ›Man kann mich ja nur einmal totschießen.‹ Es gab keinen Trost für ihn, er führte ein Scheinleben, er hatte schlechte Noten in fast allen Fächern, er träumte davon, das Letzte herzugeben, er hatte keinen guten Freund, er wurde von Rassenkämpfern geduldet, die sich als die bewaffnete Gefolgschaft eines neuen Führers verstanden. Sie waren nach ihrer Selbstauskunft deutschfühlende Menschen und wollten, als wäre es nichts, »Jüdlein ausknipsen«? Und der Gymnasiast – war er ein Faschist? Vielleicht ein Viertelfaschist. Gibt es das, kann man nur ein bisschen faschistisch sein? Er las begeistert Jünger und Carl Schmitt (Deutsche Deutlichkeit.) Er wollte damals nicht Schweineköpfe über die Mauer von jüdischen Friedhöfen schmeißen. Er wollte nicht die Feinde zu Brei und Brühe schlagen. Der Gefühlssturm ging ihm über alles, auf blutige Rangeleien hatte er keine Lust. Die Nazifrau kam als Erste darauf, ihn »Halbnatur« zu rufen. Semit, Asiat, Judengenosse, sie hatte für ihn viele Namen. Sie kannte keine Mäßigung. Sich auf ein späteres Leben vertagen – niemals. Man wäre heute nichtswürdig und morgen ein Nichts, man wäre nicht Mann noch Frau, man wäre Luft mit Kontur. Ihr Bekenntnis. Die Nazifrau sagte zu ihm: »Du bist doch nur ein nachgemachter Mann! Pass auf, bald gehst du durch den Schornstein.« (Welcher Ofen, welcher Kamin?) Er lachte, er verstand nicht recht. Sie unterstellte ihm, vor den Kameraden, Unterleibsgier. Die Kameraden (kleine Menschenschweine) hatten geschworen, die Heimat vor feindlichem Einfall zu schützen. Nun aber stand ihnen die Halbnatur wie ein

Schmutzfleck vor Augen. Ihre Parolen waren keine Kennworte der Erlösung, sie waren Gespei. Halbnatur, welsches Jüngelchen, Türkenstück. Eberhard war Hanne völlig verfallen. Er sagte: »Auf mich wartet niemand. Sie ist es, sie muss es sein.« Immer wenn er über sie sprach, bekam er ein ganz und gar nacktes Gesicht. Er sah aus, als hätte er sein Gesicht entkleidet. Für jede Liebkosung musste man zahlen, er sah sich vor, dass sich die Liebe nicht verteuerte. Eberhards Gesicht war eine nackte Scham, der Gymnasiast schaute weg, die Liebe hatte den Nazi verdreht, Hanne war doch nur ein Bürschchen aus dem anderen Geschlecht, sie lockte doch nur mit ihrem arisch blonden Gelock. Einmal zeigte sie auf ein kleines türkisches Mädchen, sie sagte: »Man müsste ihre Zöpfe über Kreuz ans Holztor nageln. Sie ist rassisch unverdaulich.« Das war das einzige Mal, dass der Gymnasiast sie schlug, der harte Hieb gegen die Schläfe ließ sie zu Boden gehen. Sie blieb liegen, sie blickte liegend auf Eberhard, der nach einem Augenblick der Lähmung den Züchtiger seines Weibes mit einer einzigen Ohrfeige fällte. Der Gymnasiast ging weg, er hatte von dem Schlag tagelang Kopfschmerzen. Sie saßen im selben Klassenraum, der Gymnasiast schwieg, als Eberhard sich bei ihm entschuldigte. Er hatte ihn verraten, an diesem lächerlichen Gedanken hielt der Gymnasiast sich fest. Der Nazi schwätzte im Pausenhof von den Regeln der Reinlichkeit, worüber es doch ein Einverständnis gebe, er schwätzte von der Separation, von der Pflicht, die Menschen zu trennen, die Menschenverbrüderung wäre ein Wahn, von dem er sich frei zu machen hatte, er bezeichnete sich als nüchtern national, die feine Tonart wäre dem Einflüsterer zu eigen. Das hatte er sich angelesen. Er brauchte keine Spielkameraden, er brauchte keine große Freundschaft. Der Dachauer Nazi Eberhard sprach sehr lange zu dem Gymnasiasten. Er zitierte den Rassisten Houston Stewart Chamberlain: »Der Erlöser kommt aus dem Schützengraben.« Er nannte es eine Lächerlichkeit, dass der Gymnasiast geglaubt habe, er werde von seiner Weltanschauung abweichen. Er hinge immer noch dem Mann an, der die deutsche Qual in erlösende Worte gefasst hatte. Es wäre ihm gleich, ob er sich bei ihm, dem Volksfremden, verhasst machte. Der Kamerad Eberhard erklärte das Band zwischen ihnen für gerissen, er wäre keiner von den Flauen aus der verfetteten Mitte, er würde nichts zurücknehmen, es müsste alles, wenn nicht zur Vollendung, so doch zu einem Ende gebracht werden, er hatte sein Wort verpfändet, dass er es tun wollte, er wäre nicht rund und würde nicht wegrollen wie eine Null. Komische Worte.

Der Gymnasiast wünschte nicht wie die Rassenkrieger die Zertrümmerung. Er las Bücher, die er aus den Mängelexemplarkisten herauszog. Fünfzig Pfennige das Stück. Er schwänzte oft die Schule. Der einzige Ort, an dem er auf keine Menschen traf, die ihn beim Direktor oder dem Klassenlehrer verpfeifen konnten, war das KZ. Er kaufte Schokolade. Dann lief er die Alte Römerstraße entlang, ging durch den Eingang, setzte sich in den Filmvorführraum, er riss die Verpackung auf, biss, kaute, schluckte. Und schaute auf die abgemagerten KZ-Häftlinge, die sogenannten Muselmänner, die nur aus Haut und Knochen bestanden. Wieso hat es ihm bei den Bildern nicht den Appetit verschlagen? Der Viertelfaschist fraß im kleinen Kinosaal. Er sah alles und erfasste es nicht – das klingt erbärmlich, es ist erbärmlich und entspricht doch der Wahrheit. Er sah die Skelette, die gestapelten Leichen, und die Schokolade schmolz in seinem Mund. Das waren Juden. Das waren Menschen anderer Völker. Das war der Rest. Hat er geweint? Hat er innegehalten? Hat er den Saal verlassen, weil er es nicht länger ertrug? Nein. Ein Angestellter erwischte ihn beim Essen, der Verzehr von mitgebrachten Speisen war im Raum verboten, er wurde aufgefordert, das Lagergelände sofort zu verlassen. Er gehorchte. Er kam am nächsten Tag wieder, er entschuldigte sich bei dem Angestellten für sein regelwidriges Verhalten, er durfte eintreten. Er hat ab dem Tage immer am Zaun gestanden, er hat die Riegel in den Mund gestopft und derart hastig gekaut, dass ihm der braune Speichel aus den Mundwinkeln herausspritzte. Die halb zerkaute Schokolade in seinem Magen. Er fühlte sich wohl. Er saß im warmen Vorführraum. Er lief herum. Die Gaskammer wurde als Brausebad gekennzeichnet – er wollte nicht dahin, er hatte große Angst. Von den Krematorien wusste er erst einmal nichts. Dann sah und erfasste er sie im Film, er ging hin und roch Menschentalg. Er roch das Fett in den Öfen. Er verstand: Die Nazifrau wollte ihn da hineinstecken. Er sollte in Rauch aufgehen, er sollte als Rauch aus dem Schornstein steigen. Menschenschwein. (Wer? Er, der Viertelfaschist.) Er floh, er rannte weg, er kam wieder. An einem kalten Tag, die Straßen waren vereist, auf dem Weg zum KZ, ohne Schokolade oder Butterbrot in den Taschen, stieß er auf Hanne, die mit ihren Kameraden aus der Gegenrichtung kam, sie rief: »In Hatz und Drang, immer eilig, immer voran, das krumme Jüdlein!«, es sprengte ihm fast die Brust, sein Herz hämmerte und hämmerte, der schafkalte Morgenwind ernüchterte ihn. Es würde ihm dreckig ergehen, er hatte eine Vorahnung. Roh und heillos war dieser Frau die Welt am liebsten. Er bat sie darum, ihn in Frieden zu lassen. Nur noch fünf Minuten, und er wäre im warmen Kinosaal. Sie hörte nicht zu, sie rief laut, dass er jüdischen Bluteinschlag habe, dass Judenblut in seinen Adern fließe, dass er der Feind ihrer Rasse sei. Halbnatur, scheeler Itzig, Kupferputzer. Mistjud. Ein ansässig gewordener Eindringling. Von Eberhard wüsste sie, dass er beschnitten sei. Die Nazifrau schrie: »Erstes Buch Mose, siebzehn, zehn bis vierzehn: Dies ist mein Bund, den ihr hüten sollt zwischen mir und euch und deinem Samen nach dir: Beschnitten soll euch jeder Männliche werden. Am Fleisch eurer Vorhaut sollt ihr euch beschneiden lassen … Die Eichel liegt bei euch Itzigs ganz frei!« Er sagte, dass er kein Jude sei. Doch da schlug sie ihm, ohne Vorwarnung, auf die Stirn, es warf ihn zu Boden, es zerrten an ihm viele Hände, eine Hand drückte ihm den Hals zu, eine Hand ballte sich zur Faust und schlug ihm auf die Stirn, er war in einen Hinterhalt geraten, die Kameraden traten ihm in die Seite, sie zerdrückten ihn, sie klopften ihn kaputt, und die ganze Zeit schrie die Nazifrau, sie feuerte ihre Männer an, den Jüdling zu bearbeiten, bis er steif werde. (Der Autor legt ihr Worte in den Mund, die sie nicht gesagt haben kann, sie verfügte nicht über das nötige Vokabular, über die Chiffren der bösen Poesie. Und doch: Sie hat ihm den betäubenden Schlag auf die Stirn versetzt. Sie hat ihn verhöhnt, ein innerer Aufruhr überwältigte sie fast dabei, sie verspottete ihn zur Belustigung der Männer, die sich um sie versammelt hatten, sie beschauten sie, sie beschauten das Anschwellen der Kraft, das war eine mächtige Sache, die Nazifrau markierte den Feind, sie unterstellte dem Feind, eine abartige Naturanlage zu haben, und die ergebenen Kameraden glaubten ihr, denn sie sahen in ihr eine gewaltige Seele, die mit großem Talent die Fremdenabwehr vorantrieb. Sie hatte ein übles Mundwerk. Sie war unheimlich, weil sie nicht in den Worten der Gegenwart sprach.) Die Nazifrau spornte die Männer dazu an, dem Juden zuzusetzen. Der Gymnasiast schrie vor Schmerzen. Die Kameraden, die sonst in allen Tonarten durcheinanderschrien, schwiegen, sie schlugen und traten ihn schweigend, dann gab es ein kurzes Innehalten, sie sagte: »Jetzt machen wir den Sack zu!«, sie schrie: »Drittes Buch Mose, neunzehn, siebenundzwanzig: Ihr sollt euer Kopfhaar nicht rundum abschneiden ... Wieso hältst du dich nicht an das Gebot, Jüdlein? Das ändern wir jetzt!« Sie hielten ihn am Boden fest, sie drückten ihm Fellstreifen an die Ohren, sie zogen heulend davon. Er lag in der Böschung, in die sie ihn gestoßen hatten, und er empfand eine erschreckende Freude: Eberhard, der Klassenkamerad, war nicht unter den Angreifern gewesen.

Er stand sehr langsam auf, die Seiten taten ihm weh, der Bauch tat ihm weh, sie hatten sein Gesicht verschont. Er zog an den Fellstreifen, sie gingen nicht ab, er riss sie mit Gewalt los, sah auf der Lederseite der Felle kleine blutige Stücke seiner Haut. Die Nazis hatten ihm mit Sekundenkleber Schläfenlocken angeklebt. Er war kein Jude, es war ihnen egal, sie hatten ihn zu ihrem Jüdlein gemacht. Der Gymnasiast, beschmutzt und durchgefroren, nahm es hin als gerechte Strafe für sein Fehlverhalten. Er stopfte die Fellstreifen in die Tasche und lief den Weg nach Hause.

Der Autor weiß, dass hinter dem Schulgebäude die Amper fließt, er könnte auf der Brücke stehen und verträumt auf das Wasser hinabschauen. Er schlägt die andere Richtung ein, er geht schnurgerade die Sudetenlandstraße entlang, biegt an der Alten Römerstraße ab, ihm kommt das Dachaulied in den Sinn, er sagt die Verse leise auf und passt seine Schritte an: »Bleib ein Mensch, Kamerad,/ Sei ein Mann, Kamerad./ Mach ganze Arbeit, pack an, Kamerad:/ Denn Arbeit, denn Arbeit macht frei, /Denn Arbeit, denn Arbeit macht frei!/ Heb den Stein und zieh den Wagen,/ Keine Last sei dir zu schwer./ Der du warst in fernen Tagen,/ Bist du heut schon längst nicht mehr.« Er weiß, dass der Lagereingang zum Lagertor am sogenannten Jourhaus verlegt wurde. Er muss einen Umweg gehen, er wird eingelassen, er möchte nicht den Vorführraum besuchen. Er tritt in das kleine Gebäude ein und sieht den Doppelmuffelofen. Er läuft hinaus. Er tritt in das zweite Krematorium ein, die Baracke X, vier Öfen. Die Gehängten, die Totgeschundenen, die Erschossenen wurden hier eingeäschert. Er läuft hinaus, er wendet sich einem Raum zu, der als Brausebad gekennzeichnet ist. In der Gaskammer wurden die Menschen nicht mit Zyklon B, sondern mit Kampfgas umgebracht. Er greift in die Brusttasche. Er entfaltet die Blätter, das sind Ausdrucke. Er hat im Internet Zahlen recherchiert und sich Ausdrucke gemacht. Er liest: »In den deutschen KZs wurden mindestens 25 Öfen mit 76 Muffeln von der Firma Topf & Söhne und 39 Einzelmuffelöfen der Firma Kor installiert. Die größte Krematoriumskapazität hatte das KZ Ausschwitz mit drei Doppelmuffelöfen im Stammlager und zehn Dreimuffelöfen im KZ Ausschwitz-Birkenau. In Ausschwitz hat die Zentralbauleitung der SS die im Betrieb festgestellte Leistungsfähigkeit mit 340 Leichen für Krematorium I (drei Doppelmuffelöfen), je 1440

Leichen für Krematorium II und III (je fünf Doppelmuffelöfen) und je 768 Leichen für Krematorium IV und V (je ein Achtmuffelofen) in einer 24-Stunden-Schicht beziffert. Dies ergibt rein rechnerisch 4756 verbrannte Leichen innerhalb von 24 Stunden und 1,7 Millionen bei einem theoretischen Betrieb über ein ganzes Jahr. Laut den Aussagen mehrerer Zeugen wurden zeitweise noch höhere Werte erreicht.« Der Autor liest auf einem anderen Ausdruck: »Im KZ Ausschwitz-Birkenau hatten die installierten Gaskammern eine Kapazität von 8696 Personen pro Vergasung. In den Krematorien konnten 4416 Menschen in 24 Stunden verbrannt werden, die Verbrennungsgruben hatten eine prinzipiell unbegrenzte Kapazität.« Er liest auf einem anderen Blatt: »Hitler, Mein Kampf: Hätte man zu Kriegsbeginn und während des Krieges einmal 12 000 oder 15 000 dieser hebräischen Volksverderber so unter Giftgas gehalten, wie Hunderttausende unserer allerbesten deutschen Arbeiter aus allen Schichten und Berufen es im Felde erdulden mussten, dann wäre das Millionenopfer der Front nicht vergeblich gewesen.« Er liest auf demselben Blatt: »Joseph Goebbels, der Nazi-Sozi, Fragen und Antworten für den Nationalsozialisten: Gewiss ist der Jude auch ein Mensch. Noch nie hat das jemand von uns bezweifelt. Aber der Floh ist auch ein Tier – nur kein angenehmes. Und da der Floh kein angenehmes Tier ist, haben wir vor uns und unserem Gewissen nicht die Pflicht, ihn zu hüten und zu beschützen, ihn gedeihen zulassen, damit er uns sticht und peinigt und quält, sondern ihn unschädlich zu machen. Gleich so mit dem Juden.«

Der Autor steht still da. Es ist ihm das Gesicht gestorben. Es sind ihm die Augen gestorben. Er hat sich lesend ein großes Unglück eingesogen. Nackte tote Menschen im Ofen, ein Dicker unten, das ist der Fettteig, die Klapprigen darauf, das brennt dann besser ab, die Menschenmasse brennt ab, und die Überreste werden zu Aschemehl zerstoßen, das hat er so gelesen. »Ein Dicker kommt auf den eisernen Rost, die dünnen Stücke übereinander, das Bratgut wird schnell vernichtet. Es kommt immer ein nächster Schwung«, sagt ein SS-Mann. Genug. Nicht genug. Und sie, die man in die Gaskammer trieb, sie bedeckten die Augen und sagten laut das Bekenntnisgebet: »Der Ewige, unser Gott, der Ewige ist einzig, Gelobt sei der Name der Herrlichkeit Seines Reiches für immer und ewig.« Sie sprachen: »Schma Jisrael«, es bedeutet: Höre Israel, und die Menschenschweine, die sie in die Kammer trieben, johlten und äfften sie nach: »Schmeißt mehr rein ... Der Bitte kommen wir doch gerne nach!«, und sie drückten noch mehr Kinder und Frauen in die Kammer. Das ist überliefert. Damit haben die Täter geprahlt. Das ist geschehen. Es ist geschehen, dass sie aneinandergepresst nackt dastanden, die Menschen, und sie hörten spitz polternde Geräusche oben. (Durch die Einwurfluken am Dach wurde das Gas geschüttet, nach den Quellen etwa sieben Kilo pro 1500 Personen.) Im Schriftverkehr zwischen den beteiligten Stellen hieß es:

Die Juden wurden ihrer Bestimmung zugeführt
oder
Die Juden wurden erfasst
oder
Man hat sich des Gesindels entledigt
oder
Das Gebiet ist judenfrei
oder

Die Stücke wurden komplett herausgenommen
oder
Die Bereinigung wurde ausgeführt
oder
Die Sonderbehandlung wurde vorgenommen
oder
Das Material wurde ausgeschaltet
Frisch das Herz und froh der Sinn
oder
Wir haben ohne jedes Erbarmen aufgeräumt
oder
Hart an den Juden gezerrt, dass endlich Ruhe im Land war
oder
Den Juden ausgeklopft wie einen leeren Sack
oder
Es erging der Befehl, den Mann zu spalten, dass man sein nasses Keuchen nicht mehr höre
oder
Man hat ihm das Gesicht eingedrückt, dass ihm das Maul südwärts durchhing
oder
Den ewigen Feind an die Mauer stellen und auf das Brustbild zielen und niedermachen
oder
Durch Kopfschüsse aus nächster Nähe erledigt
oder
Der Heimtücke mit äußerster Härte begegnen
oder
Mit dem Eisendorn Löcher bohren in das Fleisch, dass das Leben heraus quillt in kleinen Rinnsalen

oder

Beim Schopfe gepackt den Kerl und Gesicht voran gegen die Häuserwand geschmissen

oder

Man hat es mit der erforderlichen Kaltblütigkeit getan

oder

Es ist mit unnachsichtiger Zähigkeit vollzogen worden

oder

Mit der Schärfe des Schreckens sind wir über sie gekommen

oder

Einigen Leuten haben wir den Kopf vor die Füße gelegt

oder

Die ganzen Untervölkerschaften in mehreren Unternehmungen abgeschafft

oder

Die Geschwüre ausbrennen bis auf das rohe Fleisch

oder

Ehrenpflicht jeden deutschen Mannes muss es sein, auf jeden Juden einzuschlagen, bis er sich nicht mehr rührt

oder

Die abartige Anschauung des Untermenschen muss sterben. Das geht nur, wenn sein Kopf fällt, wenn er für immer erschlafft

oder

Zur Leiche machen, in die Grube packen

Der Autor steht still. Dann geht er zurück zur Baracke X. Er hält beim Anblick der Öfen inne. Er fasst Mut. Er steckt die Hand in den Ofen, er streicht Ruß ab, er reibt es auf die Stirn, er zeichnet sich mit dem Ruß der Verbrannten. Es ist unanständig. Eine Verzweiflungstat. Was bezweckt er damit? Hat er sich als der Bessere gezeichnet? Lächerlich. Es gibt keinen Augenzeugen. Gibt es Kameras? Er hat keine Angst. Muss er wegen der Fabelhaftigkeit seiner heiligen Handlung nicht ungetrübt froh sein? Ist er auf der richtigen Seite? Er denkt: Meine Haut wird gegen mich bezeugen, ein jedes Haar, das mir hier abgefallen ist, wird gegen mich bezeugen, dass ich eine Sünde beging, weil ich in den Ofen fasste. Bestimmt haben die Kameras diese schauerliche Szene festgehalten. Er erkennt: Nur das Leiden im Lager zählt. Nur das ist die Wirklichkeit. Man muss die Beschädigung annehmen. Er müsste sich hinlegen in den eisernen Backofen, das wäre die einzige Möglichkeit, in der Geschichte, an der er schreibt, aufzugehen. Außerhalb des Buches gibt es für ihn keine Lebensmöglichkeit. Er kann doch nur als Vernichteter über die Vernichteten schreiben. Diese Geschichte geht nicht gut aus. Der Autor bekommt einen Ekelanfall, er würgt, er hat einen überzähligen Kopf, er hat einen geronnenen Geist, er hat plötzlich ein Bild vor Augen, wunde Füße in hölzernen Pantinen, was soll das alles, er muss den richtigen Kältegrad erreichen, und doch ist es Sünde, über das Menschenschwein zu schreiben, denn der Autor hat den Glauben eines Kindes, er glaubt: Wenn ich eine Fliege totklatsche, wird mich in der Hölle eine Fliege umschwirren, sie wird mir ihren Kot in die Augenbrauen hinmachen, und ich werde, nah am Feuer sitzend, sie nicht verscheuchen können. Lächerlich. Der Autor glaubt: Ins Jenseits ragen die Bösen als ewig Unterlegene. Die Schinder und Schergen brennen auf ewig in der Hölle. Sie kommen nicht davon. Das Menschenschwein gebot (Führer befahl): Die Kinder werden getötet. Man darf die künftigen Rächer nicht am Leben lassen. Ist für so einen alles überstanden, nachdem er sich in den Kopf geschossen hat? Der Autor lehnt an der Wand, er würgt, er ist ein würgender Idiot, krumm und schief steht er da vor den Öfen, und er betet (Es ist ein gewinseltes, lästerliches Gebet): dass ein gutes Wasser mich durchströme, in mich und aus mir ströme, um meinen Mund, der frisst und lügt, auszuwaschen, um den Schlund, der die Bissen herunterwürgt, und den Magen, der stückelt und verbreit, reinzuwaschen, um die Därme, die die Stoffe durchschütteln, reinzuwaschen, dass dies Wasser mir entströme wie braunes Blut. Er denkt, trotz des sauren Aufstoßens, er denkt: Hitler soll nur einen Streifen meines Wesens besiedeln, er darf mich nicht zur Gänze bewohnen. Das sind einfältige Gedanken. In einem Eintrag hat er gelesen: »Das KZ Dachau war kein Vernichtungslager, jedoch wurden in keinem anderen KZ so viele politische Morde verübt … Von den insgesamt mindestens 200 000 Häftlingen starben etwa 41 500.« Und die anderen, haben sie überlebt? Sehr viele Insassen wurden in andere Konzentrationslager verbracht. Was hat der Autor getan?! Es müsste sich ihm vor Scham das ganze Gesicht vereitern. Genug. Er flieht ins Freie. Zwei Frauen lächeln ihn wegen seiner heftigen Gemütsbewegung an. Er läuft weg. Er wünschte, er könnte es dabei belassen, nur ein großes Bedauern zu empfinden. Er hört Tierlaute, ein Hund kann unmöglich so schrill bellen. Was gellt ihm in den Ohren? Tatsächlich erblickt er auf dem ehemaligen Appellplatz einen kleinen Hund, der kläffend seinem Schwanz nachjagt, um dann aber immer wieder am Boden zu scharren, was hat er gerochen, was liegt tief unter dem Stein, welcher Überrest, welches Stück von einem Menschen, welcher Knochensplitter, damals … damals, genug, nicht genug, damals hat man bei einem gelungenen Fluchtversuch Strafstehen angeordnet, die ganze Nacht, in Eiseskälte standen die Menschen in dünnem gestreiftem Anzug, und die Mannschaften des SS-Totenkopfwachsturmbanns dachten stolz: Wir haben die Feinde stumm gemacht. Ihr Führer hatte die Wirtshausschlägerei belebt. Er forderte, dass sie den Geist der Verweigerung ausrotteten. Er wollte Szenen des Fanatismus erleben. Er verdammte die Moral der Pflanzenfresser. In der Schweinekälte standen die Menschen, und die Mannschaften dachten stolz: Bald kommt das große Aufwaschen! Sie dachten: Wir sind die Söhne aus dem alten Reich, die ein neues Reich errichten. Männer ohne Kragen, die ohne Hemmungen hinhauen. Ein gutes Mannsvolk, das sind wir. Wehe der Welt, wenn sich der Deutsche zornig erregt. Ihr Führer, das Menschenschwein, sprach: Ich warne jeden, auch nur einen Strich abzuweichen vom Wege … Der Hund dreht sich und dreht sich im Kreis, und der Autor schließt die Augen, denn seine Haut schreit, seine Kopfhaut, seine Fußsohlen, seine Nägel, seine Schultern schreien laut und lauter, er bewegt sich auf den Ausgang zu, eine Frau reicht ihm im Vorübergehen ein Papiertaschentuch und zeigt auf seine Stirn, er nickt, er dankt, er eilt weiter, er tritt endlich hinaus, er läuft im schnellen Schritt davon, die Tasche schlägt ihm immer wieder gegen den Oberschenkel. In einer Apotheke kauft er breite Wundpflaster, unter den erstaunten Augen der Verkäuferin beklebt er an der Spiegelsäule den Rußstreifen, die Leichenspuren dürfen nicht weggewischt und nicht weggewaschen werden. Ein vermutlich geistig verwirrter Mann mit herausgestülpten Hosentaschen steht am Schaufenster, er ahmt den Autor nach, und weil er aber den rechten Arm in der Binde trägt, klopft er mit der linken Hand gegen den Kopf. Der Autor möchte den Spiegel zerschlagen. Sein Bild aus dem Spiegel herausprügeln.

Er kauft in einer Buchhandlung einen Bildband mit gemalten Tieren, er setzt sich in ein Café in der Altstadt, er bestellt eine große Flasche Wasser, er trinkt und blättert. Er sieht auf dem Felsen am Flussufer ein Wasserschwein Halme rupfen. Er sieht einen Pfefferfresser mit dem großen bunten Schnabel. Dann aber stößt er auf das Bild von zwei Affen in Gefangenschaft. Er klappt das Buch zu, er wollte fröhlich werden, es ist ihm nicht gelungen. Die Kellnerin starrt ihn vom Tresen her an. Er muss arbeiten. Aus der Tasche holt er einen dünnen Stapel Papier heraus, er streicht das erste Blatt auf dem Tisch glatt, er liest seine Notizen: ›Am 19. November 1918 wurde H. felddiensttauglich aus dem Lazarett Pasewalk bei Stettin entlassen und zur 7. Kompanie des 1. Ersatzbataillons des 2. bayrischen Infanterieregiments nach München versetzt. Das war die Demobilmachungseinheit seines Regiments (**R**eserve **I**nfanterie **R**egiment 16 = **RIR** 16). In der Kaserne liest H viel, er hält Kontakt nur zu seinem Kriegskameraden an der Front, zu Ernst Schmidt. Er hofft, dass man für ihn Verwendung finden wird. Er meldet sich freiwillig für den Wachdienst für das Gefangenenlager in Traunstein, in dem sich größtenteils russische Kriegsgefangene befanden. Anfang Februar 1919, nach nur wenigen Wochen, kehrt er wieder nach München zurück. Im November bricht die Revolution aus, die Räterepublik wird ausgerufen …‹ Zurück zu Traunstein: Wachsoldat Hitler bewacht Russen. Er trinkt, er schreibt ›Hitler: Ich bewache mit hundertvierzig Mann aus meinem Bataillon russische Kriegsgefangene. Es wird mir Leid und Not und Bitternis vermehrt: Das sind meine Tage. Es sind die Tage, dass wir auf Gnade hoffen, denn das Recht ist abhandengekommen, denn das Recht ist in der Hand fremder Genossen. Der Kommandant höhnt: »Auf Befehl von oben haben wir keine Feinde mehr.« Wir sollen uns verbrüdern mit den gefangenen Russen, die aus der Heimat der Revolution stammen. Der Kommandant soll sich vor den Soldatenräten verantworten, die Räte nehmen Befehle nur von ihm und von keinem anderen entgegen. Der Feind wäre verblutet, er wäre an Schwäche eingegangen, hätte das Hinterland uns Soldaten nicht böse verraten. Der Sieg wollte sich schon an die deutschen Fahnen heften, da aber streikte die Heimat. Es schwächte unsere Kampfkraft. Die Roten und Fantasten aus den Kaffeehäusern Schwabings machen Revolution. Die neue Ordnung, die man uns als den Aufbruch einer herrlichen Zeit verkauft, ist Verrat. Der Friede vergiftet mich. Der Friede will den Feind abschaffen. Ich bin krank geworden, weil ich aus dem Krieg herausgenommen worden bin. Ich schwor oft Gehorsam den Gesetzen und brach den Eid, weil die Gesetze überkommen waren. Die guten Tage sind verstrichen, in den schlechten Tagen ziehe ich mir eine Herzensverderbnis zu. Die Russen unter unserer Aufsicht sind zahm. Sie hungern, wir lassen sie hungern. Sie kennen sich aus im Darben, wir schlagen selten, und wenn der Schlag sitzt – ein guter Strich über den Rücken, ein Stoß hart auf einen kleinen Fleck Fleisch – taumeln sie, grunzen sie, prusten sie. Und sie schauen uns an mit klopfenden Herzen. Verrotzte Horden. Bauern und Bauernsöhne, verdreckt und ungenügend, unsere Geiseln, Nichtsnutze.

Wir füttern die Russen, sie haben es gut bei uns. Dabei hat jeder von ihnen auf uns geschossen. Abschlachten, das wäre die rechte Maßnahme. Das Abfallfleisch schmeckt ihnen nicht. Russen mit Schwellungen an den Armen, mit verbeulten Gesichtern, Russen in Lumpen. Die Krankheit wirkt wertmindernd. Wir trachten nicht danach, das Leid der verlausten Stücke zu lindern. Wir sind böse abgekämpfte Männer. Wir löffeln die vergrützte Suppe. Wir beißen ins stockfleckige Brot. Wir sollen mit den Genossen in Freundschaft leben? Ich bleibe unversöhnt. Wohin ich schaue, seh ich Sowjetbayern. Man lehrt uns: Unter den Kommunisten gibt es viele betrogene Idealisten. Doch die Roten sind Deutsche im Dienst der Sowjets! Der Jude Erich Mühsam, der sich Dichter nennt, dichtet: »Germane, Römer, Jud und Russ / In einem Bund zusammen, / löscht alle Kriegesflammen. / Jetzt gilt's die Freiheit aufzustellen. – / Die rote Fahne hoch, Rebellen!« Ich kann als Namenloser nichts wirken. Ich muss so tun, als wäre ich für die Einflüsse der Revolution durchlässig. Wenn man mich fragt, belle ich mein Bekenntnis: Ich bin ein Soldatensozialist! Das befriedigt die Rotgardisten. Sie sind faul, frech und zuchtlos, sie sind Kerle der niedrigsten Sorte. Dreitausenddreihundert Mann meines Regiments haben ihr Leben für Herd und Hort gegeben. Der roteste Rote, der Sowjetbandit Scheidt, mustert mich. Am niedrigen Zaun liegt ein zerbissenes totes Tier, zu groß für eine Ratte, zu klein für eine Katze. Scheidt starrt hin. Scheidt sagt leise: »Mir würd es nichts ausmachen, einem lebenden Hund ein Bein abzuhacken. Der Hund hat dann noch drei Beine und kann es überleben. Ich kann mich satt essen und über den Tag kommen.« Ich nicke, als würde ich verstehen. Die Schläue wird ihm nicht helfen. Die Stimmung im Volk ist schlecht, die Auslöschung wird kommen, die Hochrufe auf den Feind, die Scheidt und Genossen anstimmen, verhallen. Alles geht zum Teufel, jeder verrät jeden, und wenn man weint, weint man aus Wut und Verdrossenheit. Der Nebel weicht. Die Russen streben heraus aus den Steinhäusern. Wenn man ein Erstes gedacht hat, soll man nicht ein Zweites und ein Drittes denken: Der Gedanke schwillt an, man wird nicht klüger. Das muss ich beherzigen. Die Russen strömen aus. Ich hasse ihre tief im Bauch versteckte Niedertracht, das Gemeine und Schlammige in ihrem Wesen. Man müsste sie im Viehhof unterbringen. Es sind kaum gebändigte Elemente der Anarchie. Russenspucke ätzt und brennt, ich halte mich in sicherem Abstand. Sie reden, es ist mir ein verdrießender Lärm. Ich studiere diese nichtdeutsche Welt: Augen und Nase schlechte Rasse. Der Osten ist mir so dunkel wie Belgisch-Kongo. Der Osten ist mir pechschwarze Angst. Die Russen sind eine befleckte weiße Menschenart. Es ist mit meiner Ehre nicht verträglich, dass ich mich mit ihnen aussöhne. Sie gleichen den mageren Schweinen, die man mit Schalen, Dreck und Dörrrüben füttert. Es sind Geschöpfe, denen kein Menschenwert zuzusprechen ist. Die Russenheit ist dünn gelacktes Tartarentum. Gang, Gebärde, Haltung – alles spricht für eine scheußliche Daseinsart. Ich wünschte, es begänne unter den Gefangenen ein großes Sterben. Sie wirken, bei hellem Licht besehen, wie Abkömmlinge mongolider Stämme. Gäbe es noch den Krieg und gäbe es noch die offenen Schlachten, müsste man die Buckligen und Fremden hinaustreiben ins Gas. Der Jude liebt die Wüste, der Slawe liebt die Steppe. Wir lieben den Wald, über die seelische Beschaffenheit der Russen habe ich lange gesonnen. Kein vorzügliches Material. Ein Mestizenvolk, das allein begabt ist, Feldarbeit zu verrichten. Mitten in Bayern, im Lager, sehe ich die asiatische Entartung. »Sei gelassen«, mahnt Kamerad Schmidt, »sonst holt dich der Scheidt und amputiert dir den Kopf.« Ich bin namenlos, bedeutungslos, parteilos. Das volksbeglückende Regime in München hasse ich wie die Pest. Das elende Protzentum der Roten erbittert mich. Der Kommandant ist kein üblicher Offizier mit Bändchen und Börtchen am Rock. Er benimmt sich anständig und erweist sich als Mann von guter Gesinnung. Er erzählte unter vier Augen, dass in Russland schreckliche Dinge geschehen. Man findet ermordete Bauernfamilien in ihren Häusern. Die Bolschewisten nageln den Bauern, die Bäuerin und die Kinder mit der Zunge an den Tisch an. Ich erzählte ihm von dem Weltgeist, der uns Deutsche segnet. Er war verwundert, dass ich mich als Österreicher den Deutschen zuschlage. Kurz bebte ich vor Zorn, ich empfand eine ungeheure Verfinsterung. Ich bat ihn, überzeugt zu sein, dass ich durch und durch deutsch sei.

Traunstein wird mählich ein Sowjet-Eden. Ich sehe, wie ein Deutscher auf dem Schrottplatz mit der Spitzhacke ein Loch in einen Stahlhelm schlägt, in Hunderte von Stahlhelmen muss er hineinhacken, weil es die Sieger bestimmt haben. Wir sind verraten worden! Schmidt mahnt an, dass ich bei unserem Rundgang die Stimme dämpfen soll. Ein Stück weiter lese ich die Inschrift am Hause des Weinbauern: »Dem Kaiser hab ich gegeben / Drei Buben auf die Hand, / Ist keiner mehr am Leben – / Herrgott!, behüt das Land ...« Durch die Straßen streunt arbeitsunlustiges Gemensch, es sind Soldaten darunter, die den Bürgern mit gelegentlichen Schüssen in die Luft Angst einjagen. Ich sehe schärfer als andere, dass man mit diesen Stoßtruppen des Asiatentums hart umgehen muss. Ich rufe: »Front Heil!« Schmidt zerrt mich schnell in die Seitengasse. Ich bin nicht überwunden. Ich bin ein brauchbarer Soldat gewesen. Land, Kaiser, Glaube, Fahne – zerronnen. Hab umsonst geschossen. Das Nichtsein deutschen Wesens ist unvorstellbar. Ich bin doch kein Wachsoldat. Ich muss es endlich begreifen: Mein frühes Leben ist versunken. Ohne Soldatsein kann es für mich nicht weitergehen, das ist unvorstellbar. Ich sehe auf offener Straße schwankende Morphinisten, es steht für mich zweifelsfrei fest, dass diese süchtigen Männer die Volkskraft mindern. Das elende Revolutionieren macht aus Soldaten Krüppel. Nach der Rückkehr ins Lager erstatte ich dem Kommandanten Bericht, ich spreche von den berauschten Genossen, die sich viel auf ihre Pfiffigkeit zugute halten. Der Kommandant bekommt einen Wutanfall, weil die Milch im Kaffee flockt. »Man gebe mir zwei Dutzend Draufschläger, und ich mach sie weg, die Lumpen«, sage ich. Er brüllt mich nieder: Ein Gefreiter habe sich nicht in den Vordergrund zu spielen. Er läuft hin und her, er bleibt stehen, um mit dem Rockärmel eine Schmierspur am Fenster abzuwischen, er stürmt hinaus, Schmidt und ich laufen ihm hinterher. Wir kommen gerade noch rechtzeitig: Ein Wachsoldat will einem Russen Brot geben, ich schlage es ihm aus der Hand, ich schreie: »Lieber saugt sich das Brot mit Dreck voll als umgekehrt!« Der Russe will mich anspringen, der Kommandant zieht den Revolver und schießt ihm ins Bein. Er tropft den Boden schmutzig. Ich ziele mit dem Gewehr auf den zweiten Genossen und brülle: ›Auf die Knie!‹ Erst nach dem Stoß mit dem Gewehrlauf fällt er um. »Du sollst dich verneigen vor dem deutschen Offizier, Schwein!«, schreie ich, und da er sich im Staub wälzt, trete ich ihm seine abgefallene Mütze vor die Hände, ich sage: »Mach das Blut weg, Bolschewist! Dann holst du die Bürste und reibst den Boden blank.« Schmidt fasst mich an den Schultern und führt mich unter den Augen der Russen ins Kommandantenhaus. Der Kommandant schimpft mich ein vollendetes Rindviech, ich hätte mit der Demütigung des Russen fast das ganze Lager gegen mich aufgebracht, es müsse ohne Verzug gehandelt wanden, ich müsse in fliegender Eile nach München aufbrechen, ich solle erst gar nicht auf den Einfall kommen, ihn in Güte zu ersuchen, von diesem seinen Tatentschluss abzurücken, was dächte ich mir dabei, man könne hier eben nicht nach alter Soldatensitte mit Knüppeln und Karabinerkolben die Horden zersprengen, ich wäre vom Krieg besessen wie einige dieser alten starräugigen Invaliden, die allen Gewalten zum Trotz festhielten an den deutschen Abläufen unter unserem Kaiser. Ich lasse mir seine Worte nicht zu Herzen gehen. Mir war es ein hohes Erlebnis. Ich hätte den Boden mit Glassplittern bestreut und den durchschossenen Russen auf allen Vieren kriechen lassen …‹

Der Autor schlägt das Buch auf. Die deutschen Verbrechen in Polen, Warschau 1948, Band I: »… wurden im unterirdischen Kellergeschoss von Block 11 Experimente zur Massentötung an etwa 250 Häftlingen aus dem Krankenbau und 600 Kriegsgefangenen vorgenommen. Die Fenster des Kellergeschosses wurden mit Erde zugeschüttet. Ein Angehöriger der SS, der eine Gasmaske trug, warf den Inhalt von Dosen mit Zyklon B durch die offene Tür ins

Innere, dann wurde die Tür verschlossen. Am Nachmittag des nächsten Tages öffnete der SS-Mann …, immer noch mit Maske, die Tür und stellte fest, dass noch einige Gefangene am Leben waren. Man streute daraufhin nochmals Zyklon B aus, und die Tür wurde bis zum Abend des nächsten Tages verschlossen. Diesmal wurden alle Gefangenen erstickt aufgefunden.« Diese ›Probevergasung‹ fand am 3. September 1941 statt. Wenige Wochen später folgte eine weitere Vergasung an 900 russischen Kriegsgefangenen im Stammlager Ausschwitz. Diese und andere Ungeheuerlichkeiten sind in Leon Poliakovs Buch *Das Brevier des Hasses. Das Dritte Reich und die Juden* verzeichnet. Das Böse beschmutzt. Das ist gewesen. Das ist wirklich geschehen. Das taten die Elemente des Volkshaufens, die der Mann Hitler in seinen Anfängen der Münchner Saal- und Straßenschlachten den kommenden Adel nannte. Deutschlands treueste Söhne, das große Geschlecht im Heldenkampf, von der Kraft der Idee durchströmt und getragen. Ein Mordsgesindel. Der Autor zwickt sich durch die Wundpflaster in die Stirn. Die Kellnerin flüstert dem stämmigen Kellner ins Ohr, der bald an seinem Tisch erscheint und ihn leise darum ersucht, das Café zu verlassen. Was hat er verbrochen? Er entdeckt am Boden Glassplitter. Hat er das Wasserglas vom Tisch gefegt? Er stammelt eine Entschuldigung, er möchte für den Schaden aufkommen, der Kellner lehnt ab und erteilt ihm ein Ladenverbot mit sofortiger Wirkung. Der Autor packt Heft, Buch und Stifte in die Tasche und geht unter den Blicken der Kellnerin und der Gäste hinaus. Es beginnt zu dunkeln. Der Himmel ist eine Schlacht rasender Wolken. Es ist dem Autor gelungen, ein Monteurzimmer in einem Privathaus zu beziehen. Er hat ein eigenes Bad. Die Vermieterin, eine alte Dame, hat ihm zwei dünne Badetücher ausgehändigt. Jetzt, da er vor ihr steht, fragt sie, ob er auf die Stirn gestürzt sei. Ob er sich blutig gekratzt habe. Sie möchte wissen, ob es sich um eine allnächtliche Gewohnheit handle, das wäre ihr nämlich gar nicht recht, dass er das Kissen vollblute. Er sagt: »Eine kleine Beule.« Im Zimmer dreht er die Heizung auf und steckt die Hände zwischen die Rippen. Hat er einen tragischen Tag verlebt? Er wünschte, er könnte als Tagesvermerk aufschreiben: ›Ich habe sachliche Hände und einen sachlichen Kopf, ich urteile gut.‹ Er ist in Gedanken wieder bei seinem Buch, er überlegt: Zweieinhalb Millionen deutsche Frontkämpfer kamen zurück. Hitler kam zurück. Sie waren am Leben, sie hatten überlebt, sie waren übrig geblieben, sie waren nur Überbleibsel. Achthunderttausend Krüppel hatten sich Beine, Arme oder das halbe Gesicht umsonst wegschießen lassen. Hunderttausende von Soldaten wollten Krieg führen zu Hause: in der verhassten Heimat. Er wirbelt herum, weil die alte Dame sich vernehmlich räuspert. Sie sagt: »Früher hätten sie eine schlechte Sittennote bekommen.« Es gebiete die Höflichkeit, dass der Mensch den anderen Menschen grüße. Sie habe schon verstanden, dass er keine überquellende Person sei; es könne für eine alleinstehende Witwe böse ausgehen, einen finster dreinschauenden Mann mit verpflastertem Gesicht aufzunehmen; sie verwechsele den Herrn ganz sicher nicht mit einem Kavalier mit einer Blume im Knopfloch; sie gehe also auch nicht davon aus, dass sich eine grässliche Scham seiner bemächtige, beim Anblick der schlammigen Fußspuren von der Hausschwelle über die Treppenstufen bis ins Zimmer. Der Autor blickt zur Seite: Eine weiße Altarkerze steht auf einem gehäkelten Zierdeckchen, soldatisch mittig ausgerichtet auf der Kommode. Der Anblick der Kerze fesselt ihn. Er sieht sie im Hitzeflimmern zergehen – das kann nicht sein. Er blinzelt, er zieht die Hände aus der Heizung, er bittet die Dame um Wasser und einen Wischmopp, er schließt kurz die Augen, es ist immer gut, die Augen zu schließen, wenn der Schmerz droht, von Tag zu Tag wird alles morscher. Die Dame schaut ihn an, dann bittet sie ihn in die Küche, sie hat einen gedeckten Apfelkuchen mit Mürbeteig gebacken. Der Autor isst mit großem Hunger, die Dame erzählt von ihrem Mann selig: Kaum ist er zu Geld gekommen, hat er sich Seidenpyjamas gekauft, er wollte im Pyjama und Morgenrock wie der italienische Filmstar, auf dessen Name sie nicht kommt, zum Kiosk gehen. Sie konnte ihn aber davon abhalten. Das Liebste war ihm die Handwurst im Semmel, es war ihm dabei derart behaglich, dass er beim Durchkauen mit den Augen rollte, das war schon ein lustiges Augenspiel, ihr Mann, ein deutsches Musterbild, sehnig, nicht seifig, und trotz der vielen Würste, die er aß, ohne dicken Bauch. Ein düsterer Mann wie der Autor, darum habe sie ihn, den Wildfremden, aufgenommen, er erinnere sie an den Verschiedenen, der auf die Welt ohne Hass und Zugeneigtheit schaute. An der Tapete entdeckt der Autor kleine rote Punkte, die Witwe hat Schnaken totgehauen. Nun weist sie ihn an, bei Gelegenheit die vielen Gewirkeknötchen an den Ellenbogen seiner Strickjacke zu zupfen. Sie meint die Fusseln. Er verspricht es. Er möchte gern noch ein halbes Stück Kuchen essen. »Halb gibt es in diesem Haushalt nicht«, sagt sie. Er fügt sich, natürlich. Was ist nun mit seinen Fußspuren? Er ist gesättigt, er ist gekräftigt, er könnte jetzt doch wischen. Nach einigem Nachdenken schüttelt die Dame den Kopf. Sie ist von gütiger Sorglichkeit. Er sieht auf dem Fensterbrett vergoldete, verblühte Rosen in einer schlanken Vase. Natürlich muss er sofort an den Mann Hitler denken, der Schnittblumen verabscheute, er nannte sie Leichen im Zimmer. Sehr oft saß Hitler in seiner anfänglichen Münchner Zeit einer wohlhabenden, wohlwollenden Dame gegenüber, das weiche Polster des Sessels quoll ihm zu beiden Seiten auf, er klopfte und drückte sie flach, er wurde dabei wahrscheinlich von der Hausherrin mit schief gelegtem Kopf betrachtet. Dem Autor steht das Bild vor Augen: Es prickeln Hitler nach einem tiefen Schluck die Zähne von der Säure des Quellwassers. Er stieß auf Vornehmheit, er wurde vorab ermahnt, sich Mäßigung aufzuerlegen. Es entsprach nicht seiner Sinnesart. Er glaubte: Man muss das Gewissen ablegen wie einen schmutzigen Knöpfkragen. Er war versteckt tief in seinem Fleisch, verborgen im Gehäus, er schaute voller Hass hinaus. Hitler im großen Salon, die Tafel ist aufgehoben, er geht herum, er heftet den Blick auf seine blitzblanken Lackschuhe, an denen sich das Teppichmuster spiegelt. Er ist fremd und freundlich, das ist den Männern im Saal bedrückend, den Frauen gut. Was tut er hier? Wird er tüchtige Geister vorfinden, die sich um ihn scharen? Es haben sich eingefunden ehemalige Kavallerieoffiziere, Fabrikantensöhne, scheibengesichtige Junker. Der Edelmut dieser adeligen Herren ist noch unbewiesen. Man sieht ihre Zwicker und Litzen im Lichte blitzen. Es verdrießt den Mann Hitler im Frack, dass man in ihm nur einen guten Affen sehen mag. Er hat eine Anschauung, er ist nicht für Kurzweil zuständig, er will nicht an Lustpartien teilnehmen. (Die Kanaille stößt sich an den Ansichten und am Äußeren anderer Kanaillen). Eine junge Frau verwickelt ihn in ein Gespräch: Sie wisse schon, dass man bei der Weltverbesserung nicht zimperlich vorgehen könne, die ganze Welt sei besiegbar, solange man es wolle, auch sie hasse die Verschwommenheit. Hitler, der niemals vornehm wird, auch wenn man ihm langes Stillstehen in der Stube beibringt, bleibt bei ihr stehen. Sie stellt fest, dass sein Trenchcoat und sein Waffenpolster am Huthaken in der Diele hängen. Er sagt, dass er die Kugeln herausgenommen habe. Sie fragt, ob die Pistole echt sei. Er bejaht die Frage. Wer ist sie? Die Tochter des Hauses. Sie steht im Licht des großen Lüsters vor dem Mann Hitler wie ein ernstes Kind, das man lächelnd zum Lächeln bringen soll. Er erklärt ihr, wie man die deutsche Frau buchstabiert: M wie Mut. A wir Aufopferung. I wie Idealismus. D wie Demut. MAID. Sie blickt ihm entsetzt ins Gesicht, er braust auf, und um eine öffentliche laute Aufwallung zu unterbinden, eilt er weg, er tritt hastig in ein dunkles Zimmer, in dem Mäntel und Jacken an den Garderobenständern hängen, er verharrt in der leicht aufgehellten Finsternis, bis sie durch den Türspalt hindurchschlüpft, sie setzt sich auf den dick gepolsterten Lehnsessel, er setzt sich zu ihren Füßen auf den Boden, legt den Kopf auf ihren Schoß. Sie kämmt sein Haar mit gespreizten Fingern, die Nägel stechen ihm wohlig spitz in die Haut. Sie trägt kirschkerngroße Juwelen. Würde sie sie veräußern und würde sie ihm das viele Geld schenken, er wäre ein glücklicher Mann. Sie trägt ein Armband mit Dornschließe. Sie hat sich viele Ringe aufgesteckt. Sie könnte das Gold versetzen. Der böse Affe Hitler steht noch unter dem Eindruck des Films, den er bislang fünf Male in den Sendlinger-Lichtspielen gesehen hat. *Das Cabinet des Doktor Caligari*. Es geht um einen geisteskranken Irrenarzt, der einen Schlafwandler nachts als Mörder ausschickt. Die Tochter des Hauses lehnt die Einladung ab, den Film in seiner Begleitung anzusehen. Über die Zurückweisung ist er erzürnt. Er denkt: Sie soll sterben, im Bett, halb verrückt am Kragen ihres Nachtkittels saugend … Die Witwe holt den Autor mit einem lauten Zuruf in die Wirklichkeit zurück. (Welche Wirklichkeit? Sind der Teller mit den Kuchenkrümeln und die Vase mit den vergoldeten Blumen wirklicher? Ja, das sind sie. Allein der Autor verblasst allmählich.) Er bietet sich als Handlanger für niedere Hausarbeiten an. Sie ist recht verwundert über seine Wortwahl, sie zuckt zurück, sie erhebt sich. Vielleicht schätzt sie allein die Eisigkeit an den Männern. Er würde jetzt gerne mit dem Saalbesen oder einem Handfeger alle Räume des Hauses abgehen. Die Witwe wünscht ihm einen guten Abend, er zieht sich zurück. Er legt sich hin, er schließt die Augen, er träumt: Es ergeht der Befehl, dass er durch den Mund gebären soll. Er hat keine Geburtswehen, die Wacke, rau und bemoost, steigt ohne Komplikationen hoch, der Stein schmiegt sich wie ein kleiner Kopf an seinen Gaumen, sein Mund ist ein Gewölbe mit speichelnassen Wänden. Man befiehlt ihm, den Stein zur Welt zu bringen. Jemand schreit: Spuck ihn aus! Ein hagerer Mann, der zum medizinischen Personal gehört, klopft mit dem stumpfen Ende einer Nadelhalterschere gegen seine verschlossenen Zähne. Da öffnet er den Mund. Der neugeborene Stein fällt dem lachenden Mann in die Hand. Der Autor erwacht, er ist zu benommen, um aufzustehen. Nach wenigen Minuten schläft er wieder ein.

Am nächsten Morgen fährt er mit der S-Bahn nach München. Er marschiert durch die Stadt, er geht die Rosenheimer Straße auf und ab und sucht vergeblich nach dem Bürgerbräukeller. Er stößt auf eine in den Gehweg eingelassene Gedenktafel: »An dieser Stelle im ehemaligen Bürgerbräukeller versuchte der Schreiner Johann Georg Elser am 8. November 1939 ein Attentat auf Adolf Hitler. Er wollte damit dem Terror-Regime der Nationalsozialisten ein Ende setzen. Das Vorhaben scheiterte. Johann Georg Elser wurde nach 5 1/2 Jahren Haft am 9. April 1945 im Konzentrationslager Dachau ermordet.« Der Autor betet still für die Seele des großen Mannes Elser. Seltsam: Alljährlich wird dem stramm-rechten Oberstleutnant Claus Philipp Maria Schenk Graf von Stauffenberg gehuldigt, über Georg Elser schweigt man sich aus. Woran mag es liegen? Als ehemaliges Mitglied des Rotkämpferbundes taugt Elser vermutlich nicht als Vorzeige-Widerständler gegen Hitler und Hitleristen. Der Autor hätte sich vor der Fahrt erkundigen sollen, seine Nachlässigkeit ärgert ihn. In der angelsächsischen Literatur stieß er bei der Recherchelektüre auf den Ausdruck *beer hall putsch:* Bierhallenputsch. In der deutschen Literatur hat sich dagegen der Begriff Hitlerputsch eingebürgert. Genauso richtig ist es aber, vom Ludendorff-Putsch zu sprechen. Einer der maßgeblichen Männer bei dem Umsturzversuch war der General Ludendorff, der sogenannte Held der Schlacht bei Tannenberg, ein bemerkenswert eingebildeter Heerführer, der stets glaubte, dass er mächtiger als die deutschen Könige und der deutsche Kaiser sei. Nach dem verlorenen Krieg floh er ins Ausland, kehrte aber recht bald wieder zurück: Der General a. D. wohnte in dem vornehmen Haus in der Heilmannstraße 5, in der Münchner Vorstadt Solln-Ludwigshöhe. Hitler wurde ihm in der Villa, durch die Vermittlung Dietrich Eckarts, vorgestellt. Ludendorff hatte sich geweigert, den einfachen Gefreiten überhaupt zur Kenntnis zu nehmen, nun aber muss er ihn empfangen. Der Autor möchte die Szene des ersten Besuchs des Österreichers beim General ausschreiben.

Er flieht vor dem Nieselregen unter eine große Markise. Er klappt das Notizheft auf. Er wählt die Ich-Perspektive: ›(Hitler starrt auf Ludendorffs Hände) Die Hände des Mannes, der sich für den Ersatzkaiser hält, der sich für berechtigt hält, von jedem deutschen Soldaten das Opfer seines Lebens zu fordern, seine Hände sehen aus wie die Füße einer Kinderleiche. Die Siege, die er für sich in Anspruch nimmt, haben seine Soldaten für ihn erfochten. Der Mann verdient eine gehörige Maulschelle, dass ihm der gefrorene Eigensinn aus dem Gesicht vor die Füße falle. Vor Stolz und Hochmut kann er sich kaum bewegen. Es fehlt ihm die entfaltete Karte auf dem Tisch, über die er sich beugen kann: Sein Finger führe herab und klopfte auf eine Stelle, er brüllte: »Hier, unverzüglich, Loch einschlagen!« Er würde gerne auf dem Rappen sitzen, stundenlang, ohne sich zu regen, er würde erstarren zum lebenden Denkmal. Der General Ludendorff, hoch zu Ross, erhebt sich im Steigbügel – ich gluckse bei diesem Gedanken, ich halte sofort die Hand vor den Mund, er schaut angewidert kurz in meine Richtung. Die grässlich schimmernde Glatze hat, wie ich es erst jetzt bemerke, Runzeln, als hätte ihm die Weisheit den Kopf verkahlt und zerfurcht. Es ist mir vernehmlich, was Ludendorff und die Offiziere in ihrer Ecke flüstern. Sie wundern sich, dass ein einfacher Gefreiter dieselbe Luft atmen darf wie sie. Helden in Herrenzimmern, die mit müden Gebärden weltklug daherbrummen. Bei meinem Abschied vom Militär erhielt ich den Entlassungsanzug, bestehend aus sieben Stücken: 1 Feldmütze, 1 Waffenrock, 1 Tuchhose, 1 Unterhose, 1 Hemd, 1 Mantel, 1 Paar Schnürschuhe. Dazu bekam ich 50 Mark Entlassungsgeld und 1 Mark Marschgebühr. Ich verzichtete auf Versorgungsansprüche. Sie flüstern. Auf der Mauerkrone draußen im Garten funkeln im grellen Mittagslicht die spitzen grünen Flaschenscherbenzacken. Der Herr General will seine Ruh haben vor dem Gesindel, das sich das Fleisch von den Händen kratzen soll, wenn es denn nicht gehorcht. Ich kam durch den Eingang und wurde vom Offiziersburschen hingeleitet, der General saß da und starrte niemand Bestimmtes an. Ich verbeugte mich tief, die Hand zuckte ihm, als wollte er seine Kenntnisnahme anzeigen. Es ist keine saubere Hand. Im vaterländischen Lager warten allzu viele auf mein Verderben. Der alte Mann, der sich für einen großen Feldherrn hält, hofft vergeblich, mich zu überstrahlen. Die Bürger sagen: Ludendorff ist unser Kriegsherr gewesen, und er wird uns führen in dieser schweren Zeit nach dem Krieg, in ihm sehen wir einen Mann von Ehre und wahrer Größe: Hat er nicht abgelehnt, als der Kaiser ihn in den Adelsstand erheben wollte? … Die Bürger sind Narren. Je weiter hinab, desto mehr Geziefer. Je höher hinauf, desto mehr Gefieder. Ich sitze auf der Kante des Sessels, ich drücke die Fersen gegen den Boden, dass die Waden sich anspannen, ich lüfte das Gesäß fast bei jedem vollendeten Satz, den der gute General tut, ich sage, das Kinn gegen die Brust hackend: »Jawohl, Exzellenz!« Es ist viel Rauch im Herrenzimmer. Ich lehnte die Zigarre ab – hätte ich sie zwischen den Lippen brennen lassen sollen? Gelte ich in den Augen des Generals deshalb als minderer Mann? »Exzellenz!«, rufe ich lauter, als es sich geziemt. »Wir müssen erwähnt und wahrgenommen werden. Erst dann verdienen wir das Lob, dass unsere Taten im herrlichen Schein der Bosheit strahlen. Hauen wir kräftig zu und sehen mal, wie viel Zähne herunterrappeln!«

»Die Person soll sich hüten, sich vor mir zu erhitzen«, schnarrt er.

»Halten zu Gnaden, Exzellenz«, sage ich und verbeuge mich im Sitzen tief, »ich verehre Nietzsche. Ich verehre von Moltke. Ich verehre Wagner. Ich verehre Sie.«

»Das ist ein Durcheinander. Da soll er sich vorsehen. Im Mischmasch liegt der Fehler.«

»Jawohl, Exzellenz! Als blinder Krüppel im Lazarett gelobte ich mir, nicht zu ruhen und zu rasten, bis die Novemberverbrecher zu Boden geworfen sind …«

»Ob die Person Hirn hat im Kopf«, schimpft er, »das vermag ich noch nicht zu entscheiden. Die Person soll in meinem Haus den Ton dämpfen, es ist dies kein Bierlokal.«

Der General leidet, wie mir sein Bursche verraten hat, an einer milden Rachenschwellung, das macht ihn ungnädig. Die Offiziere bei ihm grinsen, weil die Beleidigungen auf mich niederprasseln. Ich spreche von dem General Philippe Pétain, der den französischen Frontkämpfern den leichten Landwein, den Pinard, zustellte. Wir Deutschen hatten eine solche Eintränkung nicht nötig. Ich zitiere den Spottvers Schopenhauers: »Die Welt hat Affen, Europa hat Franzosen.« Die Hand des Generals zuckt. Was ich ihm nicht sage: Wir haben uns sinnlos abschlachten lassen. Und wer sich zwei Zehen wegschoss, um abgezogen zu werden, wurde nicht selten wegen Selbstverstümmelung ganz erschossen. Was ich weiß: Wir gingen kaputt. Ein Glück war's, dass mich kein Volltreffer wegmachte. Ludendorff mustert mich. Es ist gut, dass ich auf den Rat gehört habe, feldverwendungsfähige Marschstiefel zu tragen. »Es ist mir eine schöne Mathematik in unserer Weltanschauung, Exzellenz«, sage ich, »wir zählen immer die Männer der Gegenseite, die durch unsere Hiebe, durch unsere Schüsse fallen.«

»Ich gesteh der Person zu, dass die Person nicht unrecht hat«, sagt er.

Ich bin im Feld gestanden. Ich habe mich als Soldat bewährt. Ich habe nicht kapituliert. Für die Ehre der Toten. Nicht aber für die Ehre der alten Generäle, die ich Exzellenz zu nennen verpflichtet bin. Er hat feuchte Lippen. Auch ich würde mir gerne mit der Zunge über die Lippen fahren. Doch ich will mich nicht an meinen Bartborsten verletzen. Ich bin in flammender Erregung. Ich sauge an meinem kleinen Finger. Da: Sie lachen. Sie haben es gesehen. Sie sind sehr erheitert. Ihre Verhöhnung stärkt mich. Sie nehmen es als Aufsässigkeit, dass ich vor dem alten Mann nicht zu Kreuze krieche. Eine fremde Manier lass ich mir nicht annähen. An der Toten Tatenruhm glaubt der General. Solange ich lebe, ist es gut. Bin ich tot, ist alles vergangen.

»Er weiß, was zu tun ist?«, schnarrt er.

»Das weiß ich, Exzellenz!«

Ich beteuere mit frommem Augenaufschlag, dass es mir eine Ehre sei, ihm zu dienen, ich bin restlos verlogen, er bemerkt es nicht. Seine Hand zuckt, die Audienz ist beendet. (Es könnte sich so zugetragen haben. Der Österreicher verbeugt sich tief und läuft hinaus. Er ist mittlerweile zum kleinen Führer in München aufgestiegen. Draußen steht seine Gefolgschaft, die Männer ergötzen sich am Licht, das sich an den Glaszacken bricht. Es kränkt das Auge Hitlers, dass sie schlapp im Hemd stehen. Eine wilde Gesellschaft hat er aufgezogen, sie lagern und leben bei ihm. Kleine Kanaillen. Sie laufen los, weg von dem großen Feldherrn in seinem Palast.) Dem Autor fällt ein Wundpflaster auf den Schuh, es hat sich in der Nässe gelöst. Er schaut hinab auf den schwarzen Abrieb auf dem Baumwollvlies: Ist das ein Menschenrest? Er hebt das Pflaster auf, er hastet durch den Regen, er kauft in einem Tabakgeschäft eine Streichholzschachtel, er kippt die Streichhölzer draußen in einen Mülleimer, er faltet das Pflaster zwei Male und steckt es vorsichtig in die Schachtel. Er behält sie, er darf sie nicht verlieren. Er hätte den Bürgerbräukeller gerne von innen gesehen, er wäre gerne hinabgestiegen. Eintausendachthundert Menschen fanden sich ein, wenn Münchens Mussolini zu einer Massenversammlung einlud. Juden hatten keinen Zutritt.

Am Tage des Putsches steht der Österreicher vor dem Spiegel in schwarzer Frackjacke und gestreifter Hose, sein Leibwächter Ulrich Graf, von Beruf Freibankmetzger, bürstet ihm den Gehrock ab. Er steckt Hitler das Eiserne Kreuz an, als wolle er ein Schmuckstück in die Auslage legen. Der treue Knecht bürstet dann weiter, er weicht nicht ab vom Führerwillen. Er will alles mit rücksichtsloser Freude lösen. Sein Führer starrt mit angespannten Kaumuskeln auf sein Spiegelbild. Was denkt er? Er denkt: Im Straßenanzug fühle ich mich unbekleidet. (Als Mensch und Mann ist er mittelgut und besserungsunfähig gewesen.) Ich bin hartgeschmiedet durch die Zucht der vielen Tage der Entbehrung, des Hungers, des Krieges. Ich vergesse niemals, die Knöpfe meines Rocks blank zu putzen. Am liebsten möchte ich den weiten Himmel in deutschen Besitz nehmen. Ich werde hart und bissig, fest und wuchtig unter die Menschen treten wie eine Naturkraft. (Er wird schreien und fluchen, brüllen und trampeln.) Fasse an und schaffe, das ist die erste Pflicht – mir liegt die Unrast im Blut. Bei der Weltverbesserung kann ich nicht zimperlich vorgehen. Ich bin ein Mann mit Frontbewährung. Ich fall nicht um, der tiefe Dreck verschlingt mich nicht. (Er wird in den Dreck sinken.) Der Leibgardist meldet sich zur Stelle, Hitler schlägt Graf auf die Hand, er schnallt den Regenmantel eng an den Rumpf. Raus auf die Straße. Es geht mit dem Wagen erst zur Schellingstraße, zum Redaktionssitz des Völkischen Beobachters, er stimmt seine Landsknechte ein, dann läuft er aus dem Haus, steigt wieder in den Wagen ein. Kurze schnelle Fahrt durch die Straßen. Sie kommen an. Großer Andrang vor dem Bürgerbräu. Bayerns Diktator, Generalstaatskommissar von Kahr, hat eingeladen. Hitler, die Hand an der Waffe in der Tasche, stürmt hinein. Von Kahr steht auf dem Podium und redet. Der Mann, der über Bayern mit diktatorischen Vollmachten herrscht, spricht, als wolle er Handküsse verteilen, damit sich die Herrschaften für ihn erwärmen. Hitler steht im Schweiß, seine Hände kneten Luft. Draußen fahren die Lastwagen mit seinen Schergen vor. Dann werden die Türen aufgestoßen, es geht los.

Der Staatsstreich, auf den der Österreicher gesetzt hat, bleibt aus: Es folgen nicht die erhofften Vorgänge, es folgen nicht die Großtaten, mit denen er sich brüsten wollte. Hitler verschanzt sich im Bürgerbräu, man hinterbringt ihm, dass man Hitlerbilder im Porträtformat in die Auslagen stellt. Er bekommt Pralinen, Würste, Schinken und Blumensträuße aus dem ganzen Reich. Er bekommt dicke blonde Zöpfe als Opfergabe. Es haben ihm Frauen Kopfkissen geschickt, die sie mit ihrem eigenen Haar ausgestopft haben. (Später, während seiner Festungshaft in Landsberg am Lech, sollte er noch mehr Gaben bekommen.) Der Österreicher setzt sich auf die Bank, er nimmt den Stift zur Hand und schreibt seine Namen nieder. Er stellt die Buchstaben um, bis es ihn zufriedenstellt: Rolf Eidhalt. Das Spiel gefällt ihm. Nach der Umstellung wird England zu Geldnan. Italien: Aletini. Spanien: Neinaps. Kartoffel: Fartfokel. Himbeere: Erbeheim. Sahne: Hasen. Soldat: Adlost. Soldat Adolf Hitler: Adlost Rolf Eidhalt. Während seine Männer Bier saufen und herumsitzen, stellt Hitler Buchstaben um. Was ist er für ein Mann? Man muss keine tiefe Wesenskunde betreiben, um festzustellen: Hitler ist Hitlerist und sonst gar nichts. Gustav Ritter von Kahr: Generalleutnant, Generalstaatskommissar, Diktator Bayerns. Otto von Lossow: Generalleutnant, Landeskommandant der Reichswehr in Bayern. Oberst Hans von Seisser: Landespolizeipräsident. Diese drei vermeintlichen Unterstützer haben sich von dem Putsch distanziert. Der bayrische Kronprinz Rupprecht lehnt den Putsch ab. Der Chef der Heeresleitung der Reichswehr, Generaloberst von Seeckt, nennt den Putsch eine verrückte Meuterei. Was tut Hitler, wenn er denn nicht schreit oder Buchstaben umstellt? Er schließt sich im Abort ein. Er schnürt sich mit dem Binder den Hals fest zu, er fängt an, langsam zu zählen, bis er bei der Zahl Zehn anlangt, er ist vor Erstickungslust der Ohnmacht nahe, das Blut braust in seinen Ohren, er röchelt vor Geschlechtserregung, er trenst wie der Hirsch in der Brunft, er ist den Tränen nahe. Nach der erfolgreichen Selbstschnürung begibt er sich wieder in die große Kammer. Ludendorff blickt auf und sagt: »Wir müssen in die Stadt marschieren. Alle Männer in Reih und Glied. Ein Marsch der vaterländischen Front lässt das Volk nicht kalt.« Es ist nicht gut, sich in die offene Schlacht zu begeben. Der General spricht von dem gewaltigen Bild eines Propagandazugs. Es ist entschieden. Der hysterische Hitler stürmt hierhin und dorthin, fuchtelt wie der Insasse einer Irrenanstalt mit den Armen. Es ist entschieden, er gibt die Weisung: mit Festigkeit auftreten. Er gibt den Befehl, ins Feld auszurücken. Es wimmelt von Landsknechten in der Rosenheimer Straße. Der Österreicher empfindet Kampfangst. Der Autor greift zur Innenstadtkarte in der Transparenthülle, er hält die große Folienlupe über die Karte: Die Route des Marsches vom Bürgerbräu bis zur Feldherrnhalle ist markiert. Der Autor wird diesen Weg gehen. Also, Hitler draußen vor dem Bürgerbräu, was sieht er? Er entdeckt Geiseln in der marschbereiten Kolonne. Wer hat das angeordnet? Göring. Der Mann trägt einen Stahlhelm mit aufgemaltem Hakenkreuz. Das ist nicht lächerlicher als der zappelnde, kreischende Führer im Frack. Der Führer brüllt: »Die Geiseln raus aus dem Zug!« (Welche Geiseln? Hitler übergab Hess ein Papier mit den Namen der Männer im Saal, die unverzüglich festzunehmen waren: der Ministerpräsident, die Minister, die Ministerialräte, der Kabinettchef, der Polizeipräsident. Der Führer der Nationallumpen hat auch jene Männer verhaften lassen, die er Verdienstjuden nennt: Kriegsveteranen, die für besondere Tapferkeit Orden bekommen haben. Zum Gaudium seiner Schergen lässt er sie Aufstellung nehmen. Er entdeckt den Spiritusfabrikanten Ludwig Wassermann, er verhöhnt ihn, er befiehlt, ihn und die anderen Männer einzusperren. Nun kann er fester glauben, dass diese Unternehmung mit Glück und Geschick gelingen wird. Er begibt sich in den großen Bierkeller. Man bringt ihm auf seinen Wunsch einen Teller Miesbacher Quargel. Der Weichkäse riecht übel, der Geruch vertreibt die Männer, die in der Nähe sitzen, der Österreicher strahlt sie beim Löffeln und Kauen an.) Kampf und Sieg, Kampf und Sieg, das Feuer ist entfacht, die Kräfte sind in Bewegung gesetzt, Ludendorff steht reglos da, er sieht aus, als sei ihm bei einem heftigen Biss das Gesicht eingefroren. Hitler befiehlt Hess: »Die Geiseln von Knilling, Schweyer, Gürtner, Wutzelhofer. Die Geiseln Mantel und sein Adjutant Otto Bernreuther. Die Geisel Graf von Soden. Sie sind in der Villa Lehmann in der Vorstadt einzuschließen. Bis auf Weiteres sind sie Gefangene der Nationalen Regierung. Abschlachtung bei Widerstand!« Hess gehorcht. Die anderen Geiseln werden wieder in die provisorischen Arreststuben im Bürgerbräu verbracht. Der Österreicher brüllt: »Wer deutsch sein will, der komme zu mir!« Er befiehlt: »Waffen entladen! Bajonette abnehmen!« In Zwölferreihen Abmarsch. Da erschallt das vaterländische Lied aus hundert rauen Kehlen: »O Deutschland hoch in Ehren,/ Du heiliges Land der Treu,/ Stets leuchte deines Ruhmes Glanz/ In Ost und West aufs neu!/ Du stehst wie deine Berge fest/ gen Feindes Macht und Trug,/ Und wie des Adlers Flug vom Nest/ Geht deines Geistes Flug./ Haltet aus! Haltet aus!/ Lasset hoch das Banner wehn!/ Zeiget ihm, zeigt dem Feind,/ Daß wir treu zusammen stehn,/ Daß sich unsre alte Kraft erprobt,/ Wenn der Schlachtruf uns entgegen tobt/ Haltet aus im Sturmgebraus!« Der Österreicher saugt und saugt an seinem Nasenschnauz. Jubel des Volkes. Der Stoßtrupp marschiert. Der Autor läuft, dass ihm die Tasche gegen den Schenkel prallt. Eisregen, starker Wind. Die Schergen unter den knatternden Bannern singen brüllend die dritte Strophe: »Hoch steige, deutscher Aar!« An der Ludwigsbrücke stellen sich dem Zug Polizisten entgegen: Hier stand Georg Höfler mit dreißig Mann der Landshuter Landespolizei. Sie werden schnell überwältigt. Der Österreicher sieht seine Schergen mit Stielgranaten am Koppel schreiten, er macht ein finsteres Gesicht, das könnte der letzte Gang werden. Die Männer am Straßenrand lüften den Hut. Es geht durch die Zweibrückenstraße, durch das Isartor, das Tal entlang zum Marienplatz. (Der Autor wischt immer wieder das gesprühte Regenwasser von der Lupe. Er prüft, er nickt zu niemand Bestimmtem, er ist es zufrieden, er ist vom Weg der Marschroute nicht abgekommen.) Schwenk in die Weinstraße, Theatinerstraße, Richtung Feldherrnhalle, Odeonsplatz. Ludendorff gibt den Befehl, zum Wehrkreiskommando zu marschieren. Schwere Polizeiwache auf dem Platz. Ludendorff befiehlt: »In die Residenzstraße!« Es wogt in den Reihen. Hitler saugt und saugt am Nasenschnauz. Wie geht es weiter? Der Autor hat sich über den Bierhallenputsch viele Tage die Augen ausgelesen. Der eine schreibt dies, der andere schreibt das. Er hat aus verschiedenen Büchern den wahrscheinlichsten Ablauf zusammengestellt: Julius Streicher (der pornografische Judenfresser) tritt mit der Pistole in der Hand zu einem Polizisten der Sperrkette. Ein anderer

Polizist setzt Streicher den Karabiner an die Brust. Hitler zielt, trifft, er streckt den Polizisten nieder. Die Polizisten schießen aus dem Kniestand. Hitlers Leibwächter Graf stellt sich vor seinen Führer, er wird getroffen, er fällt. Hitlers Nebenmann zuckt und fällt und reißt seinen Führer zu Boden. Abprallende Kugeln, Geschrei. Die Männer fliehen in großer Hast. Streicher liegt reglos in seinem Blut. Hitler wird befreit, er kommt auf die Beine, er heult auf vor Schmerzen. Der SA-Doktor Schultze führt seinen Führer zu einem gelben Opel, in dem der Chauffeur und ein weiterer Leibwächter warten. Ende der bewaffneten Erhebung, ein blutiges Handgemenge, ein wilder Tumult, die Aufständischen sind zersprengt. Der Doktor besieht Hitlers Arm, er faltet eine Dreiecktuchkrawatte und legt ihm eine Schlinge an. Dem Österreicher reicht es nicht mehr zur Beruhigung, an seinen Bartborsten zu saugen, das ist nicht der schnelle Sieg, den er sich erhoffte. Er schreit, man habe ihn um den verdienten Sieg gebracht. Er schreit: »Hätte ich mich von Juden begönnern lassen, hätte ich in diesem Augenblick auf dem Balkon des Rathauses die Huldigungen entgegengenommen. Die üble Menschensorte hat mich geschlagen!« Der Österreicher schreit, vor Wut und vor Schmerzen, der Schulterknochen ist ihm gebrochen, der Arm ist in der Schlinge, er schreit, dass er verraten worden sei, dass die Verräter sieben teure Perserteppiche von führenden Juden bekommen haben, er dürfe nicht zerstampft werden, die Verräter müsse man kopfüber aufhängen und sich selbst überlassen, der Blutandrang im Kopf würde sie schon erledigen, der Staat sei gefestigt und habe die Waffen, er schieße sie zusammen, mit einem Handstreich lasse sich also die Übernahme der Geschäfte nicht angehen. Man werde emporgetragen, weil es Opfer gegeben habe, weil sich die anderen geopfert haben, es gelte der spätere Glanz: Die Toten, die Opfer, die Blutzeugen seien ein ewiger Feuerschwarm am Himmel.

Es schaudert den Autor vor dem Schwulst des nationalseligen Gelumpes. (Er soll nicht fluchen, er soll die Geschichte weitererzählen. Gas. Gaskammer. Sammelgrube. Diese Millionen Geschichten sind zu Ende, sie lassen sich nicht fortschreiben. Seine Geschichte treibt ihn keiner glückvollen Wendung zu.) Nach einem wilden Feuergefecht liegen auf dem Platz fünfzehn Nationalsozialisten, drei Polizisten und ein Unbeteiligter tot am Boden. Nach der Machtergreifung wurde eine Gedenktafel für die ›Blutzeugen der Bewegung‹ angebracht. Jeder Passant hatte als Zeichen der Totenhuldigung stehen zu bleiben und den rechten Arm zu recken. Die Münchner, die den Hitlergruß nicht entbieten wollten, liefen durch die Viscardigasse hinter der Feldherrnhalle und gelangten auf diesem Wege zum Odeonsplatz. Der Autor streift lustlos durch die Straßen. Was geschah noch in den Tagen der Erhebung? Der junge Bankkaufmann Ernst Hübner verbrachte den Vorabend des Putschtages in der Donisl-Bierhalle, er soff sich lustig. Da kamen Schläger vom Bund Oberland daher, sie waren unterwegs, um Juden und andere Volksfeinde zu zerhauen. Hübner gehörte selbst dem Bund an, er stellte sich an die Spitze des Haufens. Die Schergen marschierten zum vollen Café des Hotels Fürstenhof, Hübner rief, dass alle anwesenden Juden auf der Stelle den Saal zu verlassen hätten. Da eilte der Hoteldirektor herbei und erklärte, es sei nicht ein einziger Jude anwesend. Der Haufen zog weiter zum Restaurant Spatenbräu und zum Hotel Excelsior. Es bewegten sich außer Hübners Truppe noch andere Schlägertruppen ungehindert durch die Innenstadt und das Bahnhofsviertel. Ihr Führer Hitler hatte sie ausgeschickt: Sie sollten so viele Juden wie möglich als Geiseln festsetzen und zum Bürgerbräu zerren. Das ist die nationale Seligkeit, von der der Österreicher nicht müde wurde zu sprechen: Die national Beseelten sorgen für den größtmöglichen Terror. Zurück zu dem Österreicher im Wagen. Er gibt das Ziel vor: das Landhaus von Hanfstaengl in Uffing am Staffelsee. (Ernst Franz Sedgwick Hanfstaengl. Deutschamerikaner. Hitlers ergebener Mann. Putschist. Späterer Auslandspressechef der NSDAP. Goebbels zufolge »ein Schwein erster Klasse«.) Hitler brüllt: »Mein deutsches Unglück wird sich wenden! Auch nach diesem Karfreitag wird Ostern kommen!« Ankunft in Uffing. Nach mehrmaligem Klingeln wird die Tür aufgerissen. In der Tür steht, angstvoll bebend, Helene Hanfstaengl. Sie erkundigt sich nach dem Verbleib ihres Mannes. Dem Führer schießt vor Zorn das Blut in die Schläfen, er bittet um Eintritt. Sie nimmt ihn auf. Der Doktor verspricht seine Wiederkehr am folgenden Tage, er verspricht, ein Fluchtauto zu besorgen. Im großen Wohnzimmer hängt das Bild *Medusa* von Franz von Stuck. Der Österreicher schreit: »Diese Augen, das sind die Augen meiner Mutter!« Sie gibt keine Ruhe und fragt ihn nach ihrem Mann aus. Es ist Hitler gleichgültig, ob Hanfstaengl auf dem nassen Pflaster einer Gasse ausblutet. Oder ob ihm die Flucht aus München geglückt ist. (Er konnte sich tatsächlich nach Salzburg absetzen.) Hitler denkt: ›Diese Frau ist mein Ideal!‹ Er wickelt sich in zwei schottische Wolldecken ein, es wird ihm warm, das Zittern des linken Arms und des linken Beins lässt nicht nach. Er ist erbost, weil sie sich um ihren Mann große Sorgen macht. Er ist es doch, um den sie sich zu kümmern hat. Er durchmisst den Saal mit hastigen Schritten, dann bleibt er stehen. Er muss diese Frau beeindrucken, er muss sie davon abbringen, immerzu den Namen Ernst hauchend auszusprechen, als wollte sie durch magische Beschwörung den langen Kerl heimführen (Ernst Hanfstaengl war fast zwei Meter groß). Der Österreicher zerbeißt sich fast beim leeren Mahlen, die Kinnbacken treten hervor, er spricht bellend und gebietend: »Ich warf mich auf den Boden (Lüge), der Schuss verfehlte mich. Es ist ausgeschlossen, dass ich mich aus eigenem Entschluss in die Hand der Feinde begebe.« (Der Autor hat Übung darin, im Stehen zu schreiben. Als Unterlage nimmt er die große Folienlupe. Die ausgedachten Sätze fließen ihm in die Finger. Es ist unheimlich. Er müsste sich doch darüber freuen. Er schreibt die Worte auf und zwingt sich, die Blätter nicht in einem Anfall zu zerfetzen.) Ich war umgeben von nicht felddiensttauglichen Männern. Sie müssen sich mir unterordnen. Alle! Ein erheblicher Schaden ist mir entstanden! Dies ist eine Schicksalswende. Das muss so verstanden werden. Große Unehre haben die Feiglinge auf sich geladen. Ich werde mich lösen von aller Liebe, von aller Freundschaft. Mich zu verlassen ist eine Schweinerei! Ich schmecke den Ekel, ich schmecke die Bitternis. Das Kind, ihr Kind, stürmt mit lautem Geheul ins Zimmer, es hat die Erregung des in seinen Nasenschnauz hochsprotzenden Mannes als Angriff gegen die Mutter missdeutet. Sie streicht dem Kind Egon über den Kopf. Hitler würde das Kind gerne zur Seite stoßen, dass sie ihn streichelt. Sie ist sein Ideal. Sieht sie das nicht? »Es ist Ehrenpflicht, die zu töten, die Verrat am Deutschtum begingen!« Das Kind heult. Die Mutter bittet den Österreicher, nicht zu schreien, weil es ihren Egon ängstigt. Fast ist er versucht, sie zu ohrfeigen, wie er das oft mit untergebenen Männern tut. Er mäßigt sich. Das Kind beruhigt sich. Es wird von der Mutter unterwiesen, niemandem von Onkel Hitler zu erzählen. Auch die Dienerschaft wird streng ermahnt. Hitler richtet sich im Logierzimmer ein. Er ist heiser, das kommt vom Gas im Krieg, er muss sich räuspern und räuspern. Die ganze linke Seite zittert. (Wechsel in die Ich-Perspektive. Noch näher ran.) … ›Scheubner-Richter. Zerschossen. Er hat mir in den Mund geblutet. Ich bin fast erstickt unter seinem Gewicht. Ludendorff. Ich hätte nicht auf ihn hören sollen. Es ist ein Charakterfehler, alles mit Überstürzung anzugehen. Das Dienstmädchen klopft mich aus der Kammer. Die Herrin bittet um eine Unterredung. Sie hat Rouge über die Wangen verstrichen. Unnahbar. Sie fragt mich, welche Maßnahmen ich in dieser Sache zu treffen gedenke. Sie hoffe doch, dass ich über die Machtmittel verfüge, um ihren Mann herzuholen. Ich sage kalt: »Sie sollten sich um mich Sorgen machen! Ihr Mann hat keine Kugel abbekommen, dessen bin ich mir gewiss. Er wird wohl untergetaucht sein.« Ich bin der mutige Stoßtruppführer. Mein Elend müsste sie angehen. Bevor dieser besondere Augenblick verstreicht, flüstere ich: »Sie sind mein Ideal.« Sie rauscht hinaus. Ich entscheide mich dagegen, wieder in das Logierzimmer einzuziehen. Ich wickele die Wolldecken eng um meinen Leib, ich schaue vom Sofa aus auf das Bild. Medusas Blick. Mutters Augen. Vom Nagelbett beiße ich einen Schnipfel und noch einen Schnipfel, und von den anderen Fingern beiße ich weitere Hautstreifen ab. Die Zeit läuft ab. Es wird langsam hell. Gegen Entdeckung bin ich nicht geschützt an diesem Ort. Verrät sie mich? Sie schaute mich hart und kalt an, als wäre ich mit einem Leiden behaftet. Das Dienstmädchen erschrickt, als sie mich entdeckt. Sie bringt mir auf meinen Wunsch verlorene Eier auf Brot.

Der Morgentee belebt mich. Ich höre ein Auto vorfahren. Der Doktor und ein weiterer Arzt, der mir als ein guter Kollege vorgestellt wird. Kann man ihm trauen? Er renkt mir die Schulter ein, ich falle trotz der Schmerzen nicht in Ohnmacht. Der Doktor berichtet von den Toten, von den Verletzten, von den Maßnahmen der Obrigkeit. Ein widerwärtiges Tun und Treiben. Ich brause auf: Wo bleibt das Fluchtauto? Helene erscheint in einem fabelhaften Kleid. Sie möchte es sofort wissen: Was ist mit ihrem Mann? Der Arzt, der mich eingerenkt hat, versichert ihr, dass er nicht unter den gefallenen Männern sei. Sie sagt laut: »Er hätte sich in diese dumme Geschichte nicht hineinziehen lassen dürfen.« Ich nehme den Doktor zur Seite: Die hohe Gefahrenlage, der ich ausgesetzt bin, erfordert ein scharfes Durchgreifen. Ich kann es deutlich fühlen, dass sich die heimlichen Feinde nähern. Größte Härte vonnöten! Er nickt ergeben, er versteht. Es werden Fememorde folgen. Sie fahren zurück nach München. Ich schaudere vor dem Gedanken, in dieser Villa festzusitzen. Das ist eine frostige Geschichte, das ist ein großes Unglück. (Der Bierhallenputschist war sich seiner Sache sehr sicher. Er kann es nicht verwinden, dass man ihm nicht gefolgt ist. Dass die Übrigen sich ihm nicht unterworfen haben. Er wird schrankenlos despotisch vorgehen, später.) Ich lasse mich vom Dienstmädchen führen, die Herrin ist im Lesesaal.

Ich klopfe gegen die Tür und trete erst dann ein, nachdem sie mir den Eintritt gewährt hat. Es soll ihr auffallen, dass ich mich nicht über das Wohlverhaltensgebot hinwegsetze. Was hat ihr Tränen in die Augen getrieben? Warum umklammert sie sich fest mit den Armen? Ich begreife, dass sie den tumben Hünen vermisst. Ich begreife, dass sie mir die Liebe versagt. Ich erkläre, dass ich ihr gerne Gesellschaft leisten wolle, wenn es denn ihren Kummer dämpfte. Sie sagt, sie habe zum ersten Mal seit langer Zeit gebetet. Könne ich auf die Augen meiner Mutter schwören, dass ich ihr bezüglich ihres Mannes nichts verschweige? Ich sage: »Er befindet sich nicht in der Hand des Feindes. Er ist nicht in kriegerische Verwicklungen geraten. Ich hoffe doch sehr, dass er sich unter dem Eindruck der Ereignisse nicht von mir losgesagt hat. Bestimmt gehen die Juden herum … und bieten den Parteigenossen Geld an, damit sie abfallen.« Diesen Dreck muss der Autor hinschreiben. Der Österreicher, der sein Leben lang gelogen und gelogen hat, schließt von sich auf andere: Er ging bei der reichen Oberschicht betteln. Er bat inständig darum, ihn als den rechten Mann für eine lohnende Investition anzusehen. Dank willfähriger Helfer wie Dietrich Eckart und Ernst Hanfstaengl gelang es ihm: Die Fabrikanten – alles nichtjüdische Deutsche – gaben ihm viel Geld, auf dass er sie vom marxistischen Spuk befreie. Trotzdem wurde er nicht müde zu behaupten, dass allein ›der Jude‹ über eine kommerzielle Begabung verfüge. In dieser Szene steht er als lädierter Mann vor der angeschmachteten Helene, er möchte sie beeindrucken, deshalb zitiert er Johann Gottlieb Fichte: »Aber den Juden Bürgerrechte zu geben, dazu sehe ich wenigstens kein Mittel als das, in einer Nacht ihnen allen die

Köpfe abzuschneiden und andere aufzusetzen, in denen auch nicht eine jüdische Idee sei.« Hitler hat ein Beispiel seiner Belesenheit gegeben. Er bittet sie, von der unablässigen Grübelei abzulassen, sonst betrübe sie ihren Gast. Sie wendet sich ab – was hat er erwartet? Bei meinem Eintritt in meine Kammer entdecke ich auf dem Bett einen weißen Schlafanzug und einen Bademantel. Ich muss die Hosenbeine und die Hemdsärmel umkrempeln. Der Pyjama gehört dem Hausherrn. Ich werde seinen Geruch mit meinem Körperduft übertäuben. Es klingelt an der Tür. Wer ist das? Hand an der Waffe. Ich trete aus meiner Kammer, presse mich an die Wand. Das Dienstmädchen bespricht sich mit einer Frau. Wer ist das? Da höre ich sie laut rufen: »Mein Führer, ich bin die Schwester Pia. Bitte lassen Sie mich herein!« (Sie ist keine richtige Schwester. Sie heißt mit bürgerlichem Namen Eleonore Baur. Geborene Mayr. Der Autor hat sich über sie kundig gemacht. Mit Hitler seit 1923 befreundet. Erste Begegnung in der Straßenbahn. Sie fuhr schwarz, Anton Drexler, der Hitler begleitete, bezahlte für sie und half ihr aus der Verlegenheit. Bei Straßenkämpfen ist ihr von Spartakisten die Nase abgeschlagen worden. Sie nimmt teil an der Hungerkundgebung der Frauen auf der Münchner Theresienwiese am 11. März 1920. Sie ruft: »Acht Pfund Weizenmehl und ein Pfund Zucker kriegen die Juden und wir kriegen einen Dreck!« Sie war dabei, als Hitler am Abend des 8. November 1923 in den Bürgerbräukeller stürmte und einen Schuss in die Decke des Saals feuerte. Sie ist beim Marsch auf die Feldherrnhalle in der vierten Reihe mitgelaufen. Später: Sie suchte sich im KZ Arbeiter aus für Arbeiten an ihrem Haus in Oberhaching.) Helene Hanfstaengl weist sie herrisch ab. Woher hat diese

Frauensperson Kenntnis von meinem Versteck? Es überkommt mich eine große Müdigkeit. Ich lege mich hin, und als ich die Augen öffne, ist es Mittag. Ich habe fast einen ganzen Tag durchgeschlafen. Arm in der Schlinge, die umgeschlagenen Hosenbeine scheuern an den Filzpantoffeln, ich steige langsam die Treppen herunter. Kein Fluchtauto, keine neuen Nachrichten. Ich bin am Ende, ich bin verloren. Wo sind sie alle hin? Ich greife zur Waffe, ich drücke die Mündung gegen die Schläfe, da wird sie mir entwunden, die Browning fliegt in einen offenen Mehlsack neben der Anrichte in der Küche. Helene starrt mich an. Ich sage: »Ich habe genug, ich bin fertig!« Sie sagt, ich solle die Albernheiten lassen. Ich fasse Mut. Ich bitte sie, mein politisches Testament aufzuschreiben: Ich ernenne Alfred Rosenberg zum Führer der Bewegung. Seine Stellvertreter sind Julius Streicher, Max Amann und Hermann Esser. Ich setze meine Unterschrift unter das Papier. Sie starrt auf das Eiserne Kreuz am Bademantel ihres Mannes …‹

Es könnte so weitergehen, der Autor könnte dranbleiben an dieser Episode. Er hat in den Biografien und in den Sachbüchern über den Hergang der Ereignisse gelesen. Oberleutnant Rudolf Belleville, Standortkommandeur der Landespolizei Weilheim, erhält den Befehl, Hitler festzunehmen. Er eilt mit zehn Polizisten und einem Gendarmen im Lastwagen nach Uffing. Erst durchsucht er das Haus von Hanfstaengls Mutter Katharina H., dann begibt er sich zur Villa der Familie Hanfstaengl. Der Österreicher brüllt Rudolf Belleville an, er bezichtigt ihn des verräterischen Pakts mit dem Feinde. In zwei Büchern findet der Autor die Angabe, dass erst im Angesicht der Polizisten Hitler die Pistole an die Schläfe setzt. Helene redet ihm gut zu, nimmt ihm die Pistole ab und legt sie in die Mehltruhe. Er trägt den Pyjama des Hünen (1,95 Meter Körperlänge), man legt ihm seinen Trenchcoat über die Schultern, er leistet bei der Festnahme keinen Widerstand. Er wird mit dem Lastwagen zurück nach Weilheim gefahren. Der Österreicher ist tödlich beleidigt: Das ist ein falscher Ausgang, das ist ein falsches Ende. Er denkt: ›Man hält mich für erledigt. Man wähnt mich, den ärgsten Reichsfeind, für gefallen. Der Traum ist aus. Was hätte das doch werden können, das hätte doch Pracht und Format gehabt.‹ Der Autor stößt bei der Lektüre des Berichts von Oberleutnant Rudolf Belleville auf folgende bedenkliche Sätze: Hunderte von Schaulustigen haben sich vor der Polizeistation in Weilheim versammelt, in die der festgenommene Reichsfeind Hitler verbracht wurde. Belleville ließ die Straßen räumen, besonders von den Juden, die Hitler verhöhnten. Das ist seine Version der Geschichte. Das ist eine verdächtig ikonografische Darstellung. Kann der Autor daran glauben, dass sich viele Juden vor der Polizeistation versammeln? Er hat seine Zweifel. Er wünscht es sehr, dass es sich tatsächlich ereignet hat. Er wäre gern einer der Spötter gewesen, er hätte den Kerl laut verflucht, der besessen davon war, die Juden ins Gas zu treiben. Der diese seine Besessenheit zur Bedingung des arischen Rassenstolzes erhob. Nein. Er hätte den Mann Hitler nicht einmal mit Kastanien bewerfen können. In seinen gelegentlichen Wachträumen lässt er ihn durch eigene Hand sterben, nicht erst am 30. April 1945 im Führerbunker. Im entscheidenden Moment wendet er sich ab, er hört den Schuss in seinem Rücken, er entfernt sich hastig von dem bösen Ort, von dem toten Mann. Dann sagt er leise, als würde sonst der Tote in seinem Rücken wiederauferstehen: »Gott belagere uns mit Engeln.« Ein einzeiliges Schutzgebet, das er im Traum spricht. Sind Juden zusammengekommen, um über das klägliche Ende von Münchens Mussolini zu spotten? Ihr Hass ist an Hitler nicht verschwendet. Der Mann wird aber schleunig in die Festung Landsberg am Lech verbracht und in der Zelle Nr. 7 eingeschlossen. Im Korridor vor der Zelle sitzen und liegen Soldaten, sie rauchen und schwatzen. Maschinengewehre sind in Stellung gebracht. Man befürchtet einen gewaltsamen Befreiungsversuch. Der Österreicher tritt in den Hungerstreik, er will sich zu Tode fasten. Er liegt zerfetzt darnieder, er kommt von einer Wallung in die nächste. Er ist daran gewöhnt, dass die Männer Kopf an Kopf stehen und sich die Hände blutrot klatschen. Hier hört man ihm nicht zu. Hier will er nicht reden. Er glaubt, er sei ein schreiender Tondichter, der durch Lautheit die tumbe Schar erweckt. Hier kann er durch lange Wortergüsse nicht beeindrucken. Sein Gebrüll zeigt keine Wirkung. Er hämmert in die Luft. Er fürchtet, dass sein Name an Glanz verloren habe. Er hat immer damit geprahlt, dass er jeden Mann umdrehen könne, wie man einen Handschuh umdrehe. Jetzt, in der Zelle, hat man ihn umgedreht. Seine Gegner sind, wie er stets höhnte, doch nicht Mumien im Gehrock. Die Männer, die über ihn wachen, wünschen zu ihm keine Vertrautheit. Nun ist er zu einem Knilch geschrumpft, der auf seinem Plätzchen hockt. Er hat oft angeordnet, dass man den Widerspenstigen über den Bock lege und durchprügele, bis das Fleisch schmatzt. Dem Österreicher, der für eine Irrlehre wirbt, fehlt es nun an Selbstzucht. (Kein Wort, das der Autor in seiner Welt benutzen wollte.) Die ölige

Stirnsträhne hängt ihm herunter. Das Gesicht ist ihm ein saugendes Organ. Der verhätschelte Menschenfeind, der blinzelnde Halunke, der Mann, der für jegliche sinnvolle Verwendung unbrauchbar ist: Er sitzt da mit angespannten Kiefermuskeln und mit trüben Augen. Es müsste sich aus der Pistole eines Soldaten versehentlich ein Schuss lösen … Nein. Der Österreicher hat sich auch nicht in seinem Verdruss an seinem Hosengurt erhängt. Sein Leben ist schlecht geworden, sein Siegerlächeln ist ihm aus dem Gesicht gehauen. Keiner sagt ihm, dass er den Mut finden müsse, sich zu erschießen. Keiner, der ihm einen harten Schmerz anwünscht. Der Widersinn seiner Unternehmung springt ihm, viel zu spät, ins Auge. Er belastet sich trotzdem mit der Schande, weiterzuleben. Der Anstaltspsychologe Alois Maria Ott spricht mit Hitler, er kann ihn dazu überreden, nach zehn Tagen den Streik zu beenden. Hitler leidet an der Schüttelneurose: Er verkrallt sich mit der linken Hand in seinen Hut, er krumpelt den Hut, indem er die Hand ballt und fest an den Körper drückt. H. beteuert dem vernehmenden Staatsanwalt Hans Erhard, dass er der Gewalt abgeschworen habe, mit einem Handstreich lasse sich die Übernahme der Geschäfte nicht angehen; er verlebe sehr traurige Tage, trotzdem die Fahnen sich senkten, erhebe sich sein Glaube. Ende Februar 1924 beginnt der Hochverratsprozess vor dem Münchner Volksgericht (Vorwurf: Anwendung verbrecherischer Mittel). Der Vorsitzende ist Richter Georg Neithardt aus Nürnberg, ein rechtskonservativer Nationalist. Dem Österreicher wird erlaubt, statt in der Gefängniskluft im bürgerlichen Anzug mit dem Eisernen Kreuz an der Brust zu erscheinen. Angeklagt sind außer ihm neun Verschwörer, derer man habhaft werden konnte. Der Österreicher redet sich heiser, in seiner Schlussrede schreit er: »Auch wenn mich das Gericht verurteilt, nachkommende Geschlechter werden mich freisprechen.« Im sogenannten Feldherrntrakt in der Landsberger Festung sind untergebracht: Hitler, Emil Maurice (brutaler Schläger), Herrman Kriebel (Generalstabsoffizier), Friedrich Weber (Feldhilfsveterinär), Rudolf Heß. Hitler hängt einen Lorbeerkranz an die Wand seiner ›Zelle‹. Die Stromsperre ist für ihn aufgehoben, die Lampe brennt bis tief in die Nacht. Zu seinem 35. Geburtstag veranstalten einige Tausend Hitleristen eine sogenannte Ehrenkundgebung im Bürgerbräukeller, bei der sie die Freilassung ihres Führers fordern. Der Mann ist nicht einfach in der Festung verschwunden. Zitat Hitler: »Wenn die Luft draußen stinkt, treffen sich die Besten im Gefängnis.« Ein Augenzeuge berichtet: In seiner Stube und im Tagesraum roch es wegen der vielen Blumen wie in einem Gewächshaus. Seine Gönnerinnen schickten ihm auch Birnen. Die Besuchszeit für Häftlinge in Landsberg betrug sechs Stunden in der Woche. Hitler wurde dagegen eine tägliche Besuchszeit von sechs Stunden zugestanden. Im Dezember 1923 besuchte ihn ein gewisser Matheus Müller, der zur Besprechung Hitlers Schäferhund mitführt. Der irre Rassist Chamberlain schickt einen Huldigungsbrief in die Festung. Hitler isst die zugeschickten Torten, er wird dicker und dicker. Brief vom 1. Oktober 1924 an eine Frau Deutschenbauer: »Vor Tagen wurde mir ein Zwetschgenkuchen von Ihnen überbracht. Sie haben mich also nicht vergessen. Nehmen Sie bitte meinen Dank für diese Ihre Aufmerksamkeit entgegen. Mit Grüßen an Sie und den Herrn Gemahl bin ich Ihr sehr ergebener Adolf Hitler.«

(Den Wortlaut hat der Autor aus Gründen der besseren Einprägsamkeit leicht abgewandelt. Nicht nur deswegen. Er wird ihn vielleicht in sein Buch aufnehmen. In Ausdruck und ›Wortgebärde‹ soll sich der Brief nicht unterscheiden.)

Der Führer führt auch in der Haft die Rotten. Täglich Punkt 10 Uhr lässt er seine Anhänger unter den Häftlingen antreten und hält eine politische Rede. Endlose Monologe auch zu anderen Tageszeiten. Der Mann gerät öfter in eine heftige Erregung wegen seiner angeblich niedergetretenen Ehre. Seine Widersacher draußen nennt er verächtlich: menschgewordenes Abwasser, rotgeschabte Menschenhaut. Der Österreicher verhält sich tadellos, weil er seine Grausamkeit unterdrückt. Weil er dazu gezwungen ist. Er lebt seine Tage, fast ohne Graus, seine Knochen will er schonen, beim Anblick der Frauen, die ihn besuchen kommen, empfindet er Wohligkeit. Adolf, der Deutsche. Er ist eine Berühmtheit. Er würde um sich am liebsten die Blauäugigen scharen. Der lange Kerl Hanfstaengl besucht ihn, er zeigt ihm das Titelbild des satirischen Magazins *Simplicissimus,* es ist die Ausgabe vom 1. April 1924: Hitler reitet auf einem Schimmel in Berlin ein, er führt den Reichspräsidenten Friedrich Ebert in Ketten. Der Österreicher klopft sich vor Freude auf die Schenkel. Der Mann ist eine vulgäre Person, was will man erwarten. Er kann von seinen Spinnereien nicht lassen. Er muss, weil es ihm an wahrer Größe gebricht, mit Überbietungsfuror daherkommen. Der Autor hat in einem Brief Hitlers gelesen: In der Haft entwirft er ›das größte und gewaltigste Bauwerk, das es jemals in der Geschichte gegeben hat, einen monumentalen Kuppelbau mit einer Lichtöffnung von 46 Metern, einer Höhe von 220 Metern und einem Innenraum mit einem Durchmesser von 250 Metern, in dem 150 000 bis 180 000 Personen Platz finden sollten.‹ In der Haft sagen ihm die Schmeichler, dass er kein gewöhnlicher Häftling und kein unbedeutender Mensch sei. Er würde sich mit jedem aussöhnen, der ihm von Nutzen ist. Es vergehen nur wenige Tage, und schon glaubt er, dass die Vorsehung ihn für große Aufgaben auserwählt habe. Im Mai 1924 besucht ihn Elsa Bruckmann, die Ehefrau des Münchner Verlegers Hugo Bruckmann. Sie ist eine gebürtige rumänische Prinzessin. Sie hat Pockennarben, deshalb lädt sie zu ihrem freitäglichen Münchner Salon erst in der Dämmerung um fünf Uhr abends ein. Natürlich liebt sie als Judenhasserin ihren Adolf heiß und innig. Man gewährt ihr zwölf Minuten Besuchszeit. Ihr Adolf ist gekleidet in kurzer Wichs und gelber Leinenjoppe Sie sprechen im kleinen kahlen Raum, zwei Beamte sind zur Aufsicht anwesend. Leider kann der Österreicher nicht die Pferdepeitsche mit dem silbernen Knauf schwingen, die sie ihm geschenkt hat. Worüber könnten sie sich unterhalten? Wird er ihr verraten, dass er an seinem Manifest *Mein Kampf* schreibt? Der Titel des Buches lautet eigentlich: »Viereinhalb Jahre des Kampfes gegen Lüge, Dummheit und Feigheit«. Er tippt mit zwei Fingern auf einer Reiseschreibmaschine. Wird er im Gespräch, wie es seine Art ist, von seiner Größe schwadronieren? Wird er sagen: »Ich bin in allen Angelegenheiten mit Ausnahme der Ehe bewandert. Die seelischen Bedingungen einer herkömmlichen Liebe sind bei mir nicht vorhanden. Ich bin nicht betört, weil mich draußen junge deutsche Mädel angirren. Sie, Frau Fürstin, lächeln mir in dieser unfreundlichen Stunde zu. Seien Sie gewiss, Sie werden in den Legenden künftiger Geschlechter erwähnt werden …« Und so weiter? Der Autor hat eine kleine unvollständige Liste der Damen der höheren Gesellschaft, die nicht genug vom Führer bekommen konnten: Die reiche Baltin Gertrud von Seidlitz, Baronin Lily von Abegg, Helene Bechstein, Elsa Bruckmann, Viktoria von Dirksen und ihre Nichte Sigrid von Laffert, Erna Hanfstaengl, Hermine Hoffmann, Mathilde von Kemnitz, Winifred Wagner. Was bewog sie dazu, den Mann mit dem Nasenschnauz zu bemuttern oder anzuschmachten?

Eine weitere Szene: Im Tagesraum kommen die Männer zum geselligen Abend zusammen und singen aus voller Kehle ein deutsches Volkslied: »Ein Landsknecht bin ich von Natur / Und dächt an Krieg und Wandern nur, / Schlüg selbst mein Glück in Scherben! / Hätt keinen Sinn fürs Elternhaus, / Drum muss ich auch, man sieht's / voraus, verderben! … Es biss manch Stahl in meinen Leib,/ Viel heißer als ein glühend Weib – / Tod, ich spürt keine Reue! / Und sind die Wunden kaum geheilt, / Bin, Brüder, ich zu euch geeilt aufs Neue!« Da singen sie und singen sie, da brüllen sie und brüllen, und die Wärter in der Festung sind begeistert. Gefängnisdirektor Otto Leybold empfiehlt schon am 15. September 1924 dem zuständigen Staatsanwalt, Hitler vorzeitig zu entlassen. Hitler muss nur neun Monate seiner fünfjährigen Haft abbüßen. Emil Maurice versteckt das Manuskript von *Mein Kampf* im Grammofon (Geschenk der Familie Bechstein), damit sein Führer es bei der Entlassung hinausschmuggeln kann. Er legt die Blätter in das Holzgehäuse, nachdem er das Laufwerk ausgebaut hat. Am 20. Dezember 1924 wird Hitler aus der Haft entlassen. Dem Gefängnisdirektor, dem Gefängnisarzt und den Gefängniswärtern laufen die Tränen herunter. Sie sind nach den Angaben des Österreichers treue Nationalsozialisten geworden.

Der Regen wird stärker, der Autor bricht die Recherche für diesen Tag ab. Er fährt zurück nach Dachau, vom Bahnhof geht er weiter zu Fuß. Die Schachtel, darin das gefaltete Pflaster liegt, darf er nicht verlieren. Er sollte sich an eine sachliche Handlungsvorschrift halten. Er sollte wenigstens beim Gehen aus Vorsichtsgründen die Augen heben. Er will nicht, dass seiner Seele Zähne und Klauen wachsen. Er schaut die Menschen mit jungen deutschen Augen an. Er ist nicht schuldig. Er möchte, dass seine Seele ein zweiter Körper bleibt, versteckt im Kern seiner Gedanken, anwesend, niemals schläfrig. Er kommt voran. Ein kühler Wind und ein klarer Himmel machen ihn fest. Ein Mensch ohne Atem möchte er nicht werden. Gedanken. Gedanken. Gedanken. Er geht durch eine seltsame Straße: Auf der einen Seite sind kastellartige Einfamilienhäuser. Auf der anderen Seite steht ein halboffener Laufstall. Er späht durch die Ritzen: Die Kühe liegen in den Boxen auf einer Einstreu aus gehäckseltem Stroh. Die Tiernähe belebt ihn. Der Bauer wird auf ihn aufmerksam, den Gruß des Autors nimmt er nicht an, er starrt ihn so lange an, bis er sich von der Stallwand entfernt. Es wäre sehr schade, wenn er ihn für einen Perversen hielte, der den Tieren mit einem Eisensporn in die Hufe sticht. An der Tür des Hauses steigt er aus den Stiefeln, er klopft, er klingelt, er steht in seinen dicken Strümpfen lange auf der Matte, bis die Witwe ihm endlich öffnet. Sie sagt: »Die Beule ist aber schnell abgeschwollen.«

Später sitzen sie bei einer Tasse Tee und selbst gemachten süßen Kokosbällchen. Die Raspeln fallen ihm bei jedem vorsichtigen Biss auf den Schoß. Sie fragt, ob er ein umherschweifender Einsiedler sei, ob er ein Gelübde abgelegt habe. Nein. Sie sagt, er sei mager, er solle sich ein Beispiel an seinen Händen nehmen, die dicker seien als er. Wie kann er darlegen, dass er sich in schlechter Luft bewegt? Er versucht es. Er will aussprechen, was ihm tief im Herzen brennt. Sie unterbricht ihn, weil er sich räuspert und räuspert, die Heiserkeit wird er an diesem Tag nicht los, das kommt nicht vom Gas, was hat er da gesagt gerade eben, und wie im Nachhall sagt sie: »Was haben Sie da gesagt? Haben Sie sich in der Nässe draußen was zugezogen? Ihre Augen sind nicht ganz gesund.« Und dann beginnt sie zu erzählen, gelegentlich verweist sie auf die Bällchen in der Schüssel oder die Raspeln auf seiner Hose, sie erzählt von ihrem Mann selig, von dem die Laubsägearbeiten im Glasschrank stammen, das war noch die Zeit, bevor er komisch wurde; er wurde komischer und immer komischer, er bemalte seine Nachthemden, man denke nur, er nahm Honig und Konfitüre für Fingerfarben, er strich mit Schwung Blumen hin, und dann lachte er und nannte das Hemd seine bunte Leibtapete. Richtige Farben hat er nicht angerührt. Gelber Honig musste es sein. Und Kirsche. Er hat Gesichter mit großen Nasen gemalt, und auf die große Nase hat er ›JUDE‹ geschrieben in Kirschrot. Die Farben machten ihn verrückt. Er hatte Angst, zu stürzen und auf seine Zähne zu fallen. Er war, was die innere Stärke betraf, sehr schlecht gestellt. »Jude?«, sagt der Autor. »Sie sollten Ihre Arbeit abbrechen«, sagt sie. Woher weiß sie von seiner Arbeit? Der Staub oder die allergische Reaktion auf ihren Rat lässt ihn mehrfach laut niesen, bis er seine betäubte Nase nicht mehr fühlt. Dann verstummt er und bleibt trotz ihres guten Zuredens die nächste halbe Stunde stumm. Ein mächtiges Gebrause bricht los im Zimmer. Die Witwe schimpft plötzlich über die Bolschewisten, die am 1. Mai mit einem roten Papierröschen im Knopfloch herumgingen. Der Autor knackt unbewusst mit den Knochen der Großzehen, bis sie ihn auffordert, es zu unterlassen. Die große Deckenleuchte spendet viel Licht, das Licht zerstrahlt sie. Sie gibt zu, dass sie in seinen Papieren auf dem Tisch in seinem Zimmer gewühlt habe, er sammle wohl belastendes Material, um gegen das deutsche Wesen vom Leder zu ziehen, er solle doch den Blick auch auf andere Erdteile und Völkerschaften richten, er werde immerzu auf Schuldige treffen, und was habe er nur mit diesem Hitler, der auch mal ein Kind und mit Unschuld gesegnet gewesen sei, später habe er als unheimlicher Ausländer die Macht an sich gerissen, der Autor solle Wasser ansehen, davon werde er klar; der Autor müsse entdeckt haben, dass man die Restbestände des Reichs in Kellern und Dachböden sicher verwahre, das geheime Archiv bestehe aus Tagebüchern, Abzeichen, Pässen, Fotoalben, Briefen und Postkarten, sie besitze wie viele andere Deutsche wertvolle Dokumente, die sie nicht gedenke freizugeben, die eigentliche Geschichte des Dritten Reichs lagere in Privathäusern und sei jedem unzulässigen Zugriff entzogen. Der Autor fragt, ob ihr Mann nur seine Schlafanzüge bemalt habe. Nein. Ob er denn die Bilder anschauen könne. Nein … Weshalb? Wegen der großen Nasen, auf die ihr Mann selig das Wort Jude geschrieben habe. Nein. Doch. Er solle hier warten. Sie würde es merken, wenn er ihr nachschleiche. Der Autor senkt die Stirn. Die Witwe ist von staunenswerter Behändigkeit. Er hört sie im Nebenraum wühlen.

Dann kommt sie mit einer dicken Eckspannmappe, die sie ihm ohne Umstände auf die raspelbestreuten Knie legt. Er besieht die übel riechenden Zeichnungen Sie riechen nach altem Gebäck. Nach der Innenseite von Morgenmänteln. Nicht nach einem Frohsinn spendenden Geruch. Er sieht Männerköpfe mit kleinen Augen, mit einem kleinen Mund, mit kleinen Ohren, mit einer Höckernase, deren Umriss aus dem mehrfach hintereinandergesetzten Wort Jude besteht. Die Witwe mustert ihn beim Betrachten der Skizzen. Ihr Mann hat bei einigen Zeichnungen auch auf Buntstifte zurückgegriffen. Das Wort Jude ist hier verzittert, jedes Wort der Nasenkontur ist verzittert. Es zeugt von einer großen Gemütsbewegung. Der Autor sagt: »Warum hat er das getan?« Das Nachdenken, sagt sie, sei ihm vom Kopf in die Brust gerutscht, das seien nur noch Herzklopfen und Versteifung und ein stetes Brennen gewesen, er solle keine höllische Denkart bei dem Verstorbenen vermuten, er schreibe sich doch in diese Sache hinein, obwohl er fremder Herkunft sei, ihr Mann habe eben von einem Tag auf den anderen beschlossen, abstoßende Kunst zu machen. Die Blätter sind nicht böse, die Farben sind nicht böse – ist der Autor böse, weil er sich an diesem einen Wort stößt? Es hat alles mit dem zu tun, womit er befasst ist. (Das ist eine sonderbare Feststellung. Es stimmt nicht. Er muss aufpassen, dass er nicht weiter abrutscht.) Es gehen die Bösen nicht sparsam um mit den Schrecken. Und wenn er sich hineinbegeben hat (In die Sache? In das Menschenschwein?), glaubt er denn, dass er es dabei belassen kann, eine vertonte Verzweiflung zu Papier zu bringen? Was hat der Mann der Witwe gezeichnet? Das sind Blätter einer Unanständigkeit. Das sind die Nasenzeichnungen einer zerfallenden Person. Ist der Mann von der Seligkeit ausgeschlossen? Der Autor begibt sich immer an die Ortsränder, und er entdeckt nicht nennenswerte, kleine Verfehlungen. Er sitzt in der warmen Stube, der nasse Mantel drückt seine Schultern rund, die Witwe hat ihn nicht aufgefordert, ihn abzulegen. Die Mappe auf seinen Knien. Die Kokosraspeln auf dem Boden. Die schweigende Witwe, im Rücken die vergilbte Raufasertapete. In der Wand ein bloßer Nagel, es hängt kein Heiligenbild oder ein Fotokalender daran. Er räuspert sich, ein einziges Mal, dann bittet er sie um mehr Angaben über den Verstorbenen. War er in die Angelegenheit verstrickt? In welche? Der Autor sagt: »Hat er sich blenden lassen?« Wovon? Vom Nationalsozialismus. Sie schweigt. Er schweigt. (Nach der Selektion vergast.) Sie möchte die Mappe zurückhaben, er reicht sie ihr. Nutzt er es aus, dass sie ihm mit Freundlichkeit begegnet? Nein. Er solle bitte schön von ihr keine Wundertäterei erwarten. Sie sagt: »Wir Menschen in diesem Landstrich sind nicht so verlassen, wie Sie denken.« Ein Dutzend Farben schillern in ihrem Haar, das ist ihm bisher nicht aufgefallen. Der Autor ist bloß ein Mann, der auf dem Stuhl sitzt, in der Küche, er würde gerne aufspringen, er würde gerne das bisschen Staub und Dreck zu einem kleinen Haufen kehren. Danach bräuchte er nur Krug und Schüssel und Kamm, Wasser und schäumende Seife. Dachau, Nacht, er stellt sich ans Fenster, es flackert ihm vor Augen, es ist nicht Irrsinn, noch ein weltschmerzliches Gefühl. Es schwellen über ihm die Wolken. Er müsste der Witwe dankbar sein, dass sie ihn nicht von der Tür gewiesen hat. Dass er bei ihr Unterkunft fand. Sie ist mit den Zeichnungen ihres Mannes in ihren Privaträumen verschwunden. Er füllt eine große leere Wasserflasche mit kaltem Wasser und geht in sein Zimmer. Der Himmel regnet sich leer. Die Nacht ist tintenschwarz. Er hört die Glockenschläge des Läutewerks, eine Schranke mit Gitterbehang wird heruntergelassen, er hört das Rasseln. Er lauscht im Dunkeln den Lauten seiner Organe. Er muss eine Gegenwartsform für den Ekel empfinden, den er empfindet. Das ist nicht eine bloße Redensart. Hier spricht man über den Holocaust am liebsten in der Vorvergangenheit. Sie liegt schön weit zurück. Der Holocaust ist fast in einer urweltlichen Zeit geschehen. Wir können, wenn wir zurückschauen, nur staunen. Die Vorzeitigkeit erstaunt uns, die wir zurückblicken. Es kommt immer schon mal vor, dass man ihm die Restbestände, den unbrauchbaren Teil eines Nachlasses, vorlegt. Seit seinem Entschluss, ein Buch über Hitler zu schreiben, geschieht es aber das erste Mal.

Die Witwe hat ihm die Zeichnungen nur zur kurzen Ansicht überlassen. Auf keinem der Blätter, die er durchsehen durfte, fehlt die Signatur: Der Mann hat rechts unten in seiner Ameisenschrift gewissenhaft unterschrieben. Nasenumriss aus dem Wort Jude. Eine zwanghafte Verrichtung. Er könnte an den Bekannten im Norden schreiben: Lieber Freund, die Quellen, die mir zugespielt werden, schüchtern mich ein. Ich habe Kühe in völliger Ruhe, stehend, nicht wiederkäuend, betrachtet. Es sind, glaube mir, eigentlich seelenvolle Menschen. Ich will nicht daran denken, wie lange sie noch zu leben haben. Sie haben eine disziplinierte Art, sich auf den Beinen zu halten. Ich lerne von ihnen: Mit Behutsamkeit vorzugehen ist ratsam …

Er wird nicht schreiben. Er denkt: Herrscht bei mir und dem Mann der Witwe nicht ein Gleichmaß des Irreseins?

Der Verstorbene brachte ein unschuldiges Wort durch den exzessiven Gebrauch zum Stinken. Der Autor bringt einen vor Bosheit stinkenden Menschen zum Reden. Der Autor greift hastig zu seiner eigenen Mappe, er sucht und findet das stinkende Blatt mit dem stinkenden Namen: Paul Blobel. Führte man weltweit eine Befragung durch (nicht in Deutschland, hier geben die Menschen auf diese Frage eine unehrliche Antwort), wer denn die faszinierendste Gestalt in der deutschen Geschichte sei, würde die große Mehrheit für den Österreicher votieren. Die Biografen haben, so scheint es, alles am Wesen Hitlers erfasst: Hitler als Narziss, Hitler als Rassist, Hitler als Diktator, Hitler als begnadeter Volksredner, Hitler als verkappter Homosexueller, Hitler als Völkermörder, Hitler als selbst ernanntes militärisches Genie, als Zeichenkünstler, als Festungshäftling, Hitlers Anzüge, seine Unterhosen, seine Sängerknötchen, seine Nasenhaare, seine Bartpflege, seine Schäferhunde. Was aber ist wirklich entscheidend? Was macht ein Massenmörder, wenn ihm niemand bei der Arbeit hilft? Was waren das für Menschen, die ihn vergötterten? Wer wählte den Führer? Es waren Menschen wie Paul Blobel. Er liest:

Am 29. und 30. September 1941 in Kiew zusammen mit dem Stab der Einsatztruppe C und Polizeieinheiten: Erschießung von 33 771 Juden in nur zwei Tagen.

Von 22. Juni bis 29. Juli 1941 bei Schitomir: Erschießung von 2.531 Personen.

Vom 27. bis 29. Juni 1941 bei Sokal und Lutsk: Erschießung von 300 Juden und 371 Kommunisten.

Im Juli oder August 1941 in Fastow: Tötung aller Juden im Alter zwischen 12 und 60 Jahren.

Im September oder Oktober 1941 auf dem Marschweg zwischen Wirna und Dederow: 32 Zigeuner erschossen.

Am 8. Oktober 1941 in Jagotin: 125 Juden erschossen.

Vom 22. Juni bis 12. Oktober 1941 im Einsatzgebiet des Sonderkommandos: Mehr als 51 000 Personen getötet. (gemeldet als Summe, die die vorher gemeldeten Opferzahlen zusammenfasste).

Am 16. Oktober 1941 in Lubny: 1800 Personen.

Am 23. November 1941 in Poltawa: 1538 Juden.

Im Mai 1943 reist Blobel nach Kiew zurück. Diesmal besteht sein Auftrag darin, die Spuren der Massenmorde zu beseitigen. Der Geheimauftrag ›Aktion 1005‹ sieht in Kiew die Ausgrabung der 33 771 ermordeten Juden und die vollständige Beseitigung ihrer Leichen vor.

Blobel wird am 7. Juni 1951 in Landsberg am Lech gehenkt. (Einer weniger.)

Der Autor greift zur Klebebandrolle, zieht einen langen Streifen ab, legt ihn über den Augen auf seiner Stirn auf, reißt ihn mit einem einzigen Ruck von der Stirn, das ist ein furchtbarer Schmerz. Er sieht die gerupften Augenbrauenhaare am Klebestreifen. Nicht genug. Nicht genug. Er tut es zwei weitere Male, ihm entfährt ein dumpfer Schrei. Die Witwe ruft: »Haben Sie Albträume? Brauchen Sie Hilfe?« Nein. Nein. Diese verdammte Heiserkeit. Honig. Kirsche. Nase. Er denkt: Ich will das alles nicht, ich bin doch nicht Hitlers Schlachtfeld, ich will nicht in meiner Schlechtigkeit schwimmen! Er hört die Witwe einen Stuhl heranholen, die Stuhlbeine kratzen über den Boden. Er ist sich sicher: Sie tut es, um ihm ihr Tun vernehmbar zu machen. Die Witwe setzt sich hin und erzählt: Sie ist kurz vor Kriegsende geboren. Sie hat die Schuld nicht geerbt. Mit Hitlers Mist hat sie nichts zu schaffen, darauf besteht sie. Ihr Mann war zwei Jahre älter als sie, weder er noch sie mussten also ein anderer Mensch werden; eine Welt, die nicht mehr ist, kann man ja nicht ersehnen, die Schäbigkeit gehört zur Menschennatur, schäbig waren sie beide nicht; wenn man Schutt und Asche und die Toten unter Trümmern sah, dann konnte man nicht sagen: Mensch, das ist tief einschneidend und hochbeglückend. Heldenorden an der Brust hatten ihre beiden Väter nicht. Was will der Autor ihrem Mann selig an den Hals hängen? Nichts? Das waren Zustände damals, da kann der fremde Herr noch so viel über das Deutsche wissen, er weiß doch zu wenig. Man hat sich damals im Hunger gekrümmt! Man kann nicht sagen, wie es später die Studenten gesagt haben: »Hitler war tot. Aber die ihn geliebt hatten, lebten weiter. Die trugen nur eine Dienstbeschädigung davon.« Die Dinge standen schlecht. Sie findet keine Worte für die tiefe Erniedrigung, für die deutsche Zersplitterung. Ein neuer Anfang musste gemacht werden, schon wieder. Über viele Jahre dauerte der Aufbau, lange haben sie und ihr Mann geschuftet, bis sie sagen konnten: Wir haben eine schöne Häuslichkeit.

Der Autor ist fremd und jünger, es gebietet der Takt, dass er ihr nicht Dampf vor die Nase bläst. Ihr Mann ließ seinen Namen nicht für irgendeine Nazigeschichte verbrauchen. Der Hass hat sich in diesem Haus nicht verdoppelt. Das ist keine Kleinigkeit, dass man wieder alles aufgebaut hat, es fiel ihnen nicht vom Himmel vor die Füße. Sind ihm die fünf Brandlöcher an den Sessellehnen aufgefallen? Damit fing der geistige Verfall ihres Mannes an. Er drückte die Zigarette auf der Lehne aus. Sie hat nicht das kleinste Zugeständnis gemacht. Sie suchte nicht ihr Heil in der Flucht. Früher hätte man solche Menschen wie ihren Mann abgeholt. Man hätte ihn hinten in den schwarzen Kastenwagen gesteckt. Man hätte die Abgase hineingeleitet. Man wäre eine Weile durchs Land gefahren und hätte den Vergasten zur Abnahme und Verbrennung abgegeben. Sie hat ihn gepflegt, es war ermüdend, sie war ja kein zartes Pflänzchen mehr. Es geht ihr an den Stolz, dass der Herr sie anfahre. Wenn ihr Glaube, dass man für seine Güte belohnt wird, ihn nicht rührt, soll er schweigen. Und nicht mit dem Nazisozizeug kommen. Viel Tafelsilber in den Schränken wird er nicht finden. Weshalb? Weil sie keinen geldschweren Mann geheiratet hat. Es muss alles ertragen werden. An dem letzten Tag ihres Mannes, in seiner letzten Minute, zerbrach der Brieföffner in seinen Händen. Er hat immer damit gespielt. Wie kann er sich über ihn abfällig äußern, wie kann er meinen, dass ihr Mann von der Seligkeit ausgeschlossen ist? Wir atmen alle, und dann atmen wir nicht mehr, so ist es vom Himmel beschlossen. Ihr Mann war kein vollendetes Rindvieh. Sie verlor ihn, das anständigste Mannsbild weit und breit. Das ist nicht so lange her. Sie will zur Ruhe kommen. Ihr mangelt es an nichts. An ihre

Mutter muss sie oft denken, die froh gewesen war, dass sie den Russen nicht in die Hände fiel. Er soll mal das Naserümpfen sein lassen, das hört sie doch, durch die Tür. Jetzt muss der Autor sie zu überzeugen versuchen, dass er kein hundsgemeiner Haderlump sei. Er bittet sie, sich nicht an seinen komischen Ansichten zu stören. Er ist nicht ohne Scham. Er lebt wegen seines Berufs in schwankenden Verhältnissen. Er würde ihr am liebsten verraten, dass er zu einer kleinen Pfütze zerrinnen möchte, in der hoffentlich eine bessere Art keimen kann. Seine Selbstgeißelungsexerzitien widern ihn an. Ist Schuld erblich? Man kann sie nicht abtun wie Rußschmier von der Stirn. Er hat Stirnweh. Er hat Augenbrauenschmerzen. Er ist ganz stumpf geworden. Er kommt hin, in diesen Haushalt, wie einer, der die Eiterbeule ausstechen will. Schande. Die Witwe fragt, warum er hinter seiner Tür brüte. Er fault hinter der harten Stirn. Nach der Selektion vergast. Wie kann man nur. Das darf doch nicht geschehen sein. Diese Niedertracht macht ihn kaputt. Die Witwe hat ihm geraten, Wasser anzuschauen, dass er klarsehe. Er wird es tun. Er hört die Stuhlbeine wieder über den Boden kratzen. Es muss ertragen werden. Sie erträgt es. Er wird es ertragen. Der Mitternachtswind weht die Vögel in den Bäumen wach. Er legt sich in seinen Kleidern aufs Bett, er wird keinen Schlaf finden. Morgen fährt er wieder nach München – wohin? In die Thierschstraße 41. Es muss in seinem Buch zu einer erneuten Begegnung des Österreichers mit Herrn Hugo Erlanger, dem Besitzer des Hauses, kommen. Gebrause in den Bäumen, die Witwe geht um in ihren Räumen, der Autor greift zu Papier und Stift, er schreibt:

›Jud Erlanger steht in der Morgenfrühe unbewegt vor

seinem Haus auf dem Bürgersteig, und als er aber mich sieht, lüpft er den Hut, und auch ich ziehe zum Gruße meinen Hut. Ich verzeihe es ihm nicht, dass er deutschen Grund und Boden besitzt. Er will mich bestimmt zu einer unbedachten Handlung reizen. Moritzl (Emil Maurice, übler Schläger, Hitlers Chauffeur und Duzfreund. Für seinen Einsatz bei der brutalen Schlägerei mit Messern, Eisenstangen, Knüppeln und 150 Bierkrügen am 4. November 1921 im Hofbräuhaus bietet ihm Hitler das Du an. Er nennt ihn Moritzl. Er hat einen jüdischen Ahnen, Cheri Maurice, ein bedeutender Theatermann des 19. Jahrhunderts. Hitler hat Kenntnis davon und schweigt aber darüber. Er kann ihn jederzeit erpressen. Emil Maurice wird erster Leiter der SA) … Moritzl ist aschfahl vor Müdigkeit, er muss bei mir ausharren, er ist mein Fahrer und auch mein Leibgardist, er hat sich für mich zu schinden. Der Jud tritt beiseite, ich bin versucht, ihn anzuschreien, dass mich sein händlerischer Geist vergifte. Ich sage: »Das Gottesvolk feiert das Laubhüttenfest.«

»Der Brauch erinnert an die Wanderung der Israeliten in die Wüste«, sagt er.

»Das ist allerdings unserem Volkswesen fremd.«

»In Österreich wird das Fest nicht als Skandal empfunden«, sagt er.

»Ich bin kein wilder Fremder«, rufe ich, »ich bin deutsch.«

»Das ist Ihr Wahn, Herr Hitler, dass Sie sich da hineinwühlen in eine Sache, die Sie übersteigt.«

»Sie wollen Ihren Glauben in unsere Mitte überpflanzen! Sie gehören als Gast in unserer Mitte nicht dem deutschen Volk an.«

Er bittet mich, nicht zu schreien, er würde sonst ertauben. Er sei gläubig, er glaube mit dem gebotenen Ernst und mit dem nötigen Eifer. Nach dem uralten Glauben solle man in einer Hütte unter freiem Himmel, die man mit Ästen und Laub deckte, sieben Tage essen. An jedem einzelnen Tage des Festes halte man den Feststrauß in der rechten Hand und die Zitrusfrucht in der linken. Er schätze mich als einen wissbegierigen Mann ein, daher wolle er mir auch verraten, woraus der Strauß bestehe: aus dem namensgebenden Palmzweig, aus drei Myrtenzweigen und aus zwei Bachweidenzweigen. Man tue es zum Ruhme des Herrn, er verstehe mein Erstaunen, denn ich sei es ja gewohnt, dass bei meinem Auftauchen Hochrufe erschallten, nach jeder Hetzrede, die ich halte, würden Jubelstürme losbrechen, besonders wenn ich vom räubernden Juden fabelte, brüllten sich seine Landsmänner und die -männinnen heiser, das deutsche Volk sei ehrliebend, bei meinen Worten verwandle es sich aber im Bierkeller in einen Sauhaufen, doch zurück zum Lobpreis des Herrn, mein finsteres Schweigen deute er schon richtig, jeden ruhmredigen Mann fechte es an, wenn man Gott eine höhere Achtung zollte, er glaube mir im Übrigen nicht, wenn ich von meinem hoch gesteigerten Gefühl der Selbstlosigkeit spräche, da genüge ein einziger Blick hinter den Theatervorhang. Ich solle bitte den glotzäugigen Herrn an meiner Seite zurückhalten, der Herr wirke, wenn er knurre, wie ein Spitzbub, und überhaupt umgebe ich mich mit recht zweifelhaften Charakteren, der Herr an meiner Seite, den ich im Kommandoton anspreche, sei ungebührlich forsch in seinem Auftreten, einmal habe er ihm, Erlanger, von hinten herschleichend den Hut vom Kopf geschlagen, ich solle bitte, wenn ich denn schon davon schwärmte, in meinen eigenen Reihen die wunderbare Menschenauslese betreiben. Moritzl könnte den Jud mit einem einzigen harten Hieb unschädlich machen. Er wartet auf den Befehl, vergeblich. Sie haben ihre Palmzweige, wir haben unsere Rutenbündel. Sie strecken die Hände in die Höh und flehen den Himmel an. Ich erkenne: Wir brauchen eine Grußgebärde. Wir brauchen einen deutschen Heilsgruß. Ich erkenne: Es müsste die Schwurhand erhoben werden, es müsste sich der Arm recken zum Kanonenrohr aus Fleisch und Sehnen. Den Arm hat man zum Gruße steif zu halten. Nicht erschlaffen und mit dem Arm fuchteln. Eigentlich müsste ich dem Jud Erlanger dankbar sein, dass er mich auf den Einfall gebracht hat. Der Mann, in dessen Haus ich lebe, ist mein Gegensatz. Mit Feuer gegen ihn, mit Feuer gegen seinesgleichen. Ich steige die Treppen hoch zur Wohnung, die Hand an der Waffe, ich schließe mich, ohne auf die Grüße der Frau und Herrn Reichert zu achten, im Badezimmer ein, ich öle mir den Schnauz, dann greife ich zum Seil im Reiseranzen, ich schlage das Seil dreizehnmal um die Schlaufe, es müssen dreizehn Wicklungen sein, ich lege die Schlinge um den Hals, ich ziehe am Seil, bis ich aufkeuchen muss, ich bekomme keine Luft. Das ist mein Männerschrei, das ist mein Ruf als Soldat, denn die Stille ist eine Hure, und meine ganze Seele ist in meinem Hals. Mein Schmerz rührt mich zu Tränen. Es macht mich stolz, trotz der Schmerzen, dass ich den Henkersknoten meisterhaft geknüpft habe. Ich bin vorbereitet. Ich stecke das Seil in den Ranzen. Ich trete aus dem Bad, ich steige die Treppen hinunter. Ausrotten, was sich gegen mich stellt. Restlos vernichten. Meine Männer sind vorbereitet: Alles Jüdische in der Nähe meines Lebensraums muss nach und nach zerschlagen werden. Wir schwärmen aus. Karl, Arthur, Heinrich laufen in die Hinterhöfe, ich und Moritzl eilen hinterher. Bald brennen die Laubhütten in der Wagmüllerstraße. In mir keimt der Hass, beim Anblick der Flammen, die über das Laub und die Äste der Hütten züngeln. Der deutsche Himmel strömt hernieder, im Prasseln des Feuers hör ich das Barbarengebrüll meiner Ahnen. Die Juden müssen den vollen Preis bezahlen. Wir ziehen zum Judentempel in der Kanalstraße. Meine Sturmtruppler werfen die Fenster ein. Was schert mich zerscherbtes Glas. Dreinschläger, die Menschenschaden anrichten, sind mir ergeben. Sturmtruppler schicke ich aus, dass sie die Kreuzgebinde auf den Gräbern der Novemberverbrecher zertreten. Sie strömen her zu mir, meine Knechte, sie kommen um die Erlaubnis ein zu dienen, nur zu dienen. Ich zerfetze mit der Peitsche das welke Gras zwischen den Gehwegplatten, Moritzl staunt, ich sage ihm: »So werde ich mich behaupten gegen meine Feinde, so werde ich mit ihnen verfahren!«

Hitlerini und seine Räuberbande. Der Drei Groschen-Mussolini. Das Mussolinchen in Weiß-Blau. Da eilt das Menschenschwein mit seinen Saububen von einer brennenden Laubhütte zur nächsten, und es stellt sich ihm kein Mensch in den Weg. Im Gegenteil. Er nimmt die Huldigung der nächtlichen Passanten entgegen, die es freut, dass er sich gegen die Juden zur Wehr setzt.

V

Am nächsten Tag, in München, am späten Vormittag noch ohne Frühstück, nach einem flüchtigen Blick auf das Haus Nummer 41 in der Thierschstraße, bleibt er wie angewurzelt stehen: Er bemerkt auf der anderen Straßenseite ein südländisch aussehendes Kind. Es reißt sich von der Hand der Mutter los, rennt zum Greifautomaten mit Plüschtieren im Eingang eines Supermarkts. Er denkt an das Kind Adolf, das, so ist es überliefert, in einem Sautrog den hoch angeschwollenen Bach entlangschwamm, der Trog kippte, er fiel ins Wasser, der Müller zog ihn heraus, sonst wäre er ertrunken. Diese Geschichte von der wundersamen Errettung des Kindes Adolf hat er in einigen Biografien gelesen, sie ist von dem Mann Hitler überliefert, auf dessen Unglaubwürdigkeit man sich verlassen kann. Was aber fesselt den Autor? Im Stadtteil Lehel, in dem der Österreicher wohnte, lebten auch jüdische Deutsche. Hier wird Hitler auf der Straße gestanden und die verhassten Menschen begafft haben, und vielleicht waren es zugewanderte Ostjuden, eine Frau, ein Mann, ein Kind, Hitler begaffte den Mann im Gehrock, auf dem Kopf ein Filzhut mit einem Kniff in der Krone, mit dem heißen Gefühl seines Glaubens im Herzen, er bewegte die Lippen, weil er leise ein Gotteslob aufsagte, es war immer gut und heilsam, den gerechten Gott anzurufen, es war besser, nicht auf den glotzenden Mann auf der anderen Straßenseite zu achten, sondern auf die vielen Haarnadeln im dicken Haarknoten seiner Frau zu blicken. Was macht der Österreicher? Er beschaut jetzt das Kind. Er denkt: Man sollte dem Judenkind drei Haarnadeln in die Kniekehle treiben und es zwingen, Kniebeugen zu machen. Wie es schwitzte! Wie es darum bettelte, die Nadeln rausziehen zu dürfen! Wie es schluchzend zusammenbräche, wie es als Häufchen Elend Mitleid erregte bei den Frauen voller Herzensgüte!

Das ist widerwärtig, denkt der Autor, wieso schreibt er das hin? Weil er genauso war, das Menschenschwein. Hitler hat nicht in den Bierkellern gegen die Juden gehetzt, damit seine Deutschen in ihm einen guten Mann erkennen. Er war zerfressen von Judenhass, er hasste sie überall, zu jeder Tageszeit, im Wachen wie im Schlafen. Es war ihm schon in früheren Jahren ein fester Glaube, dass das Judentum verschwinden müsse, ohne dass sich auch der geringste Rest erhalte. Das hielt er für eine vernünftige Linie: Er wollte ›den Juden‹ herausreißen aus dem Lauf seiner Welt, aus dem Gang seiner Dinge. Beim Anblick der Grabsteine auf einem jüdischen Friedhof wurde er wütend bis in die Zähne. Er war die Pest, er steckte die Menschen mit seinem pestartigen Hass an. Sie ließen sich nur allzu gerne anstecken. Er dachte und rief es laut aus: Es hat ein Ende mit der Lebenslust der fremden Stämmlinge. Es hat ein Ende, dass die Fremden den Deutschen den Freisinn lehren. Er dachte und rief es laut aus: Die Zurückdrängung der Juden aus dem Reichsgebiet ist so lange zu betreiben, bis der deutsche Lebensraum als vollständig judenfrei gelten kann. Der Autor kann nicht glauben, dass ein niederträchtiger Mann wie Hitler den Judenhass nur zu Propagandazwecken benutzt hat. Also muss er Bilder der Niedertracht des Mannes Hitler finden. Es ist widerlich. Der Autor fühlt sich wie ein schmutziges Schwein, wenn er das Kind am Plüschtierautomaten mit Hintersinn betrachtet. Er macht aus dem Kind einen Judenjungen, um ihn von Hitler in dieser Weise anschauen zu lassen. Für einen Augenblick ist er versucht, auf die andere Straßenseite zu gehen und sich bei dem Kind zu entschuldigen für diesen Blick. Er hastet mit eingezogenem brennenden Kopf weiter. An der Straßenecke verweilt er kurz, er weiß nicht, welche Richtung er einschlagen soll. Er begegnet wieder Müttern, sie ziehen heiße Pommes aus der Spitztüte, er sieht sie die Pommes hastig zerbeißen und Luft durch den Mund einsaugen, er starrt sie an, bis sie auf ihn aufmerksam werden. Es gefällt ihm, anderen Menschen beim Essen zuzuschauen, aber das kann er ihnen unmöglich sagen. Die Worte der Witwe klingen in seinen Ohren: Es muss ja weitergehen. Gas. Gaskammer. Massengräber. Wie konnte es da weitergehen, wie war das möglich? Das war doch das Ende der Welt. Die Vergasten, die Erschlagenen, die Erschossenen, die Verhungerten: die Vernichteten. Er schreibt: ›Das Vorhandensein des Juden ist mir ein Schmerz. Dass er sich selbst ähnelt und gleichzeitig mir und allem Außerjüdischen ist nicht hinnehmbar. Deutschland mit 140 Menschen auf dem Quadratkilometer kann nicht das Judentum erhalten, das ist schier unmöglich. Ich will die Juden aus dem Land haben. Der Autor fühlt sich von Abscheulichkeit erfüllt. Er strebt in einen Hinterhof, er wähnt sich unbeobachtet, er reißt den Mund auf, er zwickt sich in das Lippenbändchen im oberen Mundvorhof. Es tut entsetzlich weh. Nicht genug. Er zwickt einmal, zweimal, dreimal, beim dritten Mal schreit er gepresst auf. Oben wird eine Balkontür geöffnet, geduckt geht er weg. Lächerlich, denkt er, ich muss weiter im Text. Was geschah mit dem Herrn Erlanger? Er hat einen kurzen Eintrag gelesen: Erlanger wurde nach der Reichspogromnacht 1938 einen Monat lang im KZ Dachau festgehalten; er kam frei, weil er im Krieg im 1. Schweren Reiter Regiment gekämpft hatte. Seine katholische Ehefrau hat ihn vor der Deportation bewahrt. Gottlos das Ganze, denkt er, gottlos das alles, gottlos das Menschenschwein, gottlos seine Schinder und Schergen, gottlos diese Brut, gottlos ihre ideologische Schlechtherzigkeit, gottlos diese Frontkämpfer, die sich das Hakenkreuz auf den Stahlhelm malten, gottlos die Knochenkälte in ihren Herzen, gottlos ihr Gelächter beim Anblick von geschändeten Gotteshäusern, gottlos ihre gezielte Verleumdung der Juden: die gefährliche Landplage, das Gesindel, das über die Ostgrenze einsickert; galizische Pferdehändler. Gottlos sind die Parolen: Man muss die Menschen zum Sterben berauschen, dann bleibt man unbesiegbar; eines jeden Mannes Herz passt in eine Schuhschachtel. Das große Gefühl aber sprengt die Welt; in der Natur gibt es keine Zahmheit, das ist ein Begriff aus dem Wortschatz der Feigen. Gottlos ist der Österreicher. Der Autor denkt: Brennen soll er in der Hölle.

Was will er? Er will von den bösen Erscheinungen berichten anhand des Bildes von Hitler. Ist es zulässig? Ist es ein ungehöriger Akt? Er will den Beweis der Fasslichkeit des Österreichers erbringen. Welcher Überschreitung darf er sich nicht schuldig machen? Sind drei Nadeln in der Kniekehle eines jüdischen Kindes entschuldbar, wenn er über diese schmutzige Fantasie den Hass Hitlers greifbar macht? In seinem Innersten ist der Autor voller Entsetzen, das Entsetzen gefriert zu Angst. Er greift sich im Gehen in den Mund, kneift in das Lippenbändchen. Eine junge, geistig verwirrte Frau springt zur Seite, sie schreit ihn an: »Ich bin nicht die kleine Nutte, die sich mit Geld alles kauft!« Er ist ein Glaskopfmann, er ist sicher, dass sie in seinen Kopf hineingesehen hat, sie hat die andere, angenommene Identität entdeckt. Sie schaut seine Stirnmitte an, sie schaut auf seine Nasenwurzel oder eine Stelle über der Nase, er hastet schnell weiter. Weshalb ist er wieder in München? Er möchte den Klagen der Witwe nicht mehr als nötig lauschen. Er kann nicht klar denken, die irre Frau folgt ihm, sie spricht ein seltsam gewähltes Deutsch, sie sagt, dass es ihr nichts ausmache zu frieren, sie sei im Regen nass geworden, eine engherzige Frau wäre nach Hause geeilt und hätte sich umgezogen, man soll mal sehen, wie der Stoff an ihren Oberarmen klebe, die Feuchtigkeit in der Luft beunruhige sie. Die Frau bedeckt ihr Gesicht mit ihren Händen, sie versteckt sich hinter ihren aufgefächerten Händen. Lärmendes Theater. Sie schreit: »Ich bin kein schönes Mäuschen, das vor seinem Schicksal zögert. Mich streicht ihr nicht aus der Geschichte!« Der Autor wagt es nicht, sie anzuschauen, ihre Augen ängstigen ihn: Dann schaut er doch hin: Sie blinzelt langsam; es sieht aus, als würden die Schalen von Kammmuscheln aufklappen und geäderte Murmeln freilegen. Sie kommt näher, sie neigt den Kopf und bewegt die Lippen, als würde sie beiseite flüstern. Als der Autor sich gegen ihre magischen Beschwörungen verwahrt, stimmt sie ein zorniges Gebell an. Er hat die stärksten Befürchtungen: Sie wird ihn bestimmt verletzen. Sie redet laut von einem Mädchen in ihrem Bekanntenkreis, das sich mit einer Wäscheleine aufzuhängen versuchte, weil es von einem Mann übersehen wurde. Sie hat das Mädchen gerettet. Das Mädchen, das sich fast entleibt hätte, will in dieser Hungerzeit den Mann mit Zucker- und Mehlspeisen durchbringen. Dieser weigert sich, er duldet in seiner Nähe keine Frau, die ihn unentwegt rühmt. Die Irre erzählt ohne Übergang von den bunten kleinen Vögeln, die sie als Kind bestaunte: Von der Sitzwarte auf dem Pfahl schnellten sie hoch, sie schnappten nach Hummeln und Hornissen, nach Käfern und Libellen, sie flogen zur Sitzwarte zurück, hackten auf die Beute, hackten und hackten sie tot, sie kneteten den Stachel, damit das Gift der toten Beute herausspritzte. Der Autor kauft sich frei, mit drei Schritten ist er bei ihr, er drückt Münzen in ihre Hand, die sich sofort schließt, sie ist auf einen Schlag besänftigt, er darf weitergehen, ohne dass sie ihn verfolgt. Trotzdem gilt es nicht als ausgemacht, dass er von Anschlägen verstörter Menschen verschont bleibt. München: die Stadt der Verstörung des Autors. Er denkt an das Ende des Österreichers: Der Täter erlitt ein Trauma, weil sein Verbrechen unvollendet blieb. Die Endlösung war eine deutsche Meisterleistung. Die Witwe hat gesagt: »Sie wissen ja gar nicht, was es heißt, deutsch zu sein. Bei allem, was wir tun, sind wir monumental.« Der Autor weiß, was es heißt, deutsch zu werden. Er hat in München gelebt, als die Fernsehserie *Holocaust* 1979 ausgestrahlt wurde. Zwanzig Millionen Deutsche schauten sich die vier Folgen an. Rechtsterroristen sprengten sogar Sendemasten, weil sie die immense Wirkung der Serie erkannten. Der Autor war damals fünfzehn Jahre alt. Er hat den Film nicht gesehen. Er kann sich aber sehr gut daran erinnern, wie es die Menschen erboste, von ihrer eigenen Schande in ihrem eigenen Fernsehen zu erfahren. Der Holocaust, sagten sie, ist nun zu einem großen amerikanischen Ereignis geworden, er ist uns entrissen worden. Er kennt die Entgegnungen der Leugner nur zu gut. Wenn es denn Verbrechen gegeben habe, so doch im nichtdeutschen Osten; beteiligt seien Letten gewesen, Ukrainer, Polen und noch allerlei Fremdpersonal; die Deutschen hätten einen anständigen Krieg gegen die Russen geführt. Die Leute stießen auf keinen Widerspruch.

In den 90er-Jahren öffneten sich die Archive auch im Osten für westliche Historiker. Die Arbeit mit den neuen Quellen führte zu der Ausstellung ›Verbrechen der Wehrmacht‹, die den Heldenmythos des deutschen Landsers zerstörte: Die tapferen Krieger hatten sich eifrig am Massenmord im Osten beteiligt. Am 25. April 1995 (das hat der Autor in einem Eintrag gelesen) zündete sich der frühere Wehrmachtssoldat Reinhold Elstner auf den Stufen der Feldherrnhalle an. In seinem Abschiedsbrief schrieb er, er wolle »mit dem Flammentod als Fanal ein sichtbares Zeichen« setzen. Die Jugendorganisation der NPD, die Jungen Nationaldemokraten, rief die Kameraden dazu auf, »gegen die antideutsche Schandausstellung« in München aufzutreten. Am 1. März 1997 folgten 5000 Nazis dem Aufruf. Der Aufmarsch auf dem Marienplatz in der Innenstadt konnte gerade noch verhindert werden. Der Österreicher, dessentwegen der Autor in der Kälte in einer fremden Stadt herumgeht wie ein flackernder Geist, rief aus, und die Schmeichler am Tisch lachten auf: Ich bin der Schwachen überdrüssig, die Schwachheit für alle geltend machen. Ich denke mit den Händen. Ich bin für die Tat. Ich war im Krieg ein kampffreudiger Soldat. Der Gefreite Hitler sprach, als würde ein kleines Hühnerherz in seiner Brust Schmerz in seinen Mund pumpen. Er glaubte, dass ein leichter Schimmer des kommenden Ruhms ihn umstrahle. In welchen Lokalen verkehrte der Mann? Wo saß er und hielt vor den erwählten Schergen seine Monologe? Der Autor geht die Maximilianstraße in Richtung Innenstadt, bis er an der Ecke zum Ring ein Kaffeehaus mit Außentischen findet. Er setzt sich unter der Markise unter einen Heizstrahler. Er bestellt Kaffee und Wasser, er muss gleich bezahlen, dann starrt er auf die Kreuzung, er trinkt den Becher leer, bis ihn der Anblick der brausenden Autos zu langweilen beginnt. Er breitet unter den Augen des argwöhnischen Kellners den Stadtplan aus. Jeden Montagabend trifft sich der Österreicher mit seinen Anhängern im Café Neumayr gegenüber dem Alten Peter hinter dem Marienplatz. Das Café ist eine alte Bierwirtschaft mit langen Tischen und Holzbänken. Es gibt keinen Verzehrzwang. Hier essen die Menschen das mitgebrachte Abendbrot zu einer Mass Bier. Der Österreicher faltet eine Zeitungsseite auseinander, er räuspert sich und beginnt zu lesen: »Abendausgabe der *Münchner Neuesten Nachrichten* vom 5. Dezember 1919: Ein tragischer Vorfall ereignete sich am Donnerstagabend in einem Restaurant der Inneren Stadt im Zusammenhang mit einer Vereinsversammlung. Ein Teilnehmer teilt uns mit: Auf der Tagesordnung der Versammlung mit anschließendem Konzert stand die Beschlussfassung über folgenden Punkt: ›Als Mitglieder können nur mehr aufgenommen werden, die nach bestem Wissen und Gewissen versichern können, dass sie deutscher Abstammung sind und dass unter ihren Vorfahren sich insbesondere keine solche jüdischen Blutes befinden. – Gefordert ist die Entscheidung der Mitglieder, ob die seit der Gründung bereits als Mitglieder geführten Juden in der Gesellschaft verbleiben dürfen oder ausgeschlossen werden sollen.‹ Ein jüdisches Vorstandsmitglied wollte das Wort ergreifen; der Vorsitzende ließ jedoch abstimmen, und der Beschluss wurde in antisemitischem Sinne gefasst. Der Student ergriff nachträglich das Wort, musste jedoch abbrechen, da während seiner Ausführungen die Musik einsetzte. Während die Musik noch spielte, entfernte sich der Student aus dem Zimmer und brachte sich in einem abgelegenen Raume einen Schuss in die Brust bei. Die Unterhaltung wurde sofort eingestellt. Der lebensgefährlich verletzte Student wurde durch die Sanitätskolonne in das Krankenhaus rechts der Isar gebracht, wo er im Laufe der Nacht seiner Verletzung erlag.‹ Der Österreicher faltet die zweite Zeitungsseite auseinander, er liest die entscheidende Stelle vor: ›Abendausgabe der Münchner Neuesten Nachrichten vom 8. Dezember 1919: Seit längerer Zeit ist, wie man weiß, eine zum Teil mit den gewöhnlichsten Mitteln arbeitende antisemitische Bewegung im Gange, die nicht nur in München, sondern auch andernorts, namentlich in Universitätsstädten, sich bemerkbar macht. In München wurde diese Bewegung Ursache eines beklagenswerten Falles, über den wir bereits berichtet haben. Zu dem Vorkommnis erfahren wir noch folgende Einzelheiten: Eine seit Jahresfrist bestehende Gesellschaft, die sich hauptsächlich aus jungen Kaufleuten, Studenten, auch Ärzten zusammensetzt und die, wie schon ihr Name erkennen lässt (Frohe Garde), die Geselligkeit pflegt, hatte unter ihren hundertzehn Mitgliedern bisher etwa zehn Israeliten. Nach dem kürzlich abgehaltenen gelungenen Stiftungsfest erhöhte sich die Anzahl der Anmeldungen von Angehörigen dieses Glaubens um mehr als dreißig. In der Mitgliedschaft entstand nun eine Bewegung, dass man die jüdischen Angehörigen ausschließen solle. Zu diesem Zweck wurde eine Versammlung einberufen, die in diesem Sinne Beschluss fasste. Die Radikalen verlangten aber, dass auch die bisher Aufgenommenen auszuschließen seien. Der Vorstand ließ über diesen Antrag abstimmen. Das geschah in geheimer Abstimmung, wobei sich sechzig gegen siebzehn Stimmen für den Ausschluss erklärten. Ein Herr S. wollte gegen dieses Vorgehen protestieren, kam dabei auf politisches Gebiet, man schnitt ihm das Wort ab. In der heftigen Erregung, in die er darüber geriet, griff er in einem Nebenraum zum Revolver. Gerade dieser junge Mann war im Ausschuss tätig gewesen und seiner Verdienste wegen zum Ehrenmitglied des Vereins ernannt worden.‹ Der Österreicher faltet die dritte und letzte Seite auseinander und liest: ›Presseerklärung des Zentralvereins deutscher Staatsbürger jüdischen Glaubens, Morgenausgabe der Münchner Neuesten Nachrichten vom 9. Dezember 1919: ›Maximilian Spaeth ist als ein Opfer der gewissenlosen antisemitischen Hetze gefallen, die heute geradezu als eine Zeitkrankheit in unserem Volke um sich greift. Ein Mann, der im Jahre 1914 als Kriegsfreiwilliger zur Verteidigung des gemeinsamen Vaterlandes ausgezogen ist, sich durch tapferes Verhalten vor dem Feinde das bayerische Militärverdienstkreuz und das Eiserne Kreuz erworben hat, der dann sich abermals freiwillig zu den Fahnen meldete, um als Zugführer in der Marinebrigade Lettow-Vorbeck an der Befreiung Münchens mitzuwirken, wurde in den Tod getrieben, weil ihm die Ehre abgesprochen wurde, als ein gleichberechtigter Deutscher zu gelten. Vielleicht öffnet die Tragik dieses Falles doch manchem die Augen, der bisher sich gedankenlos von einer populären Strömung, deren Unduldsamkeit dem deutschen Geist so fremd ist, treiben ließ. Der Ausschluss aus einer Vereinigung, die ihn vorher durch Ernennung zum Ehrenmitglied ausgezeichnet hatte, war nicht das einzige Motiv, das seine seelische Kraft zusammenbrechen ließ; das war nur der Tropfen, der den Becher des Leides zum Überlaufen brachte; schon vorher hatte ihn eine Kränkung gleicher Art durch einen Offizier, mit dem er bislang Verkehr hatte, an den Rand der Verzweiflung gebracht. So ist es wohl zu erklären, dass er zu der entscheidenden Sitzung in jenem geselligen Verein bereits die Waffe geladen mitbrachte, die seinem Leben vorzeitig ein Ende setzen sollte.« Hitler kann nicht mehr weiterlesen, er lacht und lacht und lacht, er schlägt sich vor Freude auf die Schenkel, und die Schergen und Schläger und Anhänger lachen und lachen und lachen, sie schlagen ein gellendes, dröhnendes Gelächter an, weil ein Jüdlein ausgeknipst ist, weil das liberal-konservative Blatt den Tod des Maximilian Spaeth als die Propagandatat Hitlers und seiner völkischen Bewegung beschreibt, ohne die Arbeiterpartei als führende Judenhasserbewegung namentlich anzugeben. Er lacht sich Tränen in die Augen. Menschenschwein. Seine Knechte lachen, weil es ihnen gefällt, weil sie ihm gefallen wollen. Der Österreicher weiß: Er muss sie alle auf seiner Seite halten, die Judenfeinde. Sie lieben an ihm den scharfen Geruch des Hasses auf die Semiten in der Nachbarschaft. Er kann sich gute deutsche Werte ausdenken, die sie aufpeitschen. Seine

Hoffnung geht dahin, dass er und seinesgleichen die Bereinigung vollführen (Holocaust auf Amtsdeutsch). Der Autor sieht den Mann Hitler laut und feucht sprechen, sodass die Frauen und Männer auf den Holzbänken verstehen können. Der Autor lässt ihn sagen: »Der Jude zwängt sich in alle Spalten hinein. Er redet uns den Volksverstand aus. Er macht uns den Heimatsinn schlecht. Der Jude als Internationalist hat bei uns ausgespielt. Er hat sich eingebildet, dass das deutsche Heil deckungsgleich sei mit seiner Erlösung. Als Deutscher hat er nicht zu gelten. Den Juden, die im Krieg für Deutschland fochten, rufen wir zu: Euer Blut ist umsonst geflossen. Ihr seid das Gespött eurer und unserer Rasse ...« Gebrüll, Gelächter. Dietrich Eckart, der säuische Übervater Hitlers, wird brüllend vorschlagen, dass man die heiligen Bücher der Juden in Speckschürzen einschlägt; dass man die Torarollen mit der großen Axt in kleine und kleinste Splitter hackt; dass man sie in einen Trichter schüttet und den Trichter zuschüttet und mit Eisenplatten versiegelt und damit ein deutsches Gelände macht; Luther, der deutsche Erlöser, hat dazu aufgerufen, Judenbethäuser zu verbrennen und mit Erde zu bedecken, dass »kein Mensch einen Stein oder eine Schlacke davon sehe ewiglich«. Gelächter, Jubel. Das ist wahre Niedertracht. Redet sich der Autor ein, dass er unterscheidbar sei von dem Mann Hitler, in dessen Leben er eingetaucht ist? Der Tote erwacht. Der Mann, der die weltböseste Fantasie auslebte, regt sich in ihm. Wer von seinem Geist berührt wird, schwillt über. Der Österreicher, am Tisch mit seinen Schergen und Schlägern. Der Österreicher faltet die Zeitungsblätter, eins nach dem anderen, zusammen. Der Autor klappt das Buch zu, in dem die Zeitungsmeldungen abgedruckt sind. Der Spuk zerstiebt. Nein. Er kneift sich heimlich in die Bandsehne unter der Zunge. Nach dem Treffen schlüpft Hitler in einen langen schwarzen Mantel, setzt sich den breitrandigen Schlapphut auf und macht sich auf den Heimweg. Seine Knechte Amann, Weber und Graf begleiten ihn als bewaffnete Leibwächter bis zur Thierschstraße. Er hat Angst vor Attentätern. Er kommt leider jedes Mal unbeschadet zu Hause an. Wo treibt er sich noch herum? Der Österreicher und seine Getreuen sitzen oft im Nebenzimmer des Lokals Osteria Bavaria in der Maxvorstadt, nahe der Münchner Universität und der Kunstakademie, weshalb hier auch viele Studenten, Professoren und Künstler verkehren. Der Autor zahlt und geht los. Er braucht fast eine Dreiviertelstunde, bis er das Restaurant in der Schellingstraße erreicht. Er späht zum Eingang unter dem Erker im Erdgeschoss. Möchte er wie das Münchner Mussolinchen im üppig gepolsterten Fauteuil sitzen? Er entscheidet sich dagegen. Auf seiner Liste der Lieblingsplätze des Österreichers entdeckt er die Konditorei am Gärtnerplatz in der Isarvorstadt. Eine weitere Stunde Fußweg, dann steht er am Rondell und starrt auf die altrosa Fassaden. Es gibt zwei Konditoreien am Platz, er entscheidet sich für das Wiener Café, auch wenn er nicht frei auf den Kreiselverkehr blicken kann. Er bestellt, er packt aus, er schlägt auf, er greift zum Stift: Der Österreicher rührt sieben Stück Zucker in den Tee, er verschlingt hintereinander fünf Mohrenköpfe. Ihm gegenüber sitzt Irmgard, eine blutjunge Münchner Schönheit … Der Autor streicht den Satz. Er muss hinein in die Szene, hinein in den Österreicher. Er schreibt weiter aus der Ich-Perspektive Hitlers: › Ich schaue sie an: Irmgard. Sie wartet, bis ich nach dem letzten Bissen des letzten Mohrenkopfs die Mundwinkel abtupfe. Dann steht sie auf, sie führt ihr neues knisterndes Kleid vor, von dem sie sagt, dass die Nähte versteckt seien. Ich sehe ihre Rockfalten, ihr liebes Gesicht, ihr dünnes Hasenhaar, das sich im Nacken kräuselt. Was möchte sie essen? Eine dick bebutterte und belegte Scheibe Brot, Ei und Speck und Kaffee und Saft. Ich warte ab, bis sie aufgegessen hat. Dann bitte ich sie und meine beiden Leibwächter am Tisch, mit mir das Biberspiel zu spielen: Jeder, der sich am Spiel beteiligt, muss immer dann, wenn er einen Mann mit Bart erblickt, Biber ausrufen. Ich sehe einen Mann mit englischem Schnurrbart, einen Jungen mit gezwirbeltem Oberlippenflaum, einen Künstler mit Spitz- und Kinnbart, einen Kaisertreuen mit Stutzbart, ich komme jedes Mal den anderen zuvor, ich bin flinker als sie, die alle jünger sind als ich. Der Kellner bittet mich, das aufgeregte Schreien zu unterlassen. Dann aber erkennt er mich und zieht sich schnell zurück. Biber. Biber. Ich führe neun zu null. Irmgard wird unmutig, weil ich von Liebe nicht spreche. Ich muss nach außen so tun, als wäre das Mädchen nicht mehr als eine gute Bekanntschaft. Ich beuge mich vor und flüstere: »Denk nicht schlimm von mir.« Heute will sie gegen die Ordnung, die ich verfüge, aufbegehren. Sie ist eine Kuh, der man ein dickes Brett zwischen die Hörner hängt, damit sie nicht andere Kühe stößt. Biber. Es widerfährt ihr das Missgeschick, dass sie vor Wut das Buttermesser auf ihren Rock fallen lässt. Ihr Weiberschoß ist verschmiert. Es bringt mich in Verlegenheit, dass ihre liebkosende Hand über meine Hand fährt. Ich sehe sie an: Sie ist ein mageres Fräulein mit einer feuchten Stirn. Ich herrsche sie an, die

Kerle an den Nebentischen recken schon die Hälse nach ihr. Sieht sie denn nicht, dass sie von düsteren Kavalieren belagert wird? Biber. Biber. Sie zischt mich an, sie erklärt das Spiel für beendet. Sie glaubt, sie habe einen lähmenden Blick. Ich habe versucht, ihren kleinen Mund mit einem üppigen Frühstück zu bestechen. Es ist, als ob man mir in die Augen kniffe, so sehr schmerzt ihr Anblick. Was habe ich mich in diese alberne Geschichte verwickelt. Biber: ein Mann mit Schurkenschnäuzer. Biber: ein hochgeschossener Kerl mit Ankerbart. Irmgard sitzt elend und stinkend auf ihrem Stuhl. In gutem deutschem Befehlston sage ich ihr, dass sie sich zusammenreißen solle, sonst würde ich sie mit Schlägen zur Besinnung bringen. Ihre Wut verfliegt im Nu, ich hatte mit einem wilden Hassausbruch gerechnet. Sie hat durch Hexerei bewirkt, dass sich kein bärtiger Mann blicken lässt. Ich habe genug, ich verabschiede mich hastig, ich laufe mit den Leibwächtern hinaus. Ich begebe mich in meine Wohnung, ich ziehe mich zurück. Für eine Stunde erstarre ich vor Lebensangst. Ich müsste jedem Menschen einen brennenden Kienspan vors Gesicht halten. Ich bin kein verlorener Mensch. Ich falle nicht, auch wenn sich die Ratten schon auf die Hinterpfoten stellen. Der Soldat springt aus dem Graben …‹

Der Autor blickt auf die Liste der Lieblingsplätze: Café Stefanie in der Amalienstraße. Carlton Teestube in der Brienner Straße. Café Heck im Englischen Garten. Der Tabakladen in der Straße Im Tal, den der ehemalige Leutnant Josef Berchtold führte, einer der Gründer der Deutschen Arbeiterpartei, der späteren NSDAP. Die Boheme verkehrte im Café Stefanie, besser bekannt als Café Größenwahn. Der Österreicher verbringt seine Tage in der Kaserne, München und die Münchner sind ihm nicht geheuer, es herrschen die Räteroten, und die romantischen Kommunisten leben in Schwabing. Hitler, der eine Empfindsamkeit vortäuscht, zieht es zu den Lokalen der Künstler. Er trinkt ein helles Bier, er beschaut die experimentellen Bilder an der Wand, und die Männer und die Frauen, sie sind ihm derart fremd und anders, dass ihm vom bloßen Schauen die Augen brennen. Er denkt voller Hass: Man muss jedem abartigen Element den Daumen aufs Auge drücken, bis es Gallert spritzt. Die Aussichten sind trostlos. Er trinkt das warme Bier Schluck um Schluck. Er träumt vom wilden Volkskampf und den tatbereiten Männern auf der Straße. Er wittert überall Verrat und Vergeudung. Er läuft hinaus, er läuft im eng geschnallten Gummimantel, die Waffe im Gürtel, durch fast menschenleere Gassen. Verschneite Dächer, verschneites Pflaster, Überreste, Dreck, schmutziger Schnee. Der zerschlissene Hutrand beißt ihm in die Stirn. Es ist der zwölfte Todestag seiner Mutter Klara Hitler, sie starb am frühen Morgen des 21. Dezember 1907. Zwei Tage später wurde sie im dichten Schneegestöber beigesetzt. Hitler irrt herum, ein kummervoller Mann. Der Heiland, denkt er, hat meine Mutter nicht gerettet. Der Autor legt Geld auf den Tisch, er springt auf, er geht im schnellen Schritt die belebte Straße entlang, er verliert sich in den Seitenstraßen. Er geht (Hitler geht): ›Mutter. Das Unglück schreit aus mir heraus, ich aber bin still. Zum Abendhimmel mag ich nicht aufschauen. Ich will in Ruhe kommen, es gelingt nicht. Nass unter den Achseln. Mir ist kalt. Früher bin ich sogar bei Minusgraden in der kurzen Wichs durch die Stadt gestreift. Ein Kerl taucht auf, er schlägt sich in die Büsche, um zu wässern.

Kein Grund, zur Waffe zu greifen. Mutter. Ich keuche. Ich weine in meine Hände, die ich auf mein nasses Gesicht presse. Es sieht mich eh kein Mensch. Tränen eines großen Gefühls schießen mir in die Augen. Eisernes Herz. Der Geist ist in mir lebendig. Der Eisregen wäscht mich rein. Ich sehe die Tropfen zerspritzen. Mein Name wird sich vertausendfachen wie der Regen, der in vielen Tropfen fällt. Allen fern, von allem entfernt, die Abstände für die anderen unüberbrückbar, Mann und Weib und Gegenstand auf ihre Plätze verwiesen: Das macht mich einsam. Ich bekomme Schwemmsand unter die Füße, wenn ich nicht hart bleibe. Ich bin in einer einzigen Woche einunddreißig Male als Redner aufgetreten. Ich bin der Propagandaobmann der Partei, ich bin der Parteikamerad Hitler. Mutter im Himmel ist stolz. Sie liegt unter dem Grabstein begraben, in ihren Knochen ist kein Leben und keine Seele. Mit dieser Arbeiterpartei, mit diesem Zirkel ist nichts zu bewirken. Ich muss diesen Debattierclub groß machen. Mutter brachte mir bei, was geschrieben steht im ersten Brief des Petrus, Kapitel fünf, Vers acht: Der Teufel geht umher wie ein brüllender Löwe und sucht, wen er verschlinge. Mutter brachte mir bei, was geschrieben steht bei Johannes, Kapitel eins, Vers fünf: Das Licht leuchtet in der Finsternis, und die Finsternis hat es nicht begriffen. Dein Sohn, Mutter, leuchtet, doch das Dunkel hat es noch nicht begriffen. Ich habe alle nötigen Geistesgaben, ich komme noch aus der Angst, aus dem mühseligen Atemholen heraus. Ich schwanke nicht in meiner Treue zu dir, Mutter. Mein Schweiß feuchtet Hemd und Hose durch. Die Zweige der Alleebäume leuchten. Mutter, schmerzensreich, verwüstet. Ich brülle mich heiser in den Brauhaussälen der

Stadt. Die gemeinsten Fälle führt mir das Schicksal zu: Münchens Schweinebestand füllt die Bierlokale, wenn ich rede. Nach jeder Rede bin ich klitschnass gewesen und habe vier bis sechs Pfund verloren. Mein gefärbter Uniformanzug hat meine Leibwäsche bei jeder Versammlung blau gefärbt. Meine Zunge, Mutter, sie liegt gut in meinem Mund. Ich sah mich heute Morgen im Spiegel an, ich sah aus wie ein alter Bauch. Leid bin ich es, mich auszuforschen. Geist und Regung, das ist in mir, Mutter. Ein frommes Lied mag ich nicht singen. Die Farben machen mich verrückt, so viel Helligkeit ertrage ich schlecht nach all den Geschäften in der Kammer. Ich bin nüchtern. Ich tauche ein in einen gnädigen Nebel, im Traum, aber nicht am Tage. Ich tauge nicht zum frommen Büßer, Mutter. Vom Laufen habe ich geschwollene Knöchel. Ich habe mir, bevor ich in die Hose stieg, die Beine bis aufs Blut gekratzt. Es wird alles so schnell nicht gehen, ich führe Krieg, immer, auch in diesen Friedenszeiten, es ist mir keine Unbequemlichkeit, dass ich streite, doch es geht nicht so schnell. Zerschlagen will ich die Bürger. Im Teesalon schmettern sie Kampfsprüche. Und dann gibt es aber die fanatisierten Frauen, die sind nach einem sanften Händedruck von mir hingesunken, man musste ihnen das Riechsalzfläschchen unter die fahle Nase halten. Diese Kälte. Noch immer trage ich einen abgenutzten Überrock. Kalt weht's um die Schläfen. In die guten Stuben haben sich alle verkrochen. Wo sind die Kameraden? Sie knuspern an den hausgemachten Waffelröllchen. Sie streichen das Butterröllchen auf das ofenheiße Brot. Das wird keine heillose Geschichte. Die guten Lüfte tun mir gut. Lichter Tag wird werden. Mutter. Ich achte auf mich selbst, ich gebe nichts fort. Dein lieber

Bub, Mutter, lässt sich nicht hinter die Stirn schauen. Man wartet vergeblich darauf, dass ich vom Felde verschwinde. Kalt ist's, kein Kamerad in Sicht, ich schwitze sauren Schweiß. Dein Bild trage ich immer in meiner Brusttasche bei mir. Meine sonstige Verwandtschaft verstecke ich vor aller Welt. In der Nacht nach deinem Tod hatte ich eine Schlaflähmung, ich wachte auf und konnte mich nicht bewegen. Ich wünsche mir so sehr, mich einzuscharren in deinem Grab und mich auszustrecken zwischen all deinen losen zerbissenen Knochen. Ich bin kein schiefer Mann mit der Schnauze im Himmel und dem Arsch in der Welt. Ich stelle mein Gewehr nicht in die Ecke, denn ein Aufruhr tobt im Reich. Das Gas der Engländer, im Krieg, hat meine Lungen zerstört, bestimmt zu einem guten Drittel, der stramme Marsch in der Kälte lässt mich keuchen. Dein lieber Bub, Mutter, lässt sich nicht von der Tageslast erdrücken. Nicht auffressen von einem düsteren Nachtbild. Ich habe Angst, dass sich mir im Schlaf ein weißer dünner Wurm in den Schädel bohrt. Meinen Unterleib schütz ich vor jedweder Verschmutzung. Mutter. Durch den Mund hast du mich geboren, wie ein reines Tierweibchen, das durch die Schnauze gebärt. Mundgebärerin Mutter. Herum und herum bin ich gegangen, ich setze mich auf eine Bank am Flussufer, der billige weiße Abstrich ist in Placken abgeblättert. Das Wasser schäumt, ich will mich gegen die betäubende Kälte behaupten. Lärm verkommener Kerle in der Nacht. Wer sich mir nähert, bekommt ein Loch in die Mütze und in den Kopf. Wispernde Buben. Das Geflüster erstirbt. Runde Klumpen treiben im Fluss. Schlammflut des Schmutzes. Ich sehe Schlachthofblut gurgeln und schäumen und strömen. Ich werde müde, ich flüstere nicht mehr heimlich in meinem Kopf, hier im Freien bin ich sicher. Ein Stoß, ein zweiter Stoß, jäh bin ich wach, ein Kerl spricht mich mit Knabenstimme an. Ich zeige ihm die Waffe, er stürzt davon. Mein Nacken schmerzt, mein Rücken schmerzt, ich habe viele Stunden tief geschlafen. Nicht vergessen hab ich dich, Mutter. Im Himmel weiß ich dich. Du umgibst mich, manchmal nur, aber das ist mir Trost genug. Nicht versperrt hat der Herrgott den Himmel, das ist mir gewiss. Du wurdest dünner und dünner, und dann warst du tot. Als du in der Erde lagst, zermorschte der Sarg, und du wurdest zum Tummelplatz der Käfer. Für eine Stunde würde ich hinabsteigen zu deinen Knochen, ich würde hocken zwischen all den Rückenwirbeln, ich würde hinausfegen das Geziefer. Tote Mutter, ich würde dich auf den Schultern tragen, dass du dich belebtest und zurückkehrtest zu mir. Andere Söhne gehen mich nichts an. Ihre Schultern sollen einsinken, und sie sollen heulen, weil ihre Mütter nicht dem Grab entsteigen, um ihren Söhnen aufzuhocken. Meine Mutter ist ein stiller Geist, und der Geist beweint mich, weil ich mich in der Dunkelheit aufhalte. Der Tod hat sie verschlungen.‹

Ist es unanständig, fragt sich der Autor, einen in der Winternacht herumlaufenden Hitler zu beschreiben, der in seinem Schmerz und in seiner Not mit brennendem Eifer Zwiesprache mit seiner Mutter hält? Die Mutter bürgt nicht für den Sohn. Man darf sich Mitgefühl nicht verbieten. Aber: Wie viele Mütter hat der Österreicher in die Gaskammer geschickt? Wie viele kleine Kinder hat man vor den Augen der Mütter an den Füßen gepackt und gegen die Wand geschmettert? Wie viele Frauen, die ihr Kind an die Brust drückten, hat man in den Nacken geschossen?

Wie viele Kinder hat man lebendig begraben? Sturm und Schwall waren die Gefühlswallungen, zu denen der Mann Hitler fähig war: Er konnte schluchzen vor tief empfundener Freude über sich selbst. Er konnte vor älteren Damen mit belegter Stimme sagen: »Gott hat mich beladen mit Trauer, weil ich mutterlos leben soll. Ich bin ohne Mutter ein halbes Stück. Ich kriege oft das Weinen.« Der Autor erinnert sich, in einem Buch über »die Hitlers« gelesen zu haben, dass er der toten Mutter und dem toten Vater ein großes Grabmal errichten wollte; der Turm sollte höher ragen als der Wiener Stephansdom; das Glockenspiel müsste eine Melodie aus der romantischen Symphonie von Anton Bruckner spielen. Die Mutter Klara hatte Brustkrebs, ihr wurde die Brust amputiert. Der behandelnde Arzt Dr. Eduard Bloch hat Gazetücher mit Jodoform auf die eiternde Brustgeschwulst gelegt. Er hat ihr gegen die unerträglichen Schmerzen Morphium verabreicht. Er machte insgesamt 46 Hausbesuche. Doch trotz seiner Fürsorge stirbt Klara Hitler mit 47 Jahren. Und was macht Hitler? Er kauft den teuersten Sarg, poliert, mit Metalleinsätzen, 110 Kronen. Später sagt er über den Arzt: »Wenn alle Juden so wären wie der gute Doktor Bloch, der meine schwerkranke Mutter damals behandelte, ja dann wären die Juden die Lieblinge meines Volkes geworden.« Als Kind hat er nach den Porzellanisolatoren an den Strommasten Schottersteine geworfen. Als Halbwüchsiger hat er mit einem Kleinkalibergewehr vom Fenster aus auf Ratten geschossen. Kommt er nach der Mutter oder nach dem Vater, der auf die Leibzucht mit dem Stock setzte? Er züchtigte den Sohn, und er züchtigte den Hund des Hauses, er schlug und schlug mit der Gerte auf ihn ein, bis er die Diele nässte. Was sollte das Kind Adolf wollen, dass der Vater es ins Herz schließt? Später, in Linz, nach dem Tod des Vaters, vergaß er die Ratten, er putzte sich heraus, er schwang den schwarzen Spazierstock, der Griff war ein Schuh aus Elfenbein, der sich schön an die Hand schmiegte. Als er und sein Jugendfreund Kubitzek an der Synagoge in der Bethlehemstraße vorbeigingen, sagte der Österreicher zum Freund: »Das gehört nicht nach Linz.« Was ist wahr, was ist falsch? Der Autor, nicht listig, nicht objektiv, lässt den Menschenmörder einkehren. Der böse Geist zeigt sich, die niederträchtige Seele ist entblößt, es strömen dem Autor die Worte in den Schädel. Schämen sollte er sich für seinen Überschwang. Er fürchtet den Augenblick, dass ihm das brennende Gesicht vor die Füße fällt. Ein Regen wie rieselnder dünner Schmutz geht nieder. Es wird Zeit, den Aufenthalt in dieser Stadt zu beenden. Er möchte dem Mann Hitler in München nicht mehr begegnen. Er möchte mit ihm nicht durch eine Tür gehen. Der Ungeist bewohnt ihn, ein Nebeneinander war nicht möglich, ein Ineinander gibt es jetzt. Der Autor steht auf seinem Fleck und schaut auf den Boden, als würde ihn ein mächtiges Wunder bannen. Es wird Zeit. Er fährt nach Hause in den Norden.

Für etwaige Nachforderungen oder Beanstandungen hat er seine Adresse auf Bitten der Witwe hinterlassen. Tatsächlich bekommt er wenige Tage später einen Brief aus Dachau, in dem sie ihm mitteilt, dass sie alle Zeichnungen ihres Mannes vernichtet habe. Er solle also nicht auf den Einfall kommen, eine Behörde einzuschalten. Der Autor hält es für eine Schutzbehauptung. Wahrscheinlich hat die Witwe das belastende Material in ein sicheres Versteck verbracht. Wen sollen die Nasenblätter belasten? Welche Behörde soll er gegen die Witwe aufhetzen? Sie hält ihn, das wird ihm klar, für einen Denunzianten. Er ist nicht jung. Er ist nicht solide. Er ist nicht lebensmüde. Macht ihn das zum größten Lumpen im ganzen Land? Es kommt ihm vor, als habe sich in seiner Abwesenheit ein kleines Gespenst in seiner Wohnung eingerichtet. Durch die Fugen pfeift der Wind. Der Dielenboden knarrt. Die Zahl der Weberknechte hat sich verdreifacht. Er stellt die Leiter auf. Er führt, auf der vierten Sprosse stehend, die Gleiter in die Gardinenschiene. Wer winkt ihm vom Fenster gegenüber zu? Er hat vielleicht den Schatten einer trudelnden Möwe gesehen. Die Leiter lässt er stehen. Er greift in der Küche blind in den Kühlschrank, er liest die Markenbezeichnung auf der Verpackung: Putenoberkeule mager zugeschnitten und zusammengefügt. Mosaikpastete aus Fleischresten. Er legt die Scheiben einzeln auf den Teller, rupft das Brot, rollt eine Scheibe zum mundgerechten Stück. Der Autor ist ein wohlerzogener Mensch, er dürfte nicht mit den Fingern essen. Er denkt: Ich bin eine geköpfte Seele, eine durchscheinende Seele, eine Seele ohne Befestigung und Bindung, das hat das Buch mit mir gemacht. Am liebsten würde er sich wegen seiner läppischen Gemütspein wirkliche Schmerzen zufügen. Es klingelt an der Tür, er stellt den Teller hastig in den Kühlschrank, er schließt auf und bittet aus purer Höflichkeit die geschiedene Frau des Betreibers der Heißmangelstube herein. Sie stellt ihm einen Rohrstuhl ins Zimmer, der Stuhl ist mit feuerroten Plastiklamellen bespannt, einige Lamellen haben sich gelöst, sie legen sich wie Echsenzungen auf den Boden. Sie sagt, dass er sie durch bunte Gewebeklebebänder ersetzen könne. Ein aussortiertes Möbel. Der Autor ist über den Besuch und das Angebot verwundert. Was könnte sie von ihm wollen? Wäre sie verstimmt, wenn er das Geschenk ablehnte? Er sagt tatsächlich, dass der Stuhl zu der sonstigen Einrichtung nicht passe. Lächerlich. Es sieht bei ihm aus wie bei einem Trödler. Sie möchte den Stuhl dalassen. Er könne ihn im Keller verwahren, um ihn dann weiterzuverschenken. Jetzt fällt es ihm ein: Sie war einer der Gäste bei dem Geburtstag des Freundes aus früheren Tagen. Der Mann wird sich nicht mehr bei ihm melden. Was hatte diese Frau bei ihm zu suchen? Er weist ihr einen Sitzplatz zu. Sie fragt, ob er immer noch mit dieser Hitlersache befasst sei. Ja. Sie hat in den letzten Tagen zweimal vergeblich versucht, ihn anzutreffen. Das letzte Mal habe sich eine Frau aus dem Haus erboten, den Stuhl in Verwahrung zu nehmen. Doch habe sie, schon nach einem flüchtigen Blick, an dieser Person eine Unstimmigkeit erkannt, sie habe ihr nicht vertrauen können. Er dankt: Die süchtige Nachbarin hätte aus Rache alle Lamellen zerschnitten und den Stuhl gegen die Tür gelehnt, damit er beim Hinaustreten einen Schreck bekommt. Der wohlerzogene Autor bedankt sich für das Geschenk. Sie fragt ihn, warum seine Augenbrauen abgefallen seien. Er sagt: »Die Mücken im Süden haben mich zerstochen. Ich war im Süden, da gibt es große Schnaken, die spazieren, wenn der Mensch schläft, über das Gesicht, das gibt schlimme Entzündungen.« Sie belehrt ihn sanft darüber, dass Schnaken nicht stechen. Er sagt: »Dann waren es Stechmücken. Es muss in der Nähe eine Sumpflandschaft geben. Sonst kann ich mir nicht erklären, woher die Mücken kommen.« Er verdummt von Minute zu Minute. Das Lügen beherrscht er nicht. In den kalten Tagen, in denen er sich in Dachau und München aufhielt, hat er nicht eine einzige Mücke gesehen. Sie lässt den Blick über die vielen beschriebenen Zettel auf seinem Schreibtisch schweifen. Sie erzählt: Sie hat die seltsame Begegnung nicht vergessen können. Sie darf zu seiner Erleichterung feststellen, dass er auf sie keinen großen Eindruck gemacht habe. Sie hat ihn nicht aus Verliebtheit aufgesucht. Nach seinem Weggang habe es einen Streit unter den verbliebenen Gästen gegeben. Sie sei die Einzige gewesen, die für ihn Partei ergriffen habe. Wobei das nicht ganz stimme. Ein Mann, den sie nicht kenne, habe von der Entwürdigung des Autors durch den Gastgeber gesprochen. Eine Übertreibung. Sie bringe jedenfalls den Stuhl, damit er wisse, dass ihn nicht alle hassten. Vor lauter Verlegenheit weiß der Autor nicht, was er tun soll. Was sind das für Tage, was passiert ihm in diesen Tagen, wer sucht ihn auf, wer spricht ihn an. Er muss aufhören, sich zu wundern. Jetzt schaut sie auf die mit farbigen, selbstklebenden Reitern versehenen Bücher. Sie sagt: »Sie sind kein fauler Mensch.« Es klingt wie eine Frage. Die Gardine hängt schief. Das richtige Verhalten gegenüber Frauen hat er verlernt. Was kann er tun? Was kann er ihr anbieten? Nichts. Sie erzählt, dass sie für den Stuhl viel Geld bezahlt hat, vor Jahren, und dass ihr Mann, der nicht mehr ihr Mann ist, ungern darauf saß. Das ließ sein Stolz nicht zu, denn sein Leitsatz lautete: Man kommt nicht weiter, wenn man einverstanden ist. Empfindet der Autor es als beschämend, dass er von einer Frau beschenkt wird? Nein. Er sagt: »Ich bin kein Mann alter Art.« Er will nichts falsch machen. Die Ruhe im Treppenhaus ist trügerisch, er wartet auf die Schreie der süchtigen Nachbarin. Und dann fällt ihm plötzlich der erste Satz des Romans ein, das sind ungeheuerliche Worte, er schreibt sie unter den Augen der verblüfften Frau auf, er muss diese Worte tilgen, er streicht den Satz durch, er streicht heftig hin und her, bis er das Blatt zerfetzt. Der furchtbare Anfang ist gelöscht. Die Wohnungstür fällt zu. Er wartet, die Schritte verhallen. Er schultert den Stuhl, greift nach dem Schlüsselbund, er steigt hinab in den Keller. Er muss zwischen den Bücherkisten und den beschädigten Hockern und der zweibeinigen Kommode einen Platz frei räumen. Er setzt sich hin. Das Licht geht aus. Er büßt für die Worte. Er büßt für den ersten Satz. Er ist ein Erdschwein.

Der Autor sitzt auf dem geschenkten Stuhl, er schläft ein, er schläft in der Angststarre ein, und er träumt: Der Fremde steht am Bettrand und hält zwischen Daumen und Zeigefinger zwei tropfende, quadratische Geschirrtücher hoch. Es sind aber zwei abgezogene Häute, er hat ihn an beiden Füßen gehäutet. Der Autor empfindet zunächst keine Schmerzen. Der Fremde verknotet die Häute zu einer Augenbinde und legt sie dem Autor an, der aufstehen und blind stolpernd vorgehen muss. Der Fremde spricht von dem freudigen Ereignis, der Autor wird Kerzen ausblasen, er hat keinen Geburtstag, und die Kerzen sind nicht auf einen Kuchen aufgesteckt. Er ist von großer Furcht erfasst, er fährt aus dem Schlaf auf. Den Keller darf er nicht verlassen. Er starrt auf die Werkzeugwand. Er hängt die Werkzeuge ab, dann presst er sein Gesicht gegen das Lochblech, er scheuert hin und her, bis er die schneidenden Schmerzen nicht mehr aushält. Büßen muss er für die Schlechtigkeit der ersten Worte des Romans. Getilgt. Es gibt kein Leben außerhalb der Tode im KZ. Es gibt keine

Gegend außerhalb von Auschwitz. Es gibt kein Gegenteil von Gas. Wenn ein Strahl Quellwasser aus seiner Stirn schösse, wenn sich die Wunden schlössen, wäre er ein geheilter Mann. Er sitzt und blutet. Er erinnert sich, dass er notiert hat: ›Der Transport wurde vergast, und es senkte sich Stille über das Lager.‹ Er darf nicht daran denken, er darf nicht an die tropfenden Häute denken. Er hat verrußte Fingerspitzen und Spinnweben im Gesicht. Die Stirn darf er nicht furchen, dass ihn der Schmerz nicht lähme. Er hat sich leer gelebt. Er spielt verrückt. Was ist er denn schon? Ein bröckelnder Humanist im Keller, links die Werkzeugwand, rechts die in vier Säulen gestapelten Bücherkisten. Blut im Gesicht, er leckt sich die Mundwinkel ab. Er kann sich nicht erinnern, den Mantel angezogen zu haben. Sein Mantel ist ein lebloser Mensch, der sich an ihn schmiegt. Es gibt ihm Menschenwärme. Was ist er jetzt? Der Bewohner einer Krempelkammer. Die Leute werden Fragen stellen. Er wird sagen, dass er sich im Schlaf die Stirn aufgekratzt habe. Er muss seine Nägel länger wachsen lassen. Sein Kopf hat die Gestalt eines fallenden Tropfens. Er wird in den nächsten Wochen unabhängig von der Witterung eine Mütze tragen müssen. Wenn ihn ein verständiger Mann fragt, was er denn tue, was antwortet er? Ich will die Sühne der Tat vornehmen. Welcher Tat? Dass ich Hitler bin in meinem Buch. Lächerlich. Das ist ein Aufwand, der sich nicht lohnt. Er soll die Opfer ehren. Das tut er. Der Herr schütze die Seelen der Vernichteten. Er muss sich erniedrigen wegen der Welterbärmlichkeit, wegen der Schlechtigkeit, die er in seiner Geschichte zulässt. Die Bußübung des Autors: Mit zerschrammter Stirn auf einem halbsoliden Lamellenstuhl sitzen. Er stößt mit dem Fuß gegen einen umgekippten Stieleimer. Er hört Schritte. Dann wird er vom Licht einer Taschenlampe geblendet. Der Bekannte stößt jäh die Kellertür auf. Was ist hier los? Hat er sich verletzt? Er will ihn stützen, damit er hochkommt. Der Autor bittet darum, ihn allein zu lassen. Es fehlt ihm nichts, er ist bei Bewusstsein, die kleine Stirnverletzung tut nicht weh. Der Bekannte verlässt ihn ohne ein Wort und kommt aber nach einer kurzen Zeit wieder zurück. Er stellt die volle Wasserflasche auf die kaputte Kommode. Will der Autor die Nacht im Keller verbringen? Er weiß es nicht. Ist der Autor krank? Der Autor schüttelt den Kopf. Das Licht der Taschenlampe erlischt, der Bekannte verschwindet. Es wäre falsch zu trinken. Er trinkt nur einen einzigen Schluck. Tropfende Häute in der Größe von quadratischen Geschirrtüchern. Er blinzelt das Bild weg. Er denkt: Hitler hatte ein Menschenantlitz. Er hat gelesen, dass es falsch sei, ihn für einen Dämon zu halten. Der Menschenmörder Hitler war ein Mensch – was ist mit dieser Erkenntnis gewonnen? Man hat ihn den Drei-Groschen-Mussolini geschimpft. Der Spott hat nicht geholfen. Er trinkt einen zweiten Schluck. Es ist ihm unmöglich, still zu sitzen. Er wühlt in den Umzugskartons, in denen er den unnützen Tand verwahrt, den er wegwerfen sollte. Er kann im Dunkeln halbwegs sehen. In einem Karton findet er aussortierte langärmelige Unterhemden und lange Unterhosen. Sie riechen scharf nach Naphtalinkugeln. Sie riechen nach der Zeit nach seinem Tod. Er legt sie auf eine alte Polyesterdecke, er bindet die vier Zipfel zu einem großen Knoten zusammen. Arbeit belebt ihn. Er könnte hochgehen und weitermachen. Womit? Er muss es aushalten, im Halbdunkel auf dem Stuhl. Seine Stirn schreit. In seiner Stirn haben sich kleine blutende Münder geöffnet, sie schreien. Er sagt leise: »Gott belagere uns mit Seinen Engeln.« Soll er Spinnweben um den Finger wickeln? Er muss sich verhärten. Alles ist zertrümmert. Was hat er übersehen? Er verdummt. Er fällt fast zu Boden, als das Mobiltelefon klingelt. Der Vereinsleiter. Er möchte ihn für weitere Deutschkurse für »frische Flüchtlinge« verpflichten. Er sagt zu, er verspricht, noch am selben Tag nach Hamburg zu kommen. Er würde die fremden Menschen wohl beleidigen, wenn er ihnen seine alte Unterwäsche schenkte. Stuhl und Decke bleiben im Keller. Er steigt hinauf, er macht sich sauber, seine Stirn sieht aus wie zerraspelt.

Zwei Stunden später weist man ihm seine Unterkunft in einem zehnstöckigen Hochhaus zu. Er sieht am Panoramafenster stehend die wallenden Nebel am Hafen. Der Hausmeister warnt ihn vor den »Geschubsten« im Haus. Vor wem? Den Pflegefällen. Die geistig Abnormen. Die Jugendlichen aus der Psychiatrie. Sie lieben es, mit dem Aufzug zu fahren, sie drücken auf alle Knöpfe, sie meinen es nicht böse. An manchen Tagen müssen die sonstigen Bewohner eben etwas länger auf den Fahrstuhl warten. Vor den Lauten der Geschubsten dürfe er sich nicht ängstigen. Tatsächlich stößt der Autor wenig später im Flur im Erdgeschoss auf drei Jugendliche und ihren Pfleger. Ein sich auf der Stelle immer wieder duckender Mann verstellt ihm den Weg, er springt auf Bitten des Pflegers zur Seite und stimmt ein Wolfsgeheul an. Weitergehen. Lärm in seinem Rücken. Weitergehen. Am Ende der Straße übergibt ihm der Vereinsleiter fünf Flüchtlinge mit ungeklärtem Aufenthaltsstatus. Seit einem Jahr gibt er Auskunft über deutsche Lebensformen. Man hat sich für den Autor wegen seiner orientalischen Durchgeprägtheit entschieden. Er war nicht erzürnt, als man es ihm sagte. Was heißt das? Er sieht nicht aus, wie man sich einen Deutschen vorstellt. Er ist ein Metöke. Ein Fremder mit dauerhaftem Bleiberecht. Ein Eingebürgerter. Das ist sein Land, er ist auf eine natürliche Weise heimisch geworden. Der Fremde soll die Flüchtlinge mit dem deutschen Standard vertraut machen. Noch sind sie fremder als der Fremde, man hofft aber, dass ihre Fremdheit allmählich vergeht. Dass sie künftig weniger auffällig sind. Der Autor ist ein Anweiser, er führt die jungen arabischen Menschen durch die Straßen, in die Geschäfte, zu den Haltestellen der Busse und S-Bahnen. Sie verständigen sich über einfache englische Vokabeln und unkonjugierte deutsche Verben. Über Gebärden, über das Mienenspiel. Er muss die Fehler berichtigen, dafür wird er bezahlt. Er ist der Korrektor. Eine Frau, die ihren Hinterkopf mit einem dünnen Tuch bedeckt, fragt, ob der Autor glaube, dass eine unrechtmäßig geküsste Frau ihre Unschuld verliere. Er sagt: »Hier nicht.« Woanders schon? Jetzt schauen ihn drei Frauen und zwei Männer an. Scham und Schande. Schämen soll man sich, wenn man der heimlich oder öffentlich geküssten Frau Verdorbenheit unterstellt. Seine Antwort stellt sie nicht zufrieden. Er hat Englisch gesprochen. Er spricht Englisch wie ein Metöke. Ein Araber zeigt auf seine Stirn. Er blutet. Er drückt das Papiertaschentuch gegen die wunden Stellen. Es müsste ihm jetzt die Stirn aufklaffen, und eine große dünne Zunge müsste hinausfahren. Schluss damit. Er sagt: »Gehen Sie bitte nicht von einer brüchigen Moral aus, nur weil Frauen hier küssen oder geküsst werden. Sie werden es bestimmt bald verstehen.« Was redet er da? Eine Araberin bittet um eine Übung in der Bäckerei. Wer möchte sich anschließen? Eine weitere Frau, die anderen warten vor dem Geschäft. Sie treten ein, sie beachten die Schlange, sie beachten den gebotenen Mindestabstand. Die Bäckerin hat den Namen ihres Sohnes oder ihres Mannes auf die Haut hinter dem rechten Ohr tätowiert. Die Araberin sagt die Worte, die sie erst auf der Straße geübt haben, einigermaßen fehlerfrei auf. Sie vergisst, Bitte und Danke zu sagen. Vielleicht deshalb knallt die Bäckerin das Restgeld auf die Münzschale. Einige Minuten später erklärt der Autor vor der Drogerie im Bahnhof, dass die tätowierte junge Frau drei Käsebrötchen ordnungsgemäß in die Papiertüte gesteckt habe. Ordnungsgemäß? Korrekt. Vorschriftsmäßig. Einwandfrei. Der Autor entschuldigt sich nach einigen Minuten für die verworrene Erklärung. In der Aufregung zerlispelt er die englischen Worte. Noch einmal von vorn: Bitte, Danke, unabdingbar. Sie staunen ihn an. Das Taschentuch klebt an seiner Stirn, es bewegt sich leicht wie ein Tischwimpel, wenn der Wind über sein Gesicht fährt. Ein Araber sagt in fließendem Englisch, dass ihn das Angebot an dickfleischigem Gemüse erstaune. Eine Araberin bemerkt daraufhin, dass sie deshalb fast täglich Äpfel kaufe, weil der Anblick leerer Obstschalen sie traurig stimme. Das ist Poesie. Der Autor hält vor Freude den Atem an. Er denkt: Ich steche mir lieber ein Auge aus, als dass ich mich der Unheimlichkeit ergebe. Die Frau mit dem leicht bedeckten Hinterhaupt spricht davon, dass sie am liebsten alles mit hundert Händen tun wolle. Sie sind in diesem neuen Land voller Tatendrang. Sie lächelt, als würde es ihnen aus dem Kragen leuchten. Fehlt es ihnen an hartem Kampfwillen? Was sind das für widersinnige Worte? Ein dunkles Gefühl steigt in ihm hoch, er wird von einem Schauder ergriffen. Der Araber mit einem hängenden Lid hat Duftwasser aufgelegt. Es versetzte ihn in Aufruhr, wenn er ihm freundlich zuredete, es in Zukunft zu unterlassen. Das ist ein fremder Geruch. Das ist ein Geruch, der ihn als Fremden markiert. Er muss ihre Tüchtigkeit loben, er darf sie nicht entmutigen. In einem Schaufenster sehen sie Rosskastanien in einer rot lackierten Lackschale. Der Autor sagt ihnen die deutschen Worte vor, sie sprechen es im Chor nach: Rosskastanie. Lack. Schale. Der Autor tritt näher heran und liest, dass es sich bei dem Vitrinenobjekt um Kunst handle. Tatsächlich steht die Schale in einem fast unsichtbaren Schaukasten. Jetzt muss er auf Wunsch der Araber erklären, was Kunst von Nichtkunst unterscheide. Er erzählt von dem Mann, der nur mit einem Lendenschurz bekleidet einen langen Weg mit Glassplittern entlanggerollt sei, bis er am ganzen Körper gespickt war mit Scherben. Diese furchtbare Selbstverletzung wollte der Mann als Aktionskunst verstanden wissen. Die Araber nicken und lachen. Er ist sich gewiss: Sie werden alsbald die ordnungsgemäßen Abfolgen kennen und aber dabei ihre Hochgestimmtheit nicht einbüßen. Der Autor führt sie durch ein Viertel, in dem schwarzhäutige junge Männer in den Hauseingängen lauern. Er muss den Arabern nichts über diese Drogenboten erzählen. Hat er sich schuldig gemacht, weil ihm erst die dunkle Hautfarbe auffiel? Er hastet weiter, hinter ihm die Frauen, hinter den Frauen die beiden Männer. Die Schutzstaffel. Er muss diese Worte zurückdrängen. Die kleine Stirnfahne flattert, er zupft sie ab und lässt sie aufs Pflaster fallen. An der Wurstbude bestellt er sechs Rinderwürste auf die Faust. Sie gehen mit den dampfenden Pappschalen in eine Seitenstraße, sie essen im Stehen, der Autor spricht von Senf, von Ketchup, von Mayonnaise, er wird, weil er schlingt, als Erster fertig. Er darf nicht auf seine Armbanduhr schauen, sie würden es merken und als Unhöflichkeit deuten. Der stark duftende Araber sagt, dass er nachgedacht habe; dass er seine Hemmungen nicht überwinden könne, eine Frau auf der Straße zu küssen, die auch von ihm geküsst werden wolle. Es macht ihm zu schaffen, es ist nicht unerheblich, der Autor darf ihn nicht mit einer unwirschen Antwort bescheiden. Er hat bei einem Kirchenvater gelesen, dass die böse Wollust auch in einer kleinen Pfütze keimen könne. Die Worte klingen gut. Wie kann der Autor mit seinem kläglichen Englisch ein theologisches Streitgespräch führen? Er nickt dem Araber zum Abschied lächelnd zu.

Er übernimmt die zweite Gruppe, sie besteht aus vier jungen Männern, die aussehen wie Schlächtergesellen nach einer harten Fastenkur. Glanz in den Augen. Der Vereinsleiter verrät: Sie haben Auskünfte über ihn eingeholt. Vielleicht warten sie darauf, dass er wegen seines vermuteten entarteten Trieblebens in Stücke zerspringt. Er würde gerne erklären, dass sie bei ihm normale Empfindungen voraussetzen dürfen. Er richtet die Schuhe gerade aus, die Sohlen berühren den Bettkasten. Eigentlich müssten sie ihn führen, denn er ist verzwittert: Er ist ein Mann voller Hochgefühle. Und er ist ein Mann, der fürchtet, im Meer der Sünden zu ertrinken. Was möchten die jungen Araber sehen? Das andere Leben. Er führt sie in das Viertel, in dem es am Tag der Arbeit zu Krawallen kommt. Dann werden Barrikaden aus brennenden Autoreifen und Müllcontainern gebaut. In der Vergangenheit wurden Telefonzellen umgeworfen. Er sieht in der Nähe der besetzten Häuser in Astgabeln geklemmte kleine Wannen, die das Regenwasser auffangen. Das kommt ihm bekannt vor. Er sieht junge Fremde, die aufs Pflaster spucken, um ihre Verwegenheit herauszustellen. Man müsste ihnen eine Zahnbürste in die Hand drücken und sie zur Reinigung der Gehwegplatten zwingen. Der Autor erschrickt. Man hat nach dem Anschluss Österreichs an das Deutsche Reich die Juden gezwungen, das Pflaster zu schrubben. Hitler ist nicht sein Leben. Hitler ist doch nur ein Name auf dem Zettel. Das stimmt nicht. Die Araber bitten um eine Übung. Sie üben die richtige Aussprache von Straßennamen. Sie üben, sich zu verlaufen, sie üben, Passanten höflich (»Bitte«, »Danke«, »Unabdingbar«) nach der richtigen Adresse zu fragen. Ein Araber stellt sich vor eine ältere Dame, er spricht sie laut mit flatternden Händen an, sie schreit um Hilfe. Der Autor kann das Missverständnis klären. Es folgt eine lange Ausführung über Verhaltensregeln im Alltag. Ein Araber ist verstört. Eine deutsche Betreuerin im Auffanglager hat ihn eindringlich davor gewarnt, in einem Land heimisch zu werden, dessen Einwohner vor gar nicht so langer Zeit Menschen ins Gas gesteckt haben. Der Autor sagt: »Ihnen droht keine Vernichtung.« Der junge Mann ist nicht beruhigt. Wie von der Beschaffenheit der Luft und des Bodens sprechen? Wie ihm die notwendigen einfachen Handgriffe erklären? Es knirscht unter seinen Sohlen. Es sind Glassplitter. Er ruft die Männer unnötigerweise zu Vorsicht auf. Der Autor will nicht vor ihnen bestehen. Er ist auch nicht der Propagandist eines Staates. Er würde gerne davon erzählen, dass es schlimmer war, damals im Reich und in den erraubten Gebieten; dass die Ehrenmänner in Uniformen das größte Unglück auf Erden herbeigewirkt haben. Er könnte in diesen nebligen, schönschwätzerischen Worten reden. Der Autor lebt in dem Land der Millionen Abwesenheiten. Er ist, genauso wie diese jungen Männer, hinzugekommen. Er könnte von dem Nazi Eberhard in Dachau erzählen, der seltsamerweise die heiligen Bücher der Juden las. Er hatte ihm damals gesagt: »Bei Jesaja, im Buch der Hebräer steht, dass die Toten sich aus ihren Gräbern erheben. Wir Arier werden vor ihnen erwachen und sie in ihre Gräber zurückstoßen.« Nein. Es würde sie verdrießen. Sie und er haben denselben Feind: Es ist der Rassist, der sie zu seinen Rassenfeinden erklärt. Die Gräber werden sich öffnen. Am Jüngsten Tag öffnet sich die Erde, und es entsteigen den Gräbern die Toten, der Erde wird ihr Besitz entnommen. Die Toten in den großen Gruben. Die verscharrten Vergasten. Die Kopf an Fuß Aufeinandergestapelten. Die Ausgehungerten. Die Totgespritzten. Die nackten Kinder. Die nackten Kinder. Die nackten Kinder. Aufbrechen wird die Erde, und die Vernichteten werden hinaufkommen. Daran glaubt der Autor. Auch das Grab des Österreichers wird sich öffnen. Wehe ihm! Der Autor zwickt sich vor den Augen der jungen Araber ins Lippenbändchen. Er unterdrückt den Schrei. Bemerkt hat es niemand. Es fällt ihm wieder der erste Satz ein. Das darf er nicht. Das muss er tun. Was tun? Hinschreiben. Der Roman muss mit diesen Worten beginnen. Welche Worte? Nein, Nein. Er wendet sich ab, er zwickt sich ein zweites Mal, so lange, bis ihm Tränen in die Augen treten. Wie nennen Hitlers Lumpenarier von heute ihn und die Araber? Landfremdes Gelichter. Muselmänner. Frühling der

Faschisten, hier und anderswo. Er denkt: Sie wünschen, dass wir zugrunde gehen, ich und die Araber. Ein Araber sagt, er habe sich in eine Frau verliebt, die ihn an eine Kirsche erinnere. Oder eher an viele Kirschen: Isst man mehr als ein halbes Kilo, hat man Bauchgrimmen. Der Autor versteht. Darf man das aber in der Kultur, in der sie leben, sagen? Gesetze, Gebräuche, neue Regeln, Empfindlichkeiten, Sie möchten mit ihm über die Liebe reden. Er möchte nicht – das ist doch alles ein Gewetze, ein Gaffen und Begafftwerden, eine elende Mondsucht, eine ganze Brust Verzweiflung, ein ganzer Kopf voller Schwüre, das ist eine ferne Laterne, die Liebe. Er hat nur geflüstert, auf Deutsch, nicht auf Englisch, er kann von Glück reden, dass sie ihn nicht verstanden haben. Er übt mit ihnen die richtige Aussprache von einfachen und schwierigen Wörtern: Apotheke, Brotbeutel, Gemüt, Richtigkeit, Handfertigkeit, Sauerei, gutes Wetter, Affenschande. Frierende Eiszapfen. Grüne Paprika mit Druckstellen. Er verlegt sich auf den Unfug. (Es entspringt ihm keine Quelle aus der Stirn.) Bei den Arabern stößt er auf Unverständnis. Er will bei ihnen nicht Ekel erregen. Von einem Augenblick zum anderen wird er zu einem ernsten Menschen, zu einem ernsten Deutschen. Er leidet an einer Vernunftstörung. Der Mann, dem er sich anverwandelt, ist einlullend wie ein Trugbild. Der Autor übt mit den Arabern Vokabeln, der Unterricht auf offener Straße wird von den Menschen des alternativen Viertels hingenommen. Sie treffen den Vereinsleiter vor der Bäckerei. Sie verabschieden die jungen Männer. Der Leiter möchte wissen, ob er in eine Schlägerei geraten sei. Der Autor sagt: »Die Heimat ist zur Front geworden, und jeder unbesänftigte Mann, der glühend glaubt, ist fronttauglich. Unter dem Himmel des Krieges möchten die Männer leben. Sie möchten erleben, dass sich der Himmel in schwarzen und roten Pfützen spiegelt.« Der Autor zückt den Stift und schreibt die Worte hastig auf die Rückseite eines Kassenzettels hin. Der Vereinsleiter hält es für ein Schauspiel. Kühl und mürrisch verweist er auf die morgigen Unterrichtsstunden, er dreht sich um und läuft zum Bahnhof. Den Autor kümmert es nicht, dass er ihn gering achtet. Nach diesem Buch wird er die Tadellosigkeit wieder erlernen. Er wird zu einer guten Lebendigkeit zurückfinden. Er tritt vom Dunkeln ins Helle, bald. Er ist nicht stark beschädigt, zum maroden Gelump gehört er nicht. Der erste Satz. Er muss den Roman mit diesem Satz beginnen: ›Ich wurde vergast in Flandern.‹ Der Gefreite Hitler ist im Krieg bei einer Gasbeschießung der Briten zeitweilig erblindet, er ist aber nicht getötet worden. Man wird dem Autor vorhalten, dass die Aussage sachlich falsch sei, der Gefreite habe schließlich zu seiner früheren Gesundheit zurückgefunden. Gas. Vergasung. Gaskammer. Er darf das nicht schreiben. Doch. Was war zuerst? Das Gas im Krieg. Der Österreicher, der sich als hart und unempfindlich gab, glaubte danach, am lebendigen Leibe verrotten zu müssen. Der Schmerz, der ihn in großer Heftigkeit zerriss, brannte in seinem Kopf nach. Die wahre Bosheit ist eine Bosheit mit einem einfachen Grund. Adolf, der Deutsche, der berühmteste Mann der Deutschheit, war ein vergaster Frontsoldat, er ist durch sein eigenes Erleben zum Menschenschwein geworden. (Zitat: »Mein Name, den ich mir aus eigener Kraft erwarb, ist mein Titel«). In den Worten des Autors, Hitler über sich: ›Ich trotze der Schwere der Zeit. Ich lobe die Strenge. Ich werde nicht zerbrechen in diesem Kampf.‹ (Selbstmord durch Kopfschuss und Giftkapsel.) Hitler, im Arbeitszimmer, dessen Wände er mit Zirbelholz vertäfeln ließ, Hitler laut vor dem kleinen Kreis ergebener Knechte: »Ich schwanke nicht! Ich werde jeden zerbeißen, der Zweifel an meiner Lauterkeit hegt! Ich lasse mich nicht in Scheiben schneiden! Keiner darf es sich einfallen lassen, mir zu drohen! Es nützt ihnen ihre ganze Gescheitheit nichts! Wenn ich draufgehe, ist das für meine Feinde kein Tag des Triumphes. Ich reiße sie mit im Sturz!« Hitler schrie und sprach, Stunden über Stunden, er brüllte sich die Kehle heiser, er liebte das Wort als Knüppel, er liebte die Lüge, er hasste das Gas, das ihn verschlang.

Der Autor eilt zu seiner Unterkunft. Er schützt sich vor dem Blick, der ihn als Sonderling entlarvt. Er zieht sich zurück in ein Versteck. Er schreibt: ›Ich wurde vergast in Flandern. Ich wurde gaskrank nach Gasbeschuss. Ein Erstickungsgeschoss hat mich und die Kameraden erwischt. Das waren Raab, Lugauer, Westenkirchner. Und Hermann Heer, der hat uns aus der Feuerzone geborgen und nach hinten geführt. Der hat uns gerettet. Der Brite hat Gaswolken abgeblasen. Ich sterb nicht auf den Knien, das hatte ich mir geschworen. Ich brach den Schwur nicht. Aber das Gift erbrach ich. Wäre ich leichter als Luft, hätte ich über der Rauchschwade geschwebt. Der giftige Qualm hat mich fast getötet. Andere Männer sind bei schwerer Gasbeschädigung schreiend ersoffen, im Wasser ihrer Lungen, im Eiter ihrer Brust. An der Front vor Ypern, auf einem Hügel südlich von Wervik, in Belgisch-Flandern fand das englische Gasschießen statt. Der Wind blies uns das Gas ins Gesicht. Raab hat mir noch geraten: »Schlag den Boden der leeren Weinflasche ab, steck sie in die Erde und atme durch den Flaschenhals, dann bleibst du heil.« Es hat ihm nichts geholfen, es hat mir nichts geholfen, es hat uns fast den Tod gebracht. Gas in dichten Schwaden, Gas in dünnen Schleiern. Die Fliegen waren weg, das Dreckszeug wurde auch vergast. Die Engländer haben unser Gelände verseucht und zersprengt. Es gab diesen Überfall, wir haben Gas geschluckt und sind im Gas fast umgekommen. Der Feind hat uns ausgeräuchert. Die Angst kann man nicht ausatmen. Von Wervik hat man mich abtransportiert und ins Lazarett verbracht. Ich bin Zeuge der Männer, die es erwischte, die liegen blieben in einer Rinne oder im Trichter, die im eigenen Blut ersoffen. Die ohne Stirn und Schädel in die Grube sanken. Zeuge bin ich der Gaswolke, die wie ein Schwarm aufsog alle Kraft und alle Luft. In den Tagen davor, als ich noch heil war, habe ich mit Kameraden die Stücke der Zerplatzten gesammelt, und da sah ich ein weggesprengtes ganzes Gesicht, die Wimpern waren ganz, die Augenbrauen nicht versengt, ich zählte stumm die Zähne, es fehlte kein einziger Zahn. Unter meiner Augenbinde ist die Schwärze. Als Mensch aus Fetzen und Flicken bin ich nichts wert. Ohne Uniform ist man nur noch ein Patient mit nassem Arsch. Ich liege und blute leise. Die Wände sind verzweifelt, das Bettgestell, das Kissen und das Laken sind verzweifelt, mein Kopf wird heiß von der Verzweiflung meiner Haare. Das ist mein Schrecken: das Gas. Die Augen schwollen mir zu. Ich stand in fremder Landschaft. Das Gewehr habe ich vor Angst nicht weggeworfen. Wir wurden beschossen und immer wieder beschossen. Im Krieg erfolgt ein hoher Menschenverlust. Es gab keinen Willen zum Rückzug. Drang nach vorn. Im

Sturm gerät man ins Feuer. In der nassen Uniform lag ich in Stellung und fröstelte. Es surrten die Geschosse singend heran, ich warf mich hin und grub mich in allen Schmutz, dass mich kein Sprengstück erwischt. Habe, versteckt und uneingestanden, große Ängste aushalten müssen. Habe große Schäden ertragen, die andere Männer ganz zerfressen haben. Habe wahre Ehre empfunden, weil ich mir auch in der ärgsten Not keinen Heimatschuss verpasste, um aus den Schlachten heraus zu können. Starb einer, habe ich mir gesagt: Es ist nichts Besonderes geschehen. Ein Held ist ein toter Mann, an dessen Namen man sich vielleicht erinnert. Es gab viele unbestattete Soldaten. Das Schlachtfeld ist eine namenlose Erde. Mit dem vielen Sterben kam ich zurecht. Der Wind fuhr den Mannschaften in den nassen Nacken und in die Mähnen der Pferde, die sich schüttelten und reckten, als wäre der Winter über sie gekommen. Tote Schottländer in Röcken habe ich gesehen. Mit Bajonett und Spaten habe ich die Briten in den Gräben kaputt gestochen. Fleisch und Knochen und Ruhm, das ist der Krieg. Verscharrung in fremde oder deutsche Erde, das ist der Lohn. Läuse und Gottvertrauen, davon gab's doppelt so viel wie im Frieden. Ich zählte einmal meine Läuse und kam auf über zwei Dutzend. Ich habe Siebzehnjährige erlebt, die in vier Wochen verwildert sind. Von siebzehn bis fünfundvierzig, alle waren draußen im Felde. Vorstoß, Gegenstoß, das ging so weiter Tag um Tag.

Es prasseln die Splitter, die Erde spritzt auf, die Splitter durchschlagen die Helme. Einer flucht. Einer schnauft. Einer stinkt. Kälte und Dreck, Kälte und Dreck, Tag für Tag. Harter Dienst. Heulende glühende Sprengsel. Einschlagswucht der Geschosse. Körperzerfetzung. Fliegende

Eisenteile. Gas, das sich in die Gräben senkt. Leichen, hingestreckte Männer, Leiber ohne Glanz, übers Feld gestreut. Durch Sprengung vernichtet. Krieg ist Bluttest. Geschwärzt im Rauch sind wir in der Schlacht. Es war in der Luft ein Ziehen, und wir sprangen hinaus in die Kugel. Ich zerbiss mir einen Zahn. Später, nach den Kämpfen, saß ich da und spuckte Blut und Splitter aus. Es ist nicht geschehen, dass ich zerfiel. Ich bin nicht auseinandergefallen. Ich habe die Schläge der Feinde ausgehalten. Ich duckte mich vor Entsetzen. Ich schrieb an die Menschen in der Heimat: nur noch eine Weile. Ich schrieb: Niemals verzagen! Ich bat: Helft uns siegen! In Lehmfurchen bin ich gelegen und dem Feind zugekrochen. Das war eine Mordswürgerei, der Krieg. Ein Blutsumpf war der Graben ...‹

Es klingelt an der Tür – wer ist das? Hier in Hamburg, hier in seinem Versteck, kennt ihn keiner. Der Araber, der die Frauen mit Kirschen vergleicht, bittet um ein Gespräch, er möchte von bestürzenden Vorgängen berichten. Der Autor ist auf der Hut, was führt der junge Mann im Schilde, er könnte ihn in dieser Wohnung in aller Ruhe abschlachten. Deshalb: raus. Der Autor wickelt den langen Schal um den Hals, er setzt sich die Fellmütze auf. Er lässt den Araber vorgehen. Sie treffen im Fahrstuhl auf einen Geschubsten und den Pfleger, der seinen Schützling bittet, nicht laut durch den Mund zu atmen. Die Spucke tropft von der Unterlippe und zerplatzt auf den Schuhkappen. Der Geschubste trägt Überbauchschlüpfer in der Größe von Schinkenbeuteln, er zerrt den Gummizug hoch und höher, bis der Pfleger ihn ermahnt. Der Gefühlssturm lässt den Araber beben. In der Bäckerei sitzen sie einander gegenüber wie zwei kleine Händler. Der Araber sagt: »Der

Wolf kommt über den Winter, er vergisst aber nicht den Hunger und die Sturmwinde.« Der Autor nickt. Der Mann spricht in Bildern, die ihm nicht fremd sind. Der Araber fragt, ob er an die Liebe glaube. Er sagt: »Nicht zu dieser Jahreszeit.« Es ist ihm gleich, dass der Araber ihn mit Argwohn anschaut. Der Mann fährt fort: »Ich bin fleißig, ich bin tüchtig. Glück steht mir zu, weil ich an die deutsche Arbeit glaube. Deshalb habe ich mich auf den langen Weg gemacht. Ich hatte immer nur ein Ziel vor Augen. Wird mit einem Schlag wieder alles gut? Ich zweifele daran. Ich muss es versuchen.« Weshalb hat er den Autor aufgesucht? Er möchte eine Sonderbehandlung. Der Autor zuckt zusammen. Fast ist er versucht, ihn streng zu ermahnen, dieses stinkende Wort nicht zu benutzen. Er selbst hat sich dem Österreicher anverwandelt. Nicht heucheln. Er bleibt stumm. Er lauscht. Der Araber möchte ihn als Übersetzer seiner Gefühle zu den Eltern des Mädchens schicken, das er als die Frau seines Lebens betrachte. Die Eltern sprechen zwar Englisch, er aber möchte, dass sie ihn im tiefen Deutsch verstehen. Tiefes Deutsch. Er möchte, dass sie wissen: Er hat ehrenvolle Absichten. Bei dem geringsten Verstoß gegen den Anstand kann ihn der Vater über die Stange werfen und seinen Kopf ausklopfen wie einen Teppich. Er wird eine Ausbildung als medizinisch-technischer Laboratoriumsassistent machen. Der Autor darf sich bitte vor den Eltern nicht als Liebespessimist ausweisen. Er muss mit zündenden Worten sprechen. Der Autor denkt: Der Kopf ist meine kühle Nordseite. Er weiß nicht, warum, aber er willigt ein.

Der Araber hält die Stunde für gekommen, er führt den Autor zu einem vierstöckigen Bürgerhaus, dessen Fassade neu angestrichen ist. Er drückt auf den Klingelknopf und läuft wie nach einem Klingelstreich davon. Wenig später sitzt der Autor zu seiner Verwunderung im Wohnzimmer und starrt auf das Bild des heimziehenden Höckerschwans an der Wand. Man hat ihm vertraut, man hat ihn eingelassen trotz seiner blutverkrusteten Stirn. Vater und Mutter sitzen auf dem großen schwarzen Ledersofa. Sie lauschen. Er fasst die Worte des Arabers zusammen. Er fühlt die Verzweiflung in seinen Haaren. Ein unnützes Gefühl. Der Vater bekommt Wangenzucken. Stille. Nach einer Weile sagt er, dass es ihn nicht interessiere, ob der Mann von höherer Abkunft sei oder eben nicht. Der Mann sei fraglos bestrebt, sich zu verbessern. Er halte ihn nicht für einen zweifelhaften Charakter. Er könne kein abträgliches Urteil kundtun, er habe sich immer gebührlich verhalten. Nur: Seine Tochter habe mit dem Jungen gebrochen. Sie haben nichts gegen ihn. Seine Frau befürchtete, dass er später das Enkelkind in sein despotisches Heimatland entführe. Der Autor solle ihm endlich gestehen, dass der Mann sich in arger Bedrängnis befinde. Nein, das kann man ausschließen. Man rechne ja fast schon mit der Bewaffnung der verzweifelten Elemente da draußen. Nein, der Araber besitzt seines Wissens keine Waffen. Wer könne schon seine Eigenheiten abstreifen? Auch die Eidechse zwänge sich bei Gefahr in den Spalt, das nehme er doch der Eidechse auch nicht übel. Seltsame Worte. (Wir hielten aber dem Anprall der Feinde stand.) Wo tue er Dienst? Oder sei er stellungslos? Der Vater meint diesmal den Autor. Er sagt, dass er Fremden und Muttersprachlern die Fähigkeit für den richtigen Gebrauch der deutschen Sprache vermittele. Sonst führe er ein Leben in Abgeschiedenheit. Jetzt mustern sie ihn, der Blick der Mutter verweilt länger auf seiner Stirn. Sie sagt: »Meine Tochter hasst die Hühner, weil sie gackern. Sie liebt sie dafür, dass sie Eier legen.« Der Autor versteht: schöner wilder Orient, aus der Ferne besehen. Sie sagt: »Hat er Ihnen vorgesungen? Nein? Er hat eine gute Stimme, er singt arabische Balladen.« Der Vater macht eine wegwerfende Bewegung. Es sei unabweisbar, dass ihre Tochter den jungen Mann wohl als Spitzbuben überführt habe, er kenne nicht die Einzelheiten; er dürfe ihr nicht nachstellen, sonst müsste er die Polizei einschalten; dann würde man ihn hinausfliegen aus dem Land; wie stünde er dann da vor seinen dicken Vettern, die ihn als Europas Exkrement verspotten würden. Der Autor hat sich vorgebeugt, seine Arme ruhen auf den Knien, er verschränkt die Hände. Man könnte ihn für einen hingebungsvollen Zuhörer halten. Er ist aber ein schlafender Schatten. Er vermeidet noch die kleinste Bewegung, die man als Aufsässigkeit auffassen könnte. (Das Bild an der Wand bannt ihn. Heimtreibender Höckerschwan. Der Autor müsste sich an ähnliche Bilder aus den ersten Jahrzehnten des zwanzigsten Jahrhunderts erinnern: Heimkehr von der Schwemme. Rinderherde – in der Schwemme an einem trüben Tag. Mädchen mit Reh. Keilschwanzadler. Es gibt andere, ähnlich verklärende Bilder und Plastiken aus der Zeit: Frau im Morgenlicht. Frauen am Fenster. Die Liegende am Wasser. Mädchen mit Samtschleifen. Lesende in Landschaft. Frau mit erhobenen Armen im Wind. Träumende Mädchen mit geschlossenen Augen. Deutsche Mutter. Anschauendes Mädchen. Stehendes nacktes Mädchen mit Apfel in der linken Hand. Bekränzter Jüngling. Der tote Krieger. Welche Künstler schätzte der Österreicher? Carl Spitzweg.

Hans Thoma. Wilhelm Leibl. Eduard Grützner. Karl Leipold. Arnold Böcklin. Den Aktmaler Adolf Ziegler nannte er einen Maler des Schamhaares.) Der Vater sagt: »Erzählen Sie es nicht weiter. Ich halte den jungen Mann für einen krummen Hund. Unsere Tochter hat ihn uns vorgestellt. Er hat die Schuhe ausgezogen, ohne dass wir ihn dazu aufgefordert hätten. Er gibt uns artig die Hand. Er setzt sich auf den Sessel. Dann streicht er mit dem bestrumpften Fuß sitzend die Teppichfransen gerade. Tut man das in einer fremden Wohnung? Ich habe es der Tochter angesehen, es war ihr sehr peinlich. Sie trat nach dem Fuß des Arabers. Auch nicht die feine Art. Da war es vorbei mit der guten Stimmung. Diese Beziehung stand also von Anfang an nicht unter einem guten Stern.« Das ist die Ödnis des Alltags, vor der es dem Autor graust. – Ist der Araber ein krummer Hund? Ist die Tochter eine banale Existenz, die sich durch die Neigung zum Fremden vergeblich aufwerten möchte? Er möchte sich wie eine Eidechse in einen Spalt zwängen. Auch der zivilisierte Mensch hat seine Leidenschaften. Der Vater. Die Mutter. Die Tochter. Der Autor richtet sich im Sessel auf. Er stellt klar, dass er nicht für den Araber wirbt. Er sei in diese Geschichte geradezu hineingestoßen worden. Er entstamme nicht dem dystopischen Hinterland des Verliebten, dem er aus bloßer Freundlichkeit einen Gefallen erweise. Bevor er dazu kommt, auf den Höhepunkt seiner Ausführungen zuzustreben, stürmt eine junge Frau ins Zimmer und ruft erregt: »Will er mich kaufen?« Das kommt dem Autor bekannt vor. Hat ihn nicht eine verwirrte Frau auf der Straße angeschrien? Er ist sicher, dass sie gelauscht hat. Trotzdem fasst er die Ereignisse zusammen. Sie möchte, dass er ihm die folgende Nachricht überbringt: »Es ist aus. Mein Entschluss steht fest. Bei der kleinsten Gewaltanwendung werde ich ihn anzeigen.« Gut. Genug. Der Autor fühlt sich stellvertretend geknüppelt. Der Teppich hat keine Fransen. Er steht auf und verlässt grußlos die Wohnung. Er geht aus dem Haus, überquert die Straße, sagt die Worte auf, die man ihn mitzuteilen aufgefordert hat. Der Araber versteht nicht, es liegt an dem miserablen Englisch des Autors, er gibt sich mehr Mühe. Diesmal versteht der Araber: Sie ist weg. Er neigt den Kopf zum Dank und zieht davon. Ist er ein krummer Hund? Ja.

Raus aus der verworrenen Geschichte. Er lässt sich keine Ablenkung mehr gefallen. Er kauft in einem Bürobedarfsladen ein. Er verkriecht sich wieder in seinem Versteck. Er schreibt mit dunkelblauem Filzstift die KZ-Nummer auf den Unterarm: ⊠⊠⊠⊠⊠⊠. Dann sticht er mit dem Zirkeldorn die Zahlen in die Haut. Er muss sich markieren. Er muss selber sehen, wo er hingehört. Er wird bewohnt von dem Menschenschwein, doch er ist bei den Vernichteten. Er kann sich selbst nicht vergasen. Was ein gottloser Gedanke. Er öffnet die Packgurte des Rollkoffers: Drei dicke Bände von Wolfgang Curilla über die Massenmorde der deutschen Ordnungspolizei in Polen, im Baltikum und in Weißrussland und im westlichen Europa. Dreitausend Seiten. Die Ereignismeldungen aus den Ostgebieten, die das Reichssicherheitshauptamt als Sammelberichte an die Führung weitergab. Herausgegeben von der Autorengruppe für die Forschungsstelle Ludwigsburg der Stuttgarter Universität. Drei Bände. 2400 Seiten. *Aktion 1005* von Andrej Angrick, Spurenbeseitigung von NS-Massenverbrechen, zwei Bände, 1381 Seiten. Er stößt wieder auf den Mann Paul Blobel. Dem einstigen Führer des Sonderkommandos 4a der Einsatzgruppe C wurde die Aufgabe übertragen, die sogenannte Enterdungsaktion (Aktion 1005) durchzuführen. Blobel entwickelte bei Versuchen in Vernichtungslagern Verfahren, wie die Leichen der ermordeten und verscharrten Menschen beseitigt werden konnten. Er ließ Holzstapel errichten, auf die jeweils zwischen 200 und 2000 Leichen aufgeschichtet und verbrannt wurden. Die Beigabe von entschärften Phosphorbomben, Altöl und Benzin ließ die Feuer bis zur vollständigen Verbrennung der Leichen brennen. Knochenreste wurden zerstampft, Zahngold und versteckter Schmuck aus der Asche geklaubt. Die SS führte die Aufsicht, die Arbeit wurde von Juden und Russen verrichtet, die im Anschluss ermordet, verbrannt und zu Knochenmehl gemahlen wurden. Leichenschändung, verweste Menschen, Scheiterhaufen, Lumpenarier mit dem germanischen Gottgefühl im Herzen, die den Willen des Menschenschweins vollstreckten. Ihr Führer schrie: »Der gute Teil des Volkes wird sich an mich binden. Der stumpfe Rest wird zertreten! Er hat die Welt entehrt und verkehrt.« Der Autor denkt an Dietrich Eckart, den Säufer und Wirtshausbayern, der das Sturmlied der SA verfasst und die Kampfparole »Deutschland erwache« erfunden hatte. Zwanzig Jahre später verbrannte Blobel die Leichen der Menschen, die das erwachte Deutschland und seine Sturmhorden getötet hatten. Hier die Hymne. Dort die Tat. Die Mörder haben aber ganz kameradschaftlich auch andere Lieder gesungen: »Von Jalta bis Sewastopol/ So rings um Simferopol/ Da hausen wir wie die Titanen/

Ganz mächtig. Und die Partisanen/ Kriegen endlich mal toll/ Ihr ziemlich großes Arschloch voll/ Ferner die Juden und Krimtschaken/ verlernen schnell das Nüsseknacken./ So tobt der Kampf an allen Fronten/ Wir waren überall dabei/ Und zeigten gerne, was wir konnten/ Und nicht ein einz'ger schoss vorbei.«

Der Autor schlägt im Band *Ereignismeldungen UdSSR 1941* auf. Polizeiliche Angelegenheiten: »... am 4.7. wurden 54, am 5.7. 93 Juden liquidiert, das greifbare Judenvermögen wurde sichergestellt.« Er liest: »... das Einsatzkommando hat die eingeleiteten Aktionen gegen die Juden in hervorragender Weise weitergeführt. Umgekommen sind durch Pogrome 400 Juden, und seit dem Einrücken von Einsatzkommando 2 durch lettische Hilfspolizei, teilweise durch eigene Kräfte 2300.« Er liest, dass Sonderliquidierungen über die täglichen Liquidierungen hinaus vorgenommen werden. Er liest: »Nachdem am 2.7. die Leichen von insgesamt 10 deutschen Wehrmachtsangehörigen aufgefunden worden waren, wurden zur Vergeltung unter Hinzuziehung eines Zuges Ordnungspolizei und eines Zuges Infanterie 1160 Juden erschossen.« Er liest: »Durch eingesetzten Judenrat wurden bisher etwa 3000 Juden registriert. Judenkennzeichnung eingeführt. Sie werden z.Zt. mit Räumarbeiten beschäftigt. Zur Abschreckung 27 Juden, die zur Arbeit nicht erschienen waren, in den Straßen der Stadt öffentlich erschossen. Umfangreiche Judenexekution folgt anschließend.« Er liest: »... wurden von etwa 1200 festgenommenen Juden 682 erschossen« Er liest: »... festgenommen und nach Überprüfung unschädlich gemacht ... Vermögen reichsfeindlicher Elemente zu Gunsten des Reiches beschlagnahmt und eingezogen ...

auf der Stelle liquidiert ... An jedem neuen Ort werden Geiseln festgesetzt und bei geringsten Anlässen exekutiert ... die Intelligenzjuden wurden erfasst und liquidiert ... Durchkämmung des Raumes beendet. 370 Russen und 1643 Juden als Anstifter und Mittäter erschossen ... bei einer Säuberungsaktion erfasst und liquidiert ... bei einer größeren Durchkämmungsaktion wurden 527 Juden liquidiert ... Die Hauptteile der Einsatzkommandos 2 und 3 setzen ihre Befriedungsarbeit fort ... Weitere Vergeltungsmaßnahmen folgen ... erfasst und erschossen ... Es kamen weitere 615 Personen zur Liquidierung ... Auch hat sich einwandfrei feststellen lassen, dass die jüdische Schicht, die bisher nach einiger Zeit nach der Flucht in die Wälder usw. ihre Wohnorte wieder aufzusuchen pflegte, jetzt nicht mehr in den Raum, in dem die Einsatzgruppe der Sicherheitspolizei tätig ist, zurückkehrt. Infolgedessen ist es z. Zt. kaum möglich, die Liquidierungsziffer auf der bisherigen Höhe zu halten, eben weil das jüdische Element dabei in nicht unwesentlichem Umfange ausfällt.« Nach Geländesäuberungen kehren die gewohnten geordneten Verhältnisse ein. Eine Jüdin vor ihrer Exekution auf dem jüdischen Friedhof in Neu-Sandez (Nowy Sącz) am 28. April 1942: »Mit diesem Blut könnt ihr nicht gewinnen, das Blut wird nicht schweigen, die Heimzahlung wird kommen.« Er reibt sich über die Nummer am Unterarm, die Farbe verschmiert, er trocknet die Haut und zeichnet die Zahlen nach. Es gibt kein Gegenteil von Gas. Es gibt nicht das Gegenteil der Leichen in den Gruben, die geöffnet wurden, um die deutsche Schande zu bergen und zu verbrennen. Der Fäulnisgestank war unerträglich. Er schlägt den ersten Band von *Aktion 1005* von Andrej Angrick blind auf, er liest über die Leichenverbrennungen in Belzec, er liest: »Selbst im etwa neun Kilometer entfernten Tomaszów Lubelski war der Gestank zeitweise so penetrant, dass die Einwohner sich mit Kölnischwasser getränkte Taschentücher vor die Nase hielten, wenn sie in der Stadt unterwegs waren, und in Rawa-Ruska, das in 14 Kilometern Entfernung lag, wirbelte der Wind angesengte Menschenhaare durch die Luft …« Genug. Nein, weiter. Er liest: »Für die Desinfizierung der nahe an den Gräbern stehenden Kommandomitglieder, deren Uniformen den ›unerträglichen Geruch‹ annehmen würden, wandte man sich an das Militär; der Oberfeldapotheker der Heeresgruppe Süd gab nach langem Drängen Kaliumpermanganat aus seinen Beständen ab.« Er forscht, er findet heraus, dass Kaliumpermanganat Geruchsstoffe zerstört. Das ist der Terror der organisierten Arier. Und was macht der Autor? Da kann er doch gleich eine Hitlergipsbüste ins Zimmer stellen. Nein. Er ist bei den Vernichteten. Es ist ausgeschlossen, dass er diese böse Sache ohne jeden Schaden übersteht. Er legt sich hin, er liegt auf der Seite, er möchte nicht in das Dunkel starren. Er steht auf, geht in das nächste kleine Zimmer, er hebt die Steckdosenleiste vom Boden und legt sie auf die Armlehne des Sofas. Der rot leuchtende Kippschalter beruhigt ihn. Die Geister werden ihn nicht anfallen. Er schläft schlecht. Mitten in der Nacht richtet er sich im Bett auf, macht das Licht an, greift zu Stift und Papier und schreibt in aller Ruhe den Traum auf: Er geht im Freien absichtslos hin und her. In der Nähe sind Männer, die Formeln herunterhaspeln. Sie reiben sich dabei über die schorfigen Knie. Ein Mann zieht einen Leiterwagen durch die Straßen. Er bleibt bei dem Autor stehen und sagt: »Ich bin ein Privatbeamter gewesen. Jetzt muss ich schauen, wo ich bleibe.« In Hinterhöfen regnet es in Papier eingewickelte Münzen hernieder. Die heilige Sätze murmelnden Männer stehen dicht beieinander wie die Affen. Einer von ihnen begegnet ihm mit beißendem Hass, er schimpft ihn einen Kupferputzer. Der Autor sagt: »Trotz Hunger und Not habe ich meinen Namen anständig gehalten« (Das kommt ihm bekannt vor.) Er reibt sich mit Schnee das Gesicht ein, die Stirn öffnet sich, er spricht mit seiner Stirn. Der Privatbeamte zieht mit seinem Wagen weiter, um in einem schmutzigen Winkel zu verelenden. Der Autor steht im Schnee und sieht die Sterne funkeln. Ein Mann, dem die Lebensliebe erloschen ist, zeigt ihm stumm seine zerkratzten Handballen, seine Kriegsnarben. Der Mann will seinen Lohn, fürs tapfere Ausfechten hat er einen Orden bekommen. Der Autor erkennt: Er gehört wie alle Männer in diesem Bild zu dem Haufen der Übriggebliebenen. Staub und Rauch und tief in der Kehle gebrummte Laute. Sausende Steine aus einem großen verwilderten Garten. Der Autor, plötzlich in nagelneuen Kleidern, die ihn beim Laufen behindern, flieht hinter verlassene Häuser. Ein sausender Stein trifft ihn am Fußknöchel. Er stürmt vor Zorn zum Garten, er kann den Steinen ausweichen, er entdeckt hinter dem Zaun, zwischen den Sträuchern, an schmale Pflöcke angenagelte Holzschilder. Das ist ein verfallener Haustierfriedhof. Wer wirft mit Steinen? Ein Transvestit im flatternden Zeug kommt ihm entgegen. Der Autor hat niemandem etwas getan, er will nicht angefallen werden. Ein Stein trifft ihn wieder am Knöchel. Er schaut hoch: trudelnde Vögel, kreiselnde Blätter, sausende Steine. Der Mann im Frauenkleid möchte mit ihm außer Hörweite der Menschen sprechen, die hinter ihm lauern. Er sieht niemanden, er geht trotzdem mit dem Transvestiten zur Seite. Der geschminkte Mann sagt, dass nicht nur der Garten, sondern die ganze Stadt zur Freistätte für Gauner verkommen sei. Er solle schleunig aus dieser schmutzigen Ortschaft verschwinden. Er würde in seiner tadellosen Konfektion keinen Argwohn wecken. Der Transvestit entpuppt sich bei näherem Hinsehen als eine knochige Frau, die für einen verkleideten Mann gehalten werden will. »Die begrabenen Tiere sind meine Genossen« – das sagt er dem Autor, den der Nebel durchnässt. Der Autor denkt (er denkt im Schlaf, er träumt den Gedanken): Es ist alles so sinnlos wie Honig im kalten Wasser. Er sieht die Frau mit dem Ärmel die Schminke vom Gesicht abreiben. Sie streichelt mit dem Schuh über den Rücken einer Katze, die dicke Sohle wühlt das Fell auf. Den Autor verekelt die Süße dieses Bildes: eine Frau, ihr Fuß, eine Katze, die stillhält. Es sausen keine Steine mehr vom Himmel herab, er verlässt den Garten, Gesumm hinter seinem Rücken. Er stößt wieder auf die frommen Männer, er kann endlich verstehen, welche Worte sie empfindungslos herbeten: Nicht in diesem Haus. Nicht vor unseren Augen. Nicht unter unserem Dach. Er würde auch gerne diese Worte aufsagen, doch stattdessen stopft er sich die Taschen mit Stoffstreifen voll, die über das Pflaster verstreut sind. Ein aufgerissener Morgenhimmel, kein Regen, er zieht ins nächste Viertel, hier ist es still. Den Männern stehen die Füße in Flammen, den Frauen die Nasen. Er verteilt seelenruhig die Stoffstreifen, bis er wieder die Hände in die Tasche stecken kann. Nicht in dieser Stadt. Nicht vor meinen Augen. Nicht unter diesem Himmel. Der Autor sagt die Worte auf, es ist ein Schutzzauber, damit er nicht Feuer fange. Das ist Poesie mit Schnaps gepanscht. Der erste Satz: Vergast in Flandern. Der Roman, sein Buch, muss mit diesen Worten beginnen. Er zwickt sich ins Lippenbändchen. An den Schmerz der Bußübung gewöhnt er sich nicht. Wo ist er stehen geblieben? Hitler als Soldat, der in tiefer Erdstellung kauert, der Dauerbeschuss setzt ihm zu. Es gibt Soldaten, die reiben an ihrem Kreuzanhänger, weil sie glauben, dass sich dann der Kugelhagel teilt und dass die pfeifenden Metallbrocken den Kopf und den Hals und den Bauch verfehlen. Die Furcht hat der Gefreite Hitler in seinem Mund eingeschlossen, der Schrei kam nicht heraus. Im preußischen Reservelazarett in Pasewalk bei Stettin liegt er, kein Licht, die Augen sind ihm verkrüppelt, kein tiefer Schlaf möglich, er liegt im eigenen Bett im großen Saal, es riecht nach Abgang der Zerschossenen. Zum stillen Menschen ist der Österreicher geworden. Keine Reinigung. Keine Läuterung. Ein ungeheurer Sturz. Der gestöhnte Schmerz der Krüppel im Saal, Gebete, Gewinsel, ein Saal voller geflickter Soldaten, die Schwestern eilen herbei, und der erblindete Hitler hört die Kittel knistern. Eine Schwester wäscht ihm den trockenen Seim von den Augen und flieht vor seiner Wut, die ihn würgt.

Der Soldat im Nebenbett heißt Karl, er spielt heimlich mit den Glasmurmeln, die er unter dem Kissen versteckt hat. Der Gefreite hört es am Klacken. Karl hat sich vorgestellt mit den Worten: »Es gibt zwei Karls. Ich bin Karl der Dünne.« Der andere Karl sagte: »Ich bin Karl, der Dicke. Ich liege am anderen Ende des Saals.« Karl, der Dünne: schwört, dass Hitler im Schlaf blinzele, weil seine Wimpern am Stoff der Binde kratzten. Hitler wischt es beiseite, er spricht lieber über seine Heldentaten: »An fünfzig Schlachten und Gefechten habe ich teilgenommen«, ruft er aus, »meine erste Schlacht fand statt früh um sechs fünfundvierzig, am neunundzwanzigsten Oktober Neunzehnhundertvierzehn, unsere Kompanie trat zum Frontalangriff auf Gheluvelt an, drei Tage gegen die Briten, zwei Drittel unserer Mannschaftsstärke haben wir verloren, und auch unseren Regimentskommandeur Oberst List haben wir verloren, der wurde im Schlosspark von einem Geschoss zerfetzt. Ich habe ihn gesehen. Er lag zu Füßen von drei zerschossenen Tannen am Boden, bedeckt mit einem Feldmantel ...« Der dicke Karl am Fußende des Bettes fällt dem Gefreiten ins Wort. Er sagt: »Wenn man die Augen eines Blinden mit Fischgalle bestreicht, wird er sehend.« Wo steht das? Im Alten Testament, im Buch Tobit. Hitler, blind und zerschossen, ist außer sich vor Wut – wie kann man ihm mit dem Heiligen Buch der Juden kommen? Der Autor möchte unbedingt, am liebsten auf jeder Seite seines Romans, dem Judenhasser das jüdische Heiligtum gegenüberstellen. Im Buch Tobit 6,9 steht: »Die Galle aber streiche auf die Augen eines Menschen, die mit weißen Flecken befallen; dann hauche gegen sie auf die weißen Flecken, und die Augen werden geheilt.« Hitler bleibt blind. Er sagt sich und den Kriegskrüppeln in den Betten im Saal vor: »Ich habe im Krieg keine Andenken gesammelt. Habe nicht Knöpfe abgerissen vom Rock toter Feinde. Nicht die Tapferkeitsspangen und Abzeichen von den Mützen der Engländer eingesteckt. Habe die Toten nicht beraubt. Ich habe mich nicht, nach der Einnahme einer Ortschaft, im Proviantlager des Feindes umgetan. Ich habe nicht das Dosenfleisch der Briten gegessen. Ich war Meldegänger. Hab

Befehle zu den Gefechtsständen überbracht. Bin bis in die vordersten Linien gelaufen. Man gab mir eine Pistole, eine Meldetasche und eine Taschenlampe. Das Papier mit dem schriftlichen Befehl lag gefaltet im verschlossenen Umschlag, den Umschlag habe ich in der Tasche verstaut. Es darf unterwegs nichts verloren gehen. Ein Kreuz auf dem Umschlag heißt: keine Eile. Zwei Kreuze heißen: dringlich. Drei Kreuze: sehr eilig. Fast immer müssen zwei Meldegänger den Befehl nach vorne verbringen. Ich ging los mit dem Brandmayer. Der Befehl muss von den Befehlsstellen zu den Kompanieführern überbracht werden. Wenn ich ausfalle, schafft es der Zweite, der Brandmayer. Wenn er fällt, komme ich vielleicht heil an. Ich lief bei den Meldegängen ins Trommelfeuer, was tat mir das Kreuz weh, weil ich elend lang gebückt lief. Habe immer gekämpft, bin nie kriegsmüde gewesen. Ich habe fünf Tage in Stiefeln gesteckt, in Stiefeln gewacht und in Stiefeln geschlafen. Fast hätte ich mir die Füße herausschneiden müssen.« Die zerschossenen Soldaten lachen über ihn, es sind für den Gefreiten keine Männer anständiger Gesinnung, sie sind nicht vom deutschen Geist getragen. Der Gefreite ist zerhauen, todmüde, zum Sterben aufgelegt, aber er liegt gut. Er glaubt, dass die Schwestern bis ins Herz berührt sind, wenn er zu ihnen spricht. Er ist in guter Pflege, er hat trockene Füße. Er ist im Invalidenlager, im Krüppelheim. Zwei blinde Augen. Was war der Österreicher begeistert: Wenn man in den Krieg zieht, ist der Anfang schön. Er wollte auffallen durch gewaltige Taten. Er wusste: Es muss der Mann an den Schultern wachsen, dass er hineinpasse in die Ehrentracht des Soldaten. Sein Herz wollte zerspringen vor Kriegsfröhlichkeit. Voran und vorwärts! Er marschierte mit den anderen im Waffenrock, ein Mädchen am Straßenrand stürzte sich auf ihn, es wollte ihm eine Blume in den Gewehrlauf stecken. Er hat's verbeten. Steckt das Mädel, wenn ihm der Arm abgerissen wird, den Rosenstängel in den Stumpf? Später wird er, der Schwadroneur, erzählen (in den Worten des Autors): »Auf den Mordfeldern geschieht die große Zermalmung. Die Seele erkaltet in der Blutmühle. Das Menschenmorden ist im Krieg wesentlich. Ich stehe dem Menschenmorden mit eiskaltem Gleichmut gegenüber. Das Lebensrecht des anderen Menschen, wenn er denn mein Feind ist, zweifele ich an. Der Krieg hat mir jede Beschämung ausgetrieben. Mit Blut und Säften bespritzte Strohmatten gab's in der Kampfgrube. Wüste Knallerei, starkes Feuer, klatschende Kugeln, ein mächtiger Donner – ich war kein Mensch mehr. Ein Soldat ist ein lehmbespritzter verflohter Übermensch.« Der blind begaste Gefreite liegt im Bett, es singt ganz hinten im Saal ein Mann das Lied vom Kraut, das auf der Heide blüht. Es setzt sich die Schwester neben das Bett, sie erklärt dem Blinden, dass sie Brot ins Linsengericht brocke, sie drückt den vollen Löffel sanft gegen seine Unterlippe. Er isst. Er sagt: »Trotz der Drangsale bin ich lebenskräftig.« Er isst. Er sagt: »Den lebenden Himmel spürte ich, wenn die Geschosse sausten. Wir krochen im Forst durchs Unterholz. Dann durch ein Feld aus Granattrichtern, die mit Schlammwasser gefüllt waren. Roter Schlamm. Schlamm voller Blut. Ich biss vor Angst in die Erde und begann zu fressen, ich kaute die kleinen Steine. In dieser Minute glaubte ich fest: Bin der beste Soldat des Reichs. Es heißt immer, gestorben muss sein. Ich aber lebe.« Die Schwester füttert den geschwätzigen Gefreiten. Er ist im Geiste immer noch im flandrischen

Morast. Hitlers erste Schlacht war auch die erste Flandernschlacht. Gheluvelt liegt im belgischen Westflandern. Immer und immer wieder spricht er über seine Tage im Krieg. Er zerfällt, er wird fast irre an seinem Zerfall. Gelegentlich stirbt ein Soldat, dann fahren ihn die Heilgehilfen (die Pfleger) auf der Räderbahre hinaus. Hitler ist gefühlsverlogen wie eine streunende Katze. Er macht den Schwestern vor, dass er von tiefem Kummer erfüllt sei. Jetzt am Abend im Saal ist die Stunde, dass die Schockgelähmten krampfen, die Bettgestelle kratzen über den Boden, es ist ein einziges Schlottern und Schüttelzittern. Der Gefreite Hitler schiebt die Unterlippe vor und haucht sich heiße Luft unter die lose gebundene Augenbinde. Er denkt: ›So wie Sand durch meine Finger rinnt, so werden auch diese schlechten Tage vergehen.‹ In dem Österreicher kocht das Männerblut, in ihm ist eine aufgeregte Blödheit. Er weiß, es gibt im Lazarett viele Soldaten mit Löchern im Gesicht. Er weiß, dass sie Lachen, Pfützen und alle Gläser, in denen sie sich spiegeln können, meiden, Soldaten mit gelöcherten Gesichtern, vom Krieg zermalmt, dienstunbrauchbare Verstümmelte. Er riecht ihre Angst, und sie riechen seine Angst. Deshalb hasst er sie. Zum Hassen braucht er keinen wesentlichen Grund. Er hört das Geheul und das Zittern und das Knochenklappern. Er sagt sich leise das Gedicht vor, das er verfasst hat:

»In einer Rauhnacht Neunzehnfünfzehn im Felde … Ich gehe manchesmal in rauen Nächten/ Zur Wotanseiche in den stillen Hain,/ mit dunklen Mächten einen Bund zu flechten –/ Die Runen zaubert mir der Mondesschein … Und alle, die am Tage sich erfrechten,/ Sie werden vor der Zauberformel klein! –/ Sie ziehen blank – doch statt den

Strauß zu fechten,/ Erstarren sie zu Stalagmitgestein./ So scheiden sich die Falschen von den Echten –… Ich greife in das Fibelnest hinein/ Und gebe dann den Guten und den Gerechten/ Mit meiner Formel Sehen und Gedeihn …« Das ist der Schwulst, das sind die schwellenden Worte, das ist das Getön, das ist der Stil, der keiner ist, das ist das rachenfeuchte Gerumse, mit dem er die Menschen überrumpelte. Der Übermensch ist ein Menschenschwein, ein Menschenrest. Was geschieht, als man dem Österreicher die Binde abnimmt? Der Autor legt die vollgeschriebenen Seiten in die Mappe. Die Füße und der Kopf sind ihm vom Lesen und Denken taub geworden. Er hat die ganze Nacht durchwacht. Der blind geschossene Gefreite im Lazarett. Die Araber. Der Deutschunterricht auf der Straße. Der Österreicher? Im Anfang träumte er davon, dass er vor den Augen der Frauen in Kniehosen die Gassen abschreite, ein Wolfshund an seiner Seite. Nur wenige Jahre später füllte er alle großen Bierlokale Bayerns. Er machte aus einem kleinen Teeclub (DAP) die Kampfpartei Großdeutschlands (NSDAP). Zum Schwein geworden ist dieser Mensch im nationalen Rausch. Die Welt hat er gemacht nach seinem Kopf und seinen Worten. Die schlechtesten Deutschen, Millionen, sind ihm gefolgt. Der Autor sieht sich im Morgengrauen im Netz Bilder von damals an. Die Nazis: böse knollige Muttersöhnchen in schneidigen Kostümen. Die Juden: Menschen, staubig, elend, die Mäntel und Röcke geflickt oder in Fetzen. Das Modehaus Hugo Boss war der Arierausstatter, es warb mit dem Spruch: »Parteiausrüster bereits seit 1924«. Tatsächlich wurde die schwarze Uniform der SS von dem Maler Karl Diebitsch und dem Grafiker Walter Heck (schon wieder Künstler am Werk) entworfen.

Die Dienstbekleidung bestand aus dem schwarzen Rock, dem schwarzen Koppel mit Schulterriemen, den schwarzen Reithosen, den schwarzen Schaftstiefeln. Der Schirm der schwarzen Mütze bestand aus lackierter Vulkanfiber. In der Schlechtwetterzeit wurden sogenannte Wetterschutzumhänge, schwarze Regen- und Ledermäntel, getragen. Der Autor sieht SS-Männer mit dem Totenschädel ohne Unterkiefer auf gekreuzten Knochen auf dem rechten Kragenspiegel. Das sind verkleidete Männer, kostümierte Mörder. Kein Frühstück, hinaus in die Kälte. Die Araber warten wie verabredet an der Straßenecke, sie begrüßen ihn förmlich: Hat es sich schon herumgesprochen, dass er doch kein Liebeshexer sei? Eine neugierige Araberin fragt, ob er sich einen Bart nach Art des deutschen Mannes stehen lassen wolle. Was heißt das? »Der deutsche Mann«, sagt sie, »oder eher der junge deutsche Mann geht zum Barbier. Dort schabt man ihm Nacken und Schläfen aus. Man schneidet ihm den Bart nicht ab, man modelliert ihn.« Der Autor versichert, dass er die Zeit nicht gefunden habe, den wuchernden Bart zu stutzen. Die zwei Frauen und die drei Männer sind nach einer mehrwöchigen schlimmen Flucht vor knapp einem halben Jahr in Deutschland angekommen. Sie sind keine Flüchtlinge mehr, auch wenn sie noch keinen sicheren Aufenthaltstitel bekommen haben. Ihre Kinder sind künftige Deutsche. Der Autor schaut sie an, und es macht ihn froh. Er führt sie zur Apotheke, in die Buchhandlung, ins Waschcenter, in den Supermarkt, zum Bahnhof, in eine kleinere Buchhandlung. Die Frauen sprechen ein besseres Deutsch als die Männer. Der Autor denkt: Mein Bart ist ein Organ. Ein unsinniger Gedanke. Der Autor denkt: Wird man mich der Bildung irregulärer

Freischaren verdächtigen? Ein Irrsinn. Er versucht, dem Gebrüll des Gefreiten in seinem Kopf über groteske Bilder zu entfliehen. Der Gefreite verstummt nicht. Es drückt den Autor nieder, dass er beschädigt ist. Er lässt sich wie ein Kalb am Strick durch die Straßen führen; würde er noch rauchen, würde er in das Filterstück fest hineinbeißen. Das Leben ist ihm verschlechtert durch dieses Buch. Keiner hat ihn gezwungen, den Mann Hitler zu mimen. Es wäre besser gewesen, hätte er sich um seine eigenen Angelegenheiten gekümmert. Wieder ein irrsinniger Gedanke. Die neugierige Araberin fragt, ob man in Deutschland als Gemeinschaftsschädling gelte, wenn man Weihnachten nicht feiere. Der Autor sagt, dass man es halten könne, wie man wolle, es gäbe allerdings gewisse Erfordernisse und Erwartungen. Das sind beschämend läppische Worte. Er übt mit den Arabern wieder auf offener Straße die richtige Aussprache von Vokabeln: schwarze Oliven, Wurstkessel, Wetterkarte, Frikassee, Milchglasscheibe, Krebsfleischimitat.

Der Vereinsleiter hat ihn für den Abend zum Essen beim Chinesen im Viertel eingeladen. Seine geschiedene Frau wird auch anwesend sein, sie habe darauf bestanden, sie wolle einen Autor kennenlernen. Es bleibt dem Autor nichts anderes übrig, als die Einladung anzunehmen. Er muss mit den Menschen mit äußerster Vorsicht umgehen. Sonst wird er abweichen. Sonst wird er das Nagelbett an jedem Finger zerbeißen. Sonst wird er als halb tote Natur enden. Sonst wird er sich eines baldigen Tages auf die Fersen setzen, zu Hause in einem Zimmer, und er wird vor Entsetzen aufheulen. Unfassbar ist die andauernde Abwesenheit der Vernichteten. Bei jedem Gang durch die Stadt klaubt er heimlich kleine Steine vom Boden auf, um sie in die Backentasche zu schieben. Sie schmecken wie abgegriffene Münzen. Er hat oft plötzliche Anfälle von unkontrolliertem Luftschlucken. Seine Stirn ist noch nicht verheilt. Die Stunden bis zum Abend verbringt er mit dem Lesen und Korrigieren des Kapitels über den Aufenthalt des Gefreiten Hitler im Lazarett Pasewalk. Seine Stirn ist eine glühende Knochenscheibe, seine Stirn ist eine tobende Haut. Unerträglich ist die Abwesenheit der Vernichteten. Er wäscht sich Gesicht und Achselhöhlen, er zieht sich ein frisches Hemd an, er erscheint pünktlich auf die Minute im Restaurant. Die Begrüßung fällt nicht herzlich aus. Der Autor bestellt Hähnchenspieße mit Sesamsoße, er hat die Menükarte nicht aufschlagen müssen. Der Vereinsleiter fegt den Tischaufsteller zu Boden, der Holzfuß fliegt unter den besetzten Nebentisch, der Leiter will aufstehen, um unter den Tisch zu kriechen. Die Frau zwingt ihn mit einem harten Griff am Unterarm, sitzen zu bleiben. Sie verhalten sich, als wären sie noch verheiratet. Es ist dem Leiter sichtlich unangenehm, dass seine ehemalige Ehefrau ihn wie ein großes Kind behandelt. Sie bewahrt ihn vor Peinlichkeiten, er müsste ihr dankbar sein. Sie bemerkt, der Autor erinnere sie an das erstarrte Fleisch in den Tiefkühltruhen. Er lacht aus Freude über ihre Ehrlichkeit. Sie hat erfahren, dass er in seinem früheren Leben ein erfolgloser Maler gewesen sei – was genau war der Grund für sein Scheitern? Hat man ihn verkannt? Nein. War er untüchtig? Nein, er hat jeden Tag gearbeitet. Das will nichts heißen. Sie erzählt von ihrem zweiten Leben als Malerin: Sie malt nichts, was man auf Anhieb erkennen kann, das stellte sonst eine Beeinträchtigung ihrer Schöpferkraft dar. Der Autor ist von diesem Bekenntnisdrang abgestoßen. Sie spricht wenigstens leise, es klingt wie Mäusegewisper. Nein, sie spricht wie im tiefen Wasser. Sie sagt: »Das seelische Empfinden der Frau wird bestimmt durch eine Sehnsucht nach ergänzender Kraft – meinen Sie nicht auch?« Er schüttelt den Kopf. Was redet sie da? Sie möchte ihn prüfen. Die Worte kommen ihm bekannt vor. Er erinnert sich an die Worte, die der Österreicher auf einer Bronzetafel vor dem Haus der Kunst gravieren ließ: »Die Kunst ist eine erhabene und zum Fanatismus verpflichtende Mission.« Ein halbgebildeter Fanatiker, der von Kunst und Künstlersein eigentlich nichts versteht, bemüht Redensarten, die ihm Gefühl und Gemüt eingeben: erhaben, heilig, ehrfurchtgebietend. Der Mann war eine rasende, eifernde Kanaille. Die Frau wedelt sachte mit der Serviette vor seinem Gesicht. Er war in Gedanken, er möchte nicht abwesend und abweisend wirken, er lächelt. Er wird sich beim Essen zurückhalten, er darf nicht schlingen. Er versucht halbwegs erfolgreich, die Fleischstücke vom Holzspieß zu zupfen. Der Vereinsleiter löffelt seine Reispfanne, und während seine geschiedene Frau sich an ihrem Essen zu schaffen macht, als nähme sie eine Operation vor, spricht er von seinen Schützlingen, den Menschen aus anderen Ländern. Der Autor habe bestimmt herausgefunden, dass man bei den jungen Männern durchaus von einer Pfiffigkeit sprechen könne; ob es sie für das Leben in Deutschland befähige, werde sich noch herausstellen. Die Frauen seien jung und schön, sie seien aber auch im besonderen Maße morgenländisch: Sie würden gebratene Kaldaunen essen, was für ihn eine Sonderlichkeit darstelle. Seine Frau blickt nicht auf, sie operiert hoch konzentriert an ihrem

Essen. Ansonsten habe er feststellen können, dass sie, in erster Linie die Frauen, der gebotenen Neubesinnung in Deutschland offenstünden. Besonders die junge Dame, die sich eher symbolisch bedecke, würde den fremden Kulturtechniken abschwören, das begrüße er, denn sonst sei der Völkerfriede nicht möglich, man dürfe den jungen Menschen bloß nicht vermitteln, dass sie es hier mit einer Behelfsheimat zu tun haben, denn dann würde der Kummer sie vernichten, dann wäre die Scheiße am Stinken. Die Frau rügt ihn wegen seiner vulgären Ausdrucksweise. Er nickt betreten und fährt fort: Die jungen Fremden also würden sich guten Gedanken nicht verschließen. Die besagte junge und schöne Dame sei herzschlächtig – kenne der Autor das Wort? Ja. Engbrüstig. Heftig schlagendes, hämmerndes Herz. Ein Begriff aus der Veterinärmedizin, genauer aus der Pferdeheilkunde. Bravo. Der Vereinsleiter ist von den Sprachkenntnissen des Autors beeindruckt. Er gibt zu, dass man in den heutigen Zeiten erhitzter Streitgespräche unterlassen sollte, ausgerechnet eine Frau als herzschlächtig zu bezeichnen, auch wenn sie an abnormalem Herzklopfen leide. Wie auch immer, die besagte Dame habe sich ihm, wohl in Ermangelung anderer Vertrauenspersonen, eröffnet. Sie suche einen Bräutigam. Keinen aus ihrer ursprünglichen Weltgegend. Keinen ausgeprägten Orientalen. Aber auch keinen deutschen Mann von der Stange. Sie suche eine deutsch-zivilisierte Person, aber mit entsprechendem Hintergrund. Er wisse schon, was er meine. Kein unterwertiges Geschöpf, das ein rassisch schlechtes Bild biete – er plappere nur nach, was sie gesagt habe, im Übrigen wolle sie auch fleißig gebären, sie wünsche sich mindestens vier Kinder. Was halte er davon? Wovon? Von ihr, von ihren Ansichten, von ihrer Erscheinung. Jetzt dämmert dem Autor, dass der Vereinsleiter ihn und die junge Frau verkuppeln möchte. Nein. Wieso? Die Ex-Frau bestellt Schokomousse mit marinierten Orangen. Der Autor ist verblüfft, dass es beim Asiaten italienische und französische Nachspeisen gibt. Nun übernimmt sie die Gesprächsführung: Sie kenne die Person nicht, von der die Rede sei, bestimmt könne man sie als entzückend, und wenn nicht entzückend, so doch als jung bezeichnen. Weshalb verschließe sich der Autor dem Wunsch einer Frau, die doch derselben Kultur entstamme? Ihr Ex-Mann habe sie ihr gegenüber als reizvolles Wesen beschrieben, er habe sie sogar ein Zuckerstückchen genannt. Sie trage die Brille nicht, obwohl sie kurzsichtig sei, über diese ihre Eitelkeit könne man hinwegsehen. Sie spreche fließend Arabisch und Französisch. Bald werde sie sich unter seiner Anleitung ein gutes Deutsch aneignen. Der Autor sagt: »Sie verkennen mich, ich habe ein deutsches Leben.« Heiraten Deutsche etwa nicht Exotinnen? In einigen Straßen Hamburgs sieht man junge Osteuropäerinnen im Pelz, es sind angeheiratete Frauen, die mit wohlhabenden Männern zusammengekommen sind. Der Autor verfügt nicht über das nötige Kapital, seine Bestände werden aber ausreichen, um eine arabische Frau an sich zu binden. Nein? Nein. Sie sagt: »Sie können doch nicht plötzlich als Deutscher um die Ecke kommen! Was sind das eigentlich für Zahlen an Ihrem Arm?« Der Autor war unachtsam, er hat den Ärmel hochgeschoben, jetzt zupft er ihn über die Nummer. Sie würde ärgerlich werden, wenn er sich erklärte. Er muss raus aus dem Gas, das Gas muss raus aus dem Kopf. Er sagt: »Es ist mir unmöglich, die Ehe und die

Liebe sind mir unmöglich.« Er blickt auf die schaumige dunkle Schokolade, die über den Teller gestrichen ist, er blickt sie nicht an, die auf eine Antwort von ihm wartet. Der Vereinsleiter fährt unbeirrt fort. Er lobt die Araberin: Das junge Mädchen sei von fohlenhafter Natur. Es würde dem Autor, der an der falschen Auffassung von Liebe leide, schon noch davon heilen. Es würde nicht in seinen Geist eindringen, er bliebe autonom, in seinem Leben gebe es bestimmt Platz für eine Kameradin, die schnell zu seinem Herzen vordringen könne. Er solle also das Angebot nicht gleich als unmöglich ablehnen. (Hitler, Zitat: »Eine Frau muss weich, süß und dumm sein.«) Ein flatterhaftes Mädchen dürfe dem Autor keine enge Gefährtin sein. Die Araberin sei übrigens in einem streng sittsamen Haushalt bedienstet. Er rechne aber täglich damit, dass sie das Kopftuch ablege, sie könne seinetwegen übersinnlichen Vorstellungen anhängen. Den Vereinsleiter und seine geschiedene Frau versetzt es in große Bestürzung, als er plötzlich ruft: »Was schert mich diese Frau? Lassen Sie mich in Frieden!« Die Kellnerin eilt an ihren Tisch, in der Annahme, dass sie bestellen möchten. Nein. Der Autor sagt: »Ich bin ein vollkommen unsippisch veranlagter Mann.«

Eine halbe Stunde später stehen sie auf einem Plateau mit Blick auf die Köhlbrandbrücke, auf den alten Hafenterminal und den Containerhafen. Der Vereinsleiter hat einen Spaziergang vorgeschlagen. Trotz der Kälte sitzen Menschen auf den Bänken. Sie gehen schweigend weiter. Plötzlich bricht ein weißer Geisterhund durch das Gebüsch, er hat ein sichelförmig abgeknicktes Rutenende. Ein Windhund. Der Vereinsleiter berichtigt ihn: ein Galgo

Español. Der Autor schließt schnell die Augen, der Hund ist ihm ein widerwärtiger Anblick, er empfindet eine leichte Übelkeit. Er schaut zu den Lichtern am Flussufer. Wann wird sein Kopf frei sein von Gas? Wann ist alles vorbei? Er hustet, die geschiedene Frau des Vereinsleiters glaubt, dass es eine bellende Äußerungsweise sei. Sie hat allen Grund, ihn zu beargwöhnen, denn er ist ein Mann, der KZ-Nummern auf den Arm schreibt. Ab Herbst 1941 wurde in Auschwitz die Nummer mit Metallstempeln ins Fleisch gestochen und Tinte in die Wunde gerieben. Das hat er gelesen. Das hat er einigen wenigen Menschen gegenüber erwähnt. Der Häftling musste die Kappe abnehmen und die Nummer nennen. (»Volksgenosse, trittst Du ein, soll Dein Gruß ›Heil Hitler‹ sein«). Er kann gegen die Schweißausbrüche nichts unternehmen. Der Schweiß rinnt ihm die Brust herunter. Er hat ein Gästetuch unter das Unterhemd gestopft. Jetzt beult es sich am Bauch sackartig aus. Er greift in den Mantel, er greift in den Pullover und zieht die Handtuchzipfel hoch. Es sieht aus, als würde er den Büstenhalter richten. Die Frau hat es gesehen. Soll er das mit seinem Schweiß vollgesogene Tuch aus dem Ausschnitt ziehen und es ihr vorzeigen? Wäre er dann entlastet? Sie machen kehrt, der nicht erleuchtete Spazierweg am Ufer ist ihnen unheimlich. Der Autor wischt sich über den nassen Nacken. Die Frau möchte in einem Lokal mit einem Verdauungsschnaps den Abend beschließen. Der Autor glaubt, dass er wegen seines Fehlverhaltens nicht ablehnen könne. In letzter Zeit sitzt er viel zu oft an einem Tisch und sieht anderen Menschen beim Essen und Trinken zu. Die laute Musik wird bei ihrem Eintreffen seltsamerweise abgestellt. Eine Eckkneipe. Verlebte Männer. Die

Wirtin besteht auf der sofortigen Begleichung der Rechnung. Sie haben aber noch nichts bestellt. Sie sagt, dass sie die Spielregeln festlegen wolle. Er rechnet mit einem Streit, doch die geschiedene Frau des Vereinsleiters gibt ihr einen Geldschein und bestellt zwei Schnäpse und einen Apfelsaft. Der Autor soll bitte klar darlegen, weshalb die Araberin für ihn nicht infrage komme. Licht und Seife und Sauberkeit. Der Autor schweigt. In letzter Zeit wacht er häufig mit schweißnasser Brust mitten in der Nacht auf, er ist sich dann sicher, dass ein Mann an der Bettkante steht. Darüber würde er am liebsten sprechen. Er sagt: »Warum beharren Sie darauf? Ich möchte nicht.« Sie trinken, man hört in der Stille die Schluckgeräusche. Sie bestellen eine späte Suppe. Er rührt in der Schale, bis die Fleischfasern am Rand schwimmen. Er isst, um nicht reden zu müssen. Der Vereinsleiter ist bald fertig mit dem Essen, er legt den blank geleckten Löffel auf den Tisch, er richtet ihn gerade aus, dann spricht er von der Einöde am Waldsaum, in die er sich mehrmals im Jahr zurückzieht, um wieder zu einer annehmbaren Nervenstärke zurückzufinden. Die Bauern glauben dort, dass die Geister durch das Schlüsselloch strömen und dass sich die weniger Wendigen unter ihnen dabei kleine Abschürfungen zuziehen. Man hat das Gefühl, winters immer am Frühnachmittag, dass eine seltsame Dunkelheit aus dem Himmel stürzt. Dann sagt er ohne Überleitung: »Sie müssen verstehen, dass wir Schwierigkeiten haben, Sie zu verstehen. Die Kriege haben uns Deutsche ernüchtert. Trotzdem fragen wir uns: Was ist unserem Wesen fremd? Was trübt unseren Geist? Wenn Sie sich dem Deutschen verwandt fühlen, müssen Sie doch auch auf diese Weise denken.« Der Autor ist ein durchmischter Mensch. Er würde sich mitteilen, wenn er nicht wie ein schwitzender Gaul Hitze ausdünstete. Die Feuchtigkeit in der Luft beunruhigt ihn. Er beißt sich aus Versehen ins Wangenfleisch. Das alles ist nur ein Spuk. Er sagt: »Wenn man meine Dienste nicht mehr benötigt, muss man es offen aussprechen.« Er stößt bei seinen Recherchen auf namentlich genannte oder unbekannt gebliebene Hilfswillige, die Kinder in den Gaswagen pferchten. Die die Türen verschlossen. Die Auspuffgase in den Wagen leiteten. Die hörten, wie die Kinder schrien und schrien. Und schrien und schrien und schrien und schrien und schrien und schrien und schrien und schrien und schrien und schrien und schrien und schrien und schrien und schrien und schrien und schrien. Die abwarteten. Die den Gaswagen zur Grube fuhren. Die die Türen öffneten. Die die toten Kinder in die Grube warfen. Volksrausch. Erhebung. Heil dem Führer, dem Menschenschwein. Die Frau greift sanft nach seinem Arm. Die Leichen, gestapelt, in der Grube, im dunklen Loch, allein. Der Autor erhebt sich und läuft zur Toilette. Er schließt sich ein. Er hebt die benutzten Falthandtücher vom Boden auf, das graue Krepppapier schmiegt sich feucht an die Hand, er unterdrückt den Ekel, er muss das tun, er muss büßen für seine Worte auf dem Papier. Seltsamerweise geht im Lokal die Musik wieder an. ⊠⊠⊠⊠⊠⊠. Nichts anderes. Der Boden ist frei von Abfall, er wäscht seine Hände, er tritt hinaus. Der Vereinsleiter und seine geschiedene Frau sind gegangen. Er nickt der Wirtin zu, dann verlässt er das Lokal, folgt dem Uferweg bis zur Hauptstraße, schaut immer wieder wie gebannt zu den Lichtern am anderen Ufer. ☒☒☒☒☒☒. Nur das. Er holt das Klappmesser aus der Hosentasche, im Schein der Straßenlampe ritzt er sich die Zahlen tiefer ins Fleisch. Es fällt ihm ein dunkles Stück vor die Füße. Er schaut hoch: Die Krähe hackt Moosplacken aus der Dachrinne und stößt sie herunter. Die hörten, wie die Kinder schrien und schrien und schrien. Hilfswillige, die Säuglinge im vollen Wasserkübel ertränkten. Die die Häftlinge im KZ mit Phenol, Evipan oder Benzin totspritzten. Die ins Herz spritzten. Was ist ein Mensch, der den Kopf eines Neugeborenen so lange in das Wasser im Kübel steckt, bis das Kind sich nicht mehr rührt? Der Schmutz der ruchlosen Tat lässt sich nicht einfach abwaschen. Nach jeder Vergasung war es im Lager unerträglich still. Er steckt die Hand in den Mantel, in den Pullover, er streicht den Schweiß von der Brust ab. (Hitler, in den Worten des Autors: ›Ich bin unbesiegt hinausgegangen aus den Schlachten. Ich habe im Krieg verloren‹). Hölle, Verdammnis, Heimsuchung. Sein Lippenbändchen blutet. Er läuft an Schnellimbissen vorbei, er sieht junge Männer, die sich mit dem halben Gesicht hineingraben in dampfende alufolienummantelte Brotkegel. Die mit ausgebeulten Backen kauen und kauen. Der Autor würde am liebsten stehen bleiben und zusehen. Er eilt weiter. Die Philosophen zerschwätzen alles zu Luft und Nebel, sie heiligen die Lebensangst. Der Autor möchte aber nicht von der Furcht erfasst werden, dass er sich an dem dicken Ast eines Baumes tief im Wald aufknüpft. Er verfällt, nach zwei Handgriffen zittern ihm die Muskeln. Das ist nicht wichtig. Hatte er eine Seele oder nicht? Das Menschenschwein beging Selbstmord, die Seele wartet auf den Tag der Auferstehung, er wird büßen. Was sind das für Gedanken. Was glaubt er durch die Selbstkasteiung zu erreichen? Der Österreicher rief: »Deutschland hat opferfreudige Männer!« Und diese Männer rechneten es sich zur Ehre an, dass sie die ölbeheizten Einäscherungsöfen mit Leichen belieferten. Dass sie Zyklon B in den Luftschacht der Gaskammer einwarfen. Der Österreicher rief: »Wir werden den frechen Feind zerhauen! Sie werden blindlings hineinstolpern ins Verhängnis!« Und die heimgekehrten Krieger, die im ersten Krieg viele Schlachten schlugen, zogen zur großen Vernichtung aus. Auch ihre Söhne waren an allen Fronten siegreich. Der Österreicher rief: »Wir wollen uns fanatisch zu unserem Deutschtum bekennen!« Und die Männer, die einer höheren Weltauffassung huldigten, schworen, den jüdisch-händlerischen Geist mit den schärfsten Mitteln zu bekämpfen.

Wann ist der Autor in der Wohnung angekommen, wann hat er sich hingesetzt, wann hat er die Mappen aufgeschlagen, wann hat er sich in seine Aufzeichnungen vertieft? Er weiß es nicht. Er sitzt im nebelnassen Mantel auf dem Boden, er lehnt sich mit dem Rücken gegen das Sofa, am Saum der Schabracke kleben Haare, auf den Heizungsrippen liegt dicker Staub. Gehen ihm die Worte aus? Nein. Er wird nicht unempfindlich für die Schmerzen. Der größte Schmerz ist ein wiederkehrender Traum: Mütter und Kinder, zugeschüttet, liegen in der Grube, allein. Sie regen sich nicht. Sie leben nicht mehr. Es ist Nacht. Es regnet. Er träumt diesen Traum fast jede Nacht. Er legt sich in seinen Straßenkleidern aufs Bett, er legt die Hand nicht mehr auf die linke Brust, aus Angst vor einem durch die Berührung angeregten Herzschlag. Die Kontrolllampe an der Steckdosenleiste leuchtet. Er ist nicht beruhigt. Versailles. Er steht wieder auf. Das Hitlerkind hat ein Tischtuch auf die Schultern gelegt, es ist auf den Stuhl gestiegen, um wie der Priester in der Kirche von der Kanzel zu predigen. Soll der Autor es dem Hitlerbub gleichtun, der den Priester nachzuahmen versuchte? Weshalb? Versailles. Der Autor steht im dunklen Zimmer am zerwühlten Bett, er versucht, es sich vorzustellen. Der Österreicher hat über den Vertrag gesprochen. Am Bürgerbräu empfing man ihn mit Heilrufen, er ging hinein, er achtete nicht auf die Schreie, nicht auf das Getöse, er strebte zum Podium, er stieg hinauf, er legte sich die Blätter mit den Stichworten hin. Der Badenweiler Marsch klang aus. (Operette! Der Mann Hitler ließ bei jedem Auftritt diesen Marsch spielen.) Tausende Deutsche im Saal richten den Blick auf ihn. Er spricht: »Mein Vaterland heißt Deutschland. Daher rufe ich: Das Blutopfer des Frontsoldaten im Großen Krieg kann nicht umsonst gewesen sein. Auch ich hoffte auf einen ehrenvollen Frieden. Doch dies ist ein Vertrag, der Deutschland herabwürdigt. Der unsere Ehre schändet. Die Unterhändler aus Deutschland, so heißt es, wurden im Zug, der absichtlich nur fünfzehn Kilometer in der Stunde fuhr, durch das kriegsverheerte Nordfrankreich gefahren. Sie sollten das Ausmaß der Zerstörungen erkennen. Was aber ist mit den Hunderttausenden von Deutschen, die elendig Hungers gestorben sind, zugrunde gerichtet durch die Blockade der Briten? Die Feinde sollten die Brandruinen auf unserem Gebiet des Krieges sehen. Ich rufe Frankreich zu: Was Tinte schreibt, wäscht Blut wieder aus. Deutschland ist keine Leiche. Deutschland ist kein Gespenst. Die Verräter haben die weiße Fahne gehisst. Hunderttausende Deutsche sind ohne Stellung. Ohne Brot. Ohne Heim. Die Kameraden und Gefährten, die ihre Schlachten geschlagen. Die gewaltigen Anstürmen getrotzt. Die mit umgeschnalltem Tornister in Schlammlöchern gelegen. Die das Heulen und Bersten der Kugeln und Geschosse nicht geachtet. Wir Frontkämpfer wollen, dass man in der Heimat weiß: Unser Blut ist nicht umsonst vergossen worden. Deutsche Treue heißt nicht Treue zum Buchstaben eines Vertrages bis zur Selbstvernichtung. Wir setzen uns gegen die englische und französische Herrschsucht zur Wehr. Es hasst uns die ganze Welt. Sollen wir sie dafür lieben? Es ist der Tag vorzubereiten, an dem Deutschland von Königsberg bis Straßburg und von Kiel bis Wien reichen wird. Die deutsche Vollendung ist der Sinn der Weltgeschichte. Auf jede Plakatsäule und jede freie Bretterwand gehört geschrieben die glühende Bitte: ›Allmächtiger Gott, segne unsere Waffen, segne unseren Kampf! Deutsch bleibt, was deutsch ist, und deutsch wird, was deutsch war! Der Krieg ist nicht zu Ende!«

Sie springen auf, immer wieder, die Männer, die Frauen, immer wieder, es hält sie nicht lange auf ihren Plätzen. Der Österreicher muss sie nicht dazu bereden, sie wollen sich willig fügen. Es reicht, dass er befindet: Es wird von mir als gut empfunden. Er ist nicht ergriffen. Er teilt sich in den geschlechtslosen Werberedner, der mit großem Kraftaufwand das kommende Heil beschwört. Der zischt und schreit, dass sein Schweiß fast die Schuhspitzen und Rocksäume der Anhängerschaft in der ersten Reihe sprenkelt. Und er teilt sich in den Mann, den der tosende Beifall und das Füßetrampeln nicht berühren. Kraft und Liebe und hartes Männerherz und Heimatliebe. Er redet nur, er gibt einen Dreck darauf. Er schreit: Deutsche Wiedergeburt! Er meint: Das große Blutvergießen muss sein. Er ruft: Hört mir bitte zu! Er meint: Achtung! Adolf Hitler spricht zu euch! Er sagt: An unseren deutschen Grenzpfählen hört der Wille der Feinde und ihrer Büttel auf. Er meint: Ruhm mir allein, der ich die Volkskraft zu heben verspreche! Mit einfachen klugen Redensarten käme er bei dem Bierhallenvölkchen nicht weiter. Er schreit, ihm entfährt ein Jauchzer, das Volk jauchzt ihm nach. Sein politisches Bewusstsein ist durchdrungen von der Idee (dem brennenden Wunsch!) der totalen Feindvernichtung durch (Kampf-) Gas (die Stille nach der Massenvergasung). Es gibt in Hitlers Kopf nach seiner kurzen Erblindung im Krieg nur das Verlangen nach der schnellstmöglichen Anwendung des Kampfmittels, das ihn kampfunfähig machte. Zyklon B erweist sich als massentötungstauglicher. Der Österreicher war besessen von Gas. Mit der mörderischen Neuordnung der Welt musste zu seinen Lebzeiten begonnen werden. Dreißig Millionen sollten im Osten verschwinden. (Sein Wille wurde fast zu seiner Zufriedenheit vollstreckt.) Er sprach, das ist ein Zitat: »Wir erlangen unsere Gesundheit erst dann wieder, wenn wir den Juden ausrotten.« (Das europäische Judentum wurde ausgelöscht.) Der Autor streckt sich auf dem Boden aus. Sein linker Hemdsärmel ist blutdurchtränkt. ⊠⊠⊠⊠⊠⊠. Das ist seine Kennnummer, das ist sein Name. Der markierte Streifen seiner Haut ist wirklich. Er muss das Buch schreiben. Es ist ein Bericht aus der Hölle des Henkers.

Das Blut der Vernichteten komme über ihn. Der letzte Atem der Vergasten, der Erschossenen, der Erschlagenen komme über ihn. Die letzten Gebete, die letzten Schluchzer, die letzten Krämpfe kommen über ihn. Der Schmerz der Mütter, der Todeskampf der Kinder kommen über ihn. All das Gas, all die Kugeln, all die Schläge kommen über ihn. All die Läuse in den Kleidern, all die Flöhe in den Haaren kommen über ihn. Der Angstschweiß, die Angstschreie, das geschriene Entsetzen kommen über ihn. Der letzte Herzschlag der Ausgerotteten komme über ihn. All die Eimer für Kot und Harn in den Viehwaggons kommen über ihn. Und die Goldzähne, und die geschorenen Haare und Bärte, und die Brillen, und die Nägel, und die verbrannten Häute kommen über ihn. Und die Knochen der Verscharrten kommen über ihn. Die Gebete, die geheulten Anrufungen und das Gotteslob der Gläubigen kommen über ihn. Die Hungertoten in den Karren, in den Straßen, in den Gettos kommen über ihn. Die Stille nach der Vergasung komme über ihn. Das abgeschaltete Licht im Wagen, in der Kammer, die Schreie, die Schreie, die Schreie kommen über ihn. Die Menschenfersen, die sich im Tode gegen den Boden stemmten, kommen über ihn. Die Fetzen und Lumpen, die Kleider, die die Menschen abgelegt haben, kommen über ihn. Die Mützen, die Kopftücher, die Blusen, die Kittel, die Strickjacken, die Röcke, die Strümpfe, die Jacken, die Westen, die Gürtel, die Mäntel, die Schuhe, die Stoffwindeln, die Bündel kommen über ihn. Unheil Hitler, Leichenmacher, Verderbnis. Das Leid der Menschen komme über ihn.

Am nächsten Tag fehlt die Araberin. Der Vereinsleiter wird sie wohl unterrichtet haben, dass der Autor an der Zeugung von Nachkommen nicht das geringste Interesse habe. Was würde er am liebsten tun? Am Fenster stehen und auf die Krähen auf den Funkantennenspitzen schauen. Seine Haut am linken Unterarm zum Bluten bringen. Käsefinger in Salatblätter einrollen und essen, wenn ihn der Hunger quält. Ein Araber aus seiner heutigen Gruppe erzählt in fließendem Englisch: Sein zwölfjähriger Bruder ist Trommler in einem Spielmannszug des Heimatvereins. Stimmt diese Geschichte? Haben diese Menschen, die er durch arme und reiche Viertel führt, das Gefühl, nicht anständig behandelt zu werden? Schwindeln sie ihn deshalb an? Der Araber ist mit seiner Familie erst seit einem halben Jahr in Deutschland – wie kann sein Bruder schon in einen Spielmannszug aufgenommen werden? Das ist möglich. Der Autor ist aus der Welt gefallen: Er weiß nichts, er kennt nichts. Er glaubt nicht mehr an die Lüge von der Festigkeit. Er zerfällt. Während des Rundgangs bleibt er mit der Hosenschlaufe an einer Türklinke hängen, er wird zurückgerissen. Er möchte vor Beklemmung am liebsten schweigen. Er müsste Wasser trinken, denn das ist keine abstrakte Übung. Er sollte diesen Menschen in den Stunden, für die er bezahlt wird, mit Hingabe dienen. Eine Frau aus Syrien in einem langen Wollpullunder, der bis zu den Waden reicht, sagt, dass sie im Sperrmüll ein Plüschtier mit einem Bauch voller Kirschkerne gefunden und an sich genommen habe. Ein Passant sei deshalb aus der Fassung geraten, er habe die Faust gereckt, sie angeschrien und gedroht, sofort die Polizei zu holen. Ist sie eine Diebin? War das Plüschtier für ein Kind reserviert? Hat sich der Mann deshalb geärgert, weil er es für sein Enkelkind mitnehmen wollte? Der Autor verweist auf die Unwägbarkeiten eines neuen Lebens in einem fremden Land. Das sind dumme Worte. Er hält mitten in seiner Erklärung inne, er sagt: »Sie sind selbstverständlich keine Diebin. Sie können das Tier natürlich behalten.« Er schaut auf: Tauben im Flug, die sich in den Fenstern der Hochhäuser spiegeln. In großer Höhe gaukelnde Hornissen und Wespen. Wie können sie trotz der Kälte leben? Eine losgerissene blaue Plane hat sich um einen Baumstamm gewickelt, ein Zipfel flappt im Wind. Er reißt sich zusammen, er erklärt, er erzählt, er geht mit den Menschen durch die Straßen bis zum frühen Abend. Dann packt er seine Siebensachen, er fährt mit zwei Geschubsten und ihrem Pfleger im Aufzug herunter, den Wohnungsschlüssel wirft er wie vereinbart in den Briefkasten. Er läuft los, er zieht den Rollkoffer hinter sich her.

Aus Verantwortung für die Umwelt hat sich der *Verlag Kiepenheuer & Witsch* zu einer nachhaltigen Buchproduktion verpflichtet. Der bewusste Umgang mit unseren Ressourcen, der Schutz unseres Klimas und der Natur gehören zu unseren obersten Unternehmenszielen.

Gemeinsam mit unseren Partnern und Lieferanten setzen wir uns für eine klimaneutrale Buchproduktion ein, die den Erwerb von Klimazertifikaten zur Kompensation des CO_2-Ausstoßes einschließt.

Weitere Informationen finden Sie unter
www.klimaneutralerverlag.de

FSC
www.fsc.org
MIX
Papier | Fördert gute Waldnutzung
FSC® C083411

1. Auflage 2022

Umschlaggestaltung und -motiv: Marion Blomeyer / Lowlypaper
Gesetzt aus der Albertina
Satz: Buch-Werkstatt GmbH, Bad Aibling
Druck und Bindung: CPI books GmbH, Leck
ISBN 978-3-462-00348-2